Avec les amitiés
de l'auteur!

LA QUATRIÈME STATION
*est le deux cent soixante-seizième livre
publié par Les éditions JCL inc.*

Données de catalogage avant publication (Canada)

Richer, Ghislain, 1946-

    La Quatrième Station

    (Collection Couche-tard ; 14)

    ISBN 2-89431-276-8

    I. Titre. II. Collection

PS8585.I199Q37 2002   C843'.6   C2002-940545-9

PS9585.I199Q37 2002

PQ3919.2.R52Q37 2002

© **Les éditions JCL inc., 2002**
Édition originale : août 2002

La Quatrième Station

Collection
Couche-
tard

Dans la même collection :

© **Les éditions JCL inc., 2002**
930, rue Jacques-Cartier Est, CHICOUTIMI (Québec) G7H 7K9 Canada
Tél.: (418) 696-0536 – Téléc.: (418) 696-3132 – www.jcl.qc.ca
ISBN 2-89431-276-8

GHISLAIN RICHER

La Quatrième Station

LES ÉDITIONS JCL

DU MÊME AUTEUR :

Meurtre sur le campus, roman, Chicoutimi, Éditions JCL, 2001, 216 pages.

Nous reconnaissons l'aide financière du gouvernement du Canada par l'entremise du Programme d'aide au développement de l'industrie de l'édition (PADIÉ) pour nos activités d'édition. Nous bénéficions également du soutien de la SODEC et, enfin, nous tenons à remercier le Conseil des Arts du Canada pour l'aide accordée à notre programme de publication.

Gouvernement du Québec – Programme de crédit d'impôt pour l'édition de livres – Gestion SODEC

Pour Florence, Charles, Alexis,
Étienne, Frédérique,
Samuel et Antoine,
mes petits-enfants.

Chapitre 1

L'ANNONCE FAITE À SAMUEL

1

— Un de vos comptes est sérieusement en péril.

Sam se retourna lentement pour faire face à l'oiseau de mauvais augure qui venait, semblait-il, de s'adresser à lui. Maître Wood se tenait à quelques mètres derrière, verre en main, le regard aussi vide que son verre pouvait être plein. Accroché à sa face de snobinard, pendait ce qui pouvait vaguement ressembler à un sourire, un sourire d'occasion.

— Maître Jonathan Wood, on accepte vraiment n'importe qui dans cet endroit.

— Je vois que ma rencontre vous fait plaisir.

— C'est que vous avez de sévères problèmes de vision.

— Sam, inutile d'être agressif envers moi, après tout, je suis l'avocat de la Banque.

— C'est ce qui me fatigue, mais je ne suis pas agressif pour autant, mon cher Jonathan. Cependant, j'ai eu une dure journée et j'avais justement choisi ce bar mal famé pour relaxer quelques instants, étant convaincu de n'y rencontrer aucune connaissance.

— Sam, je ne suis pas une simple connaissance, j'espère; outre l'aspect professionnel de nos relations, je pense qu'on peut parler d'amitié entre nous, n'est-ce pas?

— Ne nous emballons pas. En passant, c'est quoi la connerie que tu m'as lancée à l'instant et que la moitié de la clientèle de ce trou a entendue.

— Personne ne fait attention à nous ici, Sam, c'est un *cruising bar*, ça sent jusqu'au dehors. On se fout carrément de tes problèmes de banquier, tu peux me croire, je connais bien la place.

— Tu me feras penser de rayer cette station de mon itinéraire.

— Au contraire, tu vas voir tout à l'heure, quand les esprits vont être réchauffés, ça devient délirant.

— Je n'en doute pas une minute et je suis même prêt à prendre ta parole là-dessus.

— C'est normal, la parole d'un avocat.

Samuel Roy était un jeune banquier, trente-huit ans, promis à une belle carrière. Détenteur de diplômes d'universités prestigieuses, parfaitement bilingue, belle apparence, charmant et travailleur, l'avenir s'annonçait riche de promesses.

Après avoir travaillé cinq ans à la Banque Nationale, il s'était fait débaucher par la Banque Mont-Royal qui recherchait à l'époque des jeunes loups capables de freiner sa descente au palmarès des grandes banques canadiennes. Après dix ans, celui que tout le monde appelait Sammy avait livré la marchandise. Il était directeur régional d'un territoire névralgique du Québec et les experts s'entendaient pour dire que, malgré son jeune âge, la prochaine étape ne pouvait être que la vice-présidence.

Naturellement, ce parcours, sans faute jusqu'à

maintenant, ne s'était pas fait sans écorcher des gros orteils au passage, y compris quelques douloureux ongles incarnés. De fait, dans la Banque, Sammy était plus respecté qu'aimé et beaucoup de vrais amis attendaient le faux pas, impatiemment.

Plus intelligent que la moyenne, Sammy ne prenait pas toujours toutes les précautions vis-à-vis de ses adjoints qui avaient de la difficulté à suivre son rythme. Tant que Sammy serait aux commandes, on lui témoignerait le respect dû au capitaine, mais si l'erreur survenait, et quelques âmes moins charitables allaient jusqu'à le souhaiter, il est évident que la chute serait fatale. Samuel Roy travaillait sans filet, il le savait et cela l'amusait, le stimulait même.

Cependant, en ce soir du printemps 1997, on ne riait pas. La relation avec maître Wood avait toujours été difficile, c'est un euphémisme de le dire. Wood lui avait été imposé par son siège social, contact oblige, étant donné qu'il était associé dans une firme qui faisait beaucoup d'affaires avec la Banque. Sammy pensait que Wood était incompétent sur le plan professionnel et insignifiant sur le plan humain. L'endurer au bureau était déjà pénible, mais tomber en face de lui, après une journée difficile, dans un bar où l'on arrête normalement pour se détendre un peu, c'était trop et Sammy n'avait pas du tout envie de cacher son agacement. Le manque de tact manifesté par Wood qui n'avait rien trouvé de mieux pour l'accoster que de lui crier après et de lui parler de son travail l'avait rendu plus rébarbatif que d'habitude à ce représentant du prétoire imbu de lui-même jusqu'à l'overdose. Les mots prononcés avaient quand même produit leurs effets et Sammy laissa la curiosité l'emporter sur la contrariété.

— À quoi faisais-tu allusion tout à l'heure quand tu criais dans le milieu de la place? lança-t-il à Wood, tout en tentant de reprendre son calme.

— Je ne criais pas au milieu de la place, je tentais juste de piquer ta curiosité.

Wood avait déjà pris une solide avance liquide sur tous les concurrents déjà présents et cette dernière phrase avait été prononcée à la manière d'un disque 45 tours que l'on fait jouer à la vitesse 33 1/3. Le débit était exagérément lent, et les syllabes, démesurément appuyées. Contrairement à l'effet recherché, la clarté du propos n'en était pas améliorée pour autant. Sammy, à jeun et fatigué, faisait des efforts louables pour se contrôler et pour ne pas trop inhaler une haleine qui lui arrachait les larmes.

— Elle est piquée, parle.

— Qu'est-ce qui est piqué?

— Ma curiosité; tu viens de me dire que tu avais voulu piquer ma curiosité, c'est fait. Je t'écoute.

Wood prit son air pontifiant, sa spécialité.

— Je veux juste t'avertir qu'un de vos dossiers, à la Banque, risque de sauter d'un instant à l'autre. C'est tout.

Sammy regardait le sourire figé dans la face couleur de cire de Wood et sentait qu'il allait bientôt atteindre la phase critique de sa capacité de contrôle. Une grande respiration, une longue gorgée de ce nectar que les Écossais appellent scotch, et l'on pouvait continuer.

Sammy décida d'adopter lui aussi un ton plus officiel.

— Maître Wood, je vous rappelle que vous êtes l'avocat de la Banque. Si vous avez des renseignements ou des informations qui peuvent aider la Banque, c'est votre devoir de nous transmettre tout ce que vous savez.

Sammy avait employé le nous pour se décrire afin de donner plus d'effet, plus de solennité à sa mise en garde à l'endroit de Wood. Mais le résultat n'était pas à la hauteur des attentes. Wood se défilait.

— Je n'ai pas que la Banque comme cliente. J'ai également d'autres clients, tout aussi importants que la Banque, à qui je me dois et que je ne peux trahir sous prétexte d'avantager la Banque.

C'était plus que Sammy pouvait en encaisser.

— Écoute, Wood, ce n'est pas moi qui t'ai relancé ici, et je ne t'ai posé aucune question. C'est toi qui me les casses depuis tout à l'heure avec un dossier qui risque de nous sauter dans la face. Si ça te pose des problèmes de conscience, tu n'as qu'à te la fermer, j'ai pas besoin de toi pour gérer mes dossiers.

— D'accord, je t'aurai prévenu.

— Prévenu? Non, Wood, tu ne m'as prévenu de rien et je t'avertis, s'il nous tombe une tuile sur la tête et que je suis d'avis que tu aurais dû me renseigner, tu n'auras plus jamais un dossier de la Banque, ton bureau non plus.

— Ce n'est pas toi qui me donnes les mandats de toute façon.

— Eh bien! justement, je vais m'occuper de changer cela pas plus tard que demain matin.

Sammy se préparait à sortir, avant de frapper cet abrutissant disciple de Thémis, quand il se ravisa.

— Wood, je vais te demander une seule chose, et ça, tu ne peux pas me la refuser.

— Je t'écoute, Sammy, déglutit Wood, à la fois vacillant et triomphant.

— Est-ce qu'il s'agit d'un de mes dossiers?

Wood commença à réfléchir, du moins c'est l'imitation qu'il tentait péniblement de faire. Il se grattait aussi le menton et plissait un peu les yeux. C'était pathétique.

— Je regrette, Sammy. J'aimerais bien pouvoir t'aider, mais je suis tenu au secret professionnel. Tu ne joues pas avec ça, le secret professionnel.

— J'espère, mon cher Wood, que tu sais bien avec quoi tu joues, lança Sammy en quittant les lieux sans même prendre le temps de finir son scotch.

2

La nuit fut courte. Sammy était à son bureau quand les premières lueurs du jour pointèrent à l'horizon. Normalement, c'était le moment le plus apprécié de la journée. Partisan de la théorie voulant que l'avenir est à ceux qui se lèvent tôt, Sammy Roy avait l'habitude d'arriver au bureau avant ses collaborateurs. Il profitait de ces moments de quiétude à l'aurore pour méditer. Réfléchir à son existence, à la Banque, à sa femme, aux enfants qu'ils auraient peut-être un jour; le temps commençait à presser. Quelquefois, il questionnait ses choix de vie, ses choix de carrière.

Peut-être était-il un homme de terrain, un entrepreneur plutôt qu'un banquier? Quel était le défi pour un banquier? se demandait-il de plus en plus fréquemment. Nous sommes toujours en position de *second guessing* et ce n'est jamais nous qui créons ou qui faisons bouger les choses. Nous nous contentons de profiter du travail et des initiatives des autres. Un changement d'orientation pour un champ d'action plus participatif allait certainement finir par s'imposer avant que le point de non-retour ne soit atteint. Il en avait la certitude.

Sa femme, Sophie, fille d'entrepreneur, elle-même

entrepreneuse dans l'âme, autoritaire et désorganisée, était-elle la bonne personne pour lui? se demandait-il encore, après quinze ans. Ces réflexions du petit matin devenaient de plus en plus routinières et Sammy pensait qu'à trente-huit ans, il était peut-être un peu tôt ou, un peu tard, pour les remises en question.

Mais ce matin était différent. L'envoûtement magnifique de ce lever de soleil printanier ne produisait pas son effet ruminant. Les propos de Wood lui martelaient le cerveau sans arrêt et il ressentait l'imminence de la menace, avec une acuité brûlante. Même si les paroles de Wood étaient plus anecdotiques qu'autre chose, même si l'avocat les avait prononcées dans un moment d'euphoriques libations, même encore s'il ne pouvait guère être accordé de crédit à l'auteur de ce qui semblait bien plus une fanfaronnade qu'autre chose, Sammy ressentait dans ses tripes les premiers signes avant-coureurs d'un orage, d'un cyclone qui aurait l'amplitude nécessaire pour l'emporter.

Cette appréhension, proche de l'épouvante, n'était pas raisonnée, ni raisonnable. Pourtant Sammy avait de la difficulté à retrouver ses marques du banquier froid et calculateur.

Et ce matin-là, pour la première fois, au lieu de se laisser distraire par l'aube naissante et en profiter pour sombrer doucement dans une légère et souvent apaisante introspection, il se versa un grand verre de scotch. Il eut un sourire en dégustant sa première gorgée, se remémorant un de ses vieux oncles, charpentier de son métier, père de onze enfants, qui commençait toujours sa journée par un grand verre de gin à quatre heures du matin. C'était son seul verre de la journée.

Sammy réalisa vite que le scotch n'avait pas du tout le même goût le matin que le soir. Cependant, il n'avait pas l'intention de faire marche arrière.

Il venait de terminer son verre quand arriva Jean-Pierre, son premier collaborateur. Quelques instants plus tard, Rock fit son entrée dans les bureaux, suivi de madame Turcot, la première secrétaire. Madame Turcot travaillait à la Banque depuis trente ans. Il y a quelques années, dans un élan de coquetterie qui avait surpris tout son entourage, elle avait décidé d'amputer son patronyme des deux dernières lettres, son nom changeant ainsi de Turcotte à Turcot. C'était maintenant de l'histoire.

Après avoir laissé tout le monde s'installer, et pendant que continuait à entrer à un rythme désordonné le reste du personnel, Sammy avisa madame Turcot qu'il voulait voir Rock et Jean-Pierre dans son bureau toutes affaires cessantes. Quelques secondes plus tard, les deux adjoints s'installaient à la table circulaire dans le bureau de Sammy, chacun un café en main, pleins d'un enthousiasme matinal et inconscient.

Jean-Pierre Leduc était à la Banque depuis vingt ans. C'est lui qui avait recruté Sammy qui était par la suite devenu son supérieur. Il n'y avait cependant aucune amertume entre les deux hommes et Jean-Pierre était toujours demeuré loyal à son ex-protégé qu'il voyait, avec plus de fierté que d'envie, gravir les échelons de la Banque à une vitesse qui lui donnait la nausée. C'était un homme intelligent et honnête, mais sans ambition, et surtout farouche ennemi des problèmes de toutes sortes. Il recherchait la paix en tout temps et en toutes circonstances. Dans cet ordre d'idée, il avait sagement opté pour le célibat.

Rock, avait sensiblement la même expérience que Sammy à la Banque. Cependant, sa formation n'était pas d'un si haut niveau et son anglais était carrément déficient. Ce qui ne posait pas beaucoup de problèmes en région, mais était largement suffisant pour fermer hermétiquement les portes du siège social. Comme aimait à le répéter le président, les chances de promotion dans la Banque étaient égales pour tous, mais à l'usage, il était évident qu'elles étaient plus égales pour les anglophones.

Sammy se lança sans préambule. Il résuma en deux mots l'accrochage avec Wood la veille, et demanda leur avis à ses deux adjoints. Le moins timoré, Rock, se risqua :

— Il n'a pas donné plus de précisions?

— Non, répondit Sammy, impatient.

Jean-Pierre connaissait bien Sammy. Il se rendait compte que le coup de Wood avait porté. Sammy, ce n'était même pas un secret de polichinelle, était en lice pour la prochaine vice-présidence vacante. Et l'on parlait d'une question de mois. Vice-président avant la quarantaine, tout était possible. Il se mit à réfléchir tout haut, évitant soigneusement le regard de Sammy.

— Des comptes en difficulté, nous en avons toujours trop, ce n'est pas ce qui manque. Wood veut certainement parler d'un compte que nous pensons performant alors qu'il ne l'est pas.

Sammy et Rock étaient demeurés muets.

— Si Wood est au courant, vu l'envergure de l'in-

18

dividu, c'est certainement un compte régional, pas un compte national. C'est donc dire que c'est probablement un de nos comptes. S'il s'agissait d'un vieux compte, c'est-à-dire d'un compte relevant de la direction régionale qui nous a précédés, nous aurions dû normalement le découvrir parce que nous avons épluché tous les dossiers quand nous sommes entrés en poste. De toute manière, s'il s'agissait d'un vieux compte, ce serait moins problématique pour nous.

Cette phrase égoïste et frileuse traduisait bien le trait le moins intéressant de la personnalité de Jean-Pierre.

— Malheureusement, considérant cette hypothèse, Wood n'aurait pas été si pressé ni aussi fier de te le dire, Sammy. J'ai bien peur qu'il s'agisse d'un de nos comptes.

— C'est l'évidence même et Wood a fait tellement de manières que je crains le pire. J'ai peur que ce soit gros et que ce ne sera pas drôle pour la Banque et encore moins gai pour nous.

Si le directeur régional voulait communiquer son angoisse à ses adjoints, c'était parfaitement réussi. L'atmosphère du bureau, généralement décontractée et vivante sous l'impulsion énergique de Sammy, était d'une morosité lugubre. Madame Turcot déboucha brusquement, avec une liasse de lettres en mains, regarda les trois hommes figés au milieu de la pièce, et sortit sans rien dire.

— Messieurs, voici ce qu'on va faire.

Sammy avait usé d'un ton grave qu'il n'utilisait jamais et qui ne lui convenait guère d'ailleurs.

— Jean-Pierre, tu vas t'occuper de l'aspect crédit

et Rock du banking. Nous révisons tous les dossiers en haut de cinq millions ouverts au cours des derniers trente-six mois. Méfiez-vous de ceux qui semblent le mieux aller. Mettez vos deux équipes là-dessus, toute affaire cessante. Les rendez-vous de la journée sont annulés. Aucun autre mandat n'est accepté, qu'il vienne du vice-président ou du président. Si l'un d'eux veut vous parler directement, vous me le refilez. Nous concentrons toutes nos ressources sur cette opération et je veux un rapport en fin de journée.

— À propos du vice-président, est-ce qu'on le met au courant? interrogea Rock.

— Le mettre au courant de quoi? Que Wood prend un coup, qu'il se saoule et raconte n'importe quoi dans les bars et qu'en plus d'être incompétent, on ne peut pas compter sur sa loyauté, ce n'est une nouvelle pour personne; en tout cas, cela ne devrait pas en être une pour le V.P. puisque c'est lui qui nous l'a mis dans les pattes, ce cher Wood. Non. On n'avertit personne. Si votre équipe vous questionne, répondez qu'on se prépare pour une inspection. Quand nous aurons trouvé le dossier potentiellement délinquant, si dossier il y a, nous aviserons et nous prendrons nos responsabilités. Ne mettons pas la charrue avant les bœufs et commençons par faire nos devoirs avant de crier au loup.

— Et Wood? avait demandé sournoisement Jean-Pierre.

Il n'avait jamais beaucoup apprécié cet avocat qui ne se privait pas pour le traiter de haut.

— Laissez-moi m'arranger avec maître Wood. Bonne journée, messieurs.

3

La rencontre, d'abord fixée à dix-sept heures, puis reportée à dix-huit heures, débuta enfin à dix-neuf heures. Personne, parmi les têtes dirigeantes de la direction régionale, n'avait quitté la Banque de la journée. Les sandwichs et le café, un café dégueulasse s'il n'en fut jamais un, avaient constitué les éléments nutritifs de la journée. Laissé dans l'ignorance des motifs d'une opération d'une telle urgence, aussi vaste qu'impromptue, le personnel de soutien avait travaillé neuf heures durant dans un état de stress qui avait culminé vers dix-huit heures quand une des adjointes de Jean-Pierre, une jeune femme enceinte, avait éclaté en sanglots. Tout le monde s'était regardé, sans bouger, et personne n'avait eu le réflexe de s'avancer vers elle pour l'encourager. Madame Turcot, qui en avait vu d'autres, prit les choses en main sans demander l'avis de personne. La jeune femme fut libérée séance tenante avec une journée de congé pour le lendemain. S'adressant ensuite au reste de l'équipe, elle annonça que seuls les volontaires continueraient le travail.

Jean-Pierre regardait et écoutait, estomaqué.

Heureusement, toute l'équipe resta au poste et le travail fut complété pour dix-neuf heures.

Rock arriva légèrement en retard au meeting, mais il n'était pas question que l'on commençât sans lui. Sammy avait versé à chacun de ses adjoints, des amateurs de houblon, une bière, et s'était servi son deuxième scotch de la journée. Avant de débuter la réunion, se rendant compte que madame Turcot était encore à son bureau, Sammy eut le réflexe de s'informer si elle ne souhaitait pas un petit remontant avant de quitter. La réponse vint sans sourciller : un gin avec du tonic. C'est Rock, le moins surpris par la réponse, qui fit office de barman, et une fois madame Turcot servie, les portes du bureau de Sammy se fermèrent. Commença alors pour les trois hommes le conciliabule peut-être le plus important de leur vie professionnelle.

Jean-Pierre, étant le senior en âge et en expérience à la Banque, prit la parole et résuma les données relevées par son équipe et celle de Rock tout au long de la journée, les deux équipes ayant travaillé de concert, bien souvent une équipe révisant le travail de l'autre.

— Sammy, nous avons identifié vingt-sept dossiers qui recelaient, selon nous, les critères du dossier recherché, c'est-à-dire l'âge du dossier, soit postérieur à 1995, l'importance du compte, cinq millions et plus, et l'absence de lumières rouges ou jaunes apparentes de prime abord. De ces vingt-sept dossiers, les premières recherches exhaustives nous ont permis d'en éliminer vingt et un. Peut-être que des semaines d'investigations plus poussées et des contre-examens sur les lieux des entreprises nous permettraient de conclure différemment, mais avec les renseignements apparaissant à la face même de ces différents dossiers et en tenant pour acquis que le travail du vérificateur de l'entreprise a été chaque fois correctement fait, nous pouvons dire que tous les signaux avertisseurs de la Banque sont aux verts, toutes les exigences, respectées, et qu'en fait, aucun de ces vingt et un dossiers ne risque même de devenir délinquant à court ou à moyen terme. Après cette première élimination, nous avons analysé plus attentivement six autres dossiers, dont les cinq que je te mentionne tout de suite, puisque nous avons gardé un dossier pour la fin. Les cinq dossiers, qui ont occupé la plus grande partie de notre journée, sont les suivants :

a) Interset
b) Maxtrec
c) Darcon
d) Labonic
e) Abacom

Je te rassure tout de suite, Sammy, ces cinq dossiers ne sont pas délinquants et, selon nous, les deux équipes réunies, ils ne risquent pas de le devenir dans un avenir rapproché.

— Alors pourquoi les avoir retenus? demanda Sammy.

— Uniquement parce que, dans chacun de ces dossiers, on trouve un ou des passe-droits. Il y a une norme ou plusieurs qui n'ont pas été respectées. Chaque fois, cependant, la ou les dérogations ont été autorisées par la personne ressource requise, soit le V.P. crédit ou le V.P. finance, selon le cas. Néanmoins, étant donné qu'il y avait eu, par exemple, certains dépassements des crédits originalement autorisés ou certaines échéances tardivement respectées, même si toutes ces dérogations ont fait l'objet d'une autorisation en bonne et due forme, nous avons scruté à la loupe ces cinq dossiers.

— Pour conclure? ajouta Sammy, légèrement impatient.

— Pour conclure que ces cinq dossiers sont parmi nos meilleurs à la Banque et que nous n'avons rien à redouter de ces comptes.

— Il reste un compte et je sais lequel, commenta Sammy, soucieux.

— Oui, continua Jean-Pierre, aussi calme qu'au début, le compte K-TRO, ton bébé, Sammy?

— K-TRO! répéta, songeur, Sammy. Et pourquoi l'avoir gardé pour la fin?

— Parce que c'est notre compte le plus important, qu'il entre dans les critères que tu nous as fixés ce matin et parce que c'est ton dossier.

4

Sammy se souvenait de la cour assidue qu'il avait livrée à Mark Shaink, le président de K-TRO, pour l'attirer de la Banque Nationale à la Banque Mont-Royal. C'est d'ailleurs à la Banque Nationale que les deux hommes s'étaient connus et s'étaient rapidement liés d'amitié. Sammy n'avait jamais été en charge du compte K-TRO lorsqu'il travaillait à la Banque Nationale, ce compte étant alors trop important pour le banquier junior qu'il était. Mais Sammy avait toujours été fasciné par le style de Mark Shaink, l'homme qui s'était fait lui-même, c'est du moins ce qu'il mettait tant de soin à véhiculer. Autodidacte et pragmatique, Shaink représentait aux yeux de Sammy l'entrepreneur type, du genre qui rend les banquiers heureux, c'est-à-dire plus riches.

K-TRO était une entreprise spécialisée dans la fabrication et l'entretien d'équipements utilisés par l'industrie hydro-électrique. Sa clientèle était principalement composée de multinationales, de gouvernements ou de grandes municipalités.

L'entreprise comptait environ trois mille employés, pour la plupart non syndiqués, répartis dans plusieurs usines au Canada, aux États-Unis et une au

Mexique. Le chiffre d'affaires était en pleine expansion avec une croissance de dix à quinze pour cent par année pour se situer à 230 millions en 1995. On anticipait 260 millions pour 1996 et 300 millions pour 1997.

Le compte commençait à être lourd pour une division régionale de la Banque Nationale et les parties envisageaient un déménagement au siège social.

Entre-temps, Sammy avait quitté la Banque Nationale pour la Banque Mont-Royal et s'était mis en tête de récupérer le compte de K-TRO.

Shaink, à quarante ans, était sensiblement du même âge que Sammy et leurs deux femmes avaient déjà eu l'occasion de sympathiser à plusieurs reprises à l'intérieur de divers organismes de bénévolat. Tant qu'à vivre un déménagement, Sammy suggérait à Shaink que ce ne serait guère plus compliqué de changer de Banque et qu'avec la Banque Mont-Royal, son compte demeurerait sous supervision régionale, sa banque ayant une structure assez importante pour se permettre d'administrer un compte de cette importance en région.

Sammy ne manquait pas de souligner qu'il aurait probablement la responsabilité du compte et que ce ne pouvait qu'être bon pour K-TRO. Shaink rétorquait : « Et certainement bon aussi pour toi, Sammy? » Et les deux compères, devenus complices au fil de longues et non moins ardues négociations, échangeaient alors un sourire entendu.

Ils étaient de la même génération et ils avaient tous deux de l'ambition. Il était clair qu'en aidant K-TRO, Sammy permettait à Mark Shaink de concrétiser ses rêves de devenir l'un des hommes d'affaires les plus importants au pays. Par contre, en confiant à Sammy un compte de l'importance de K-TRO, Shaink savait qu'il faisait sa carrière.

Chacun était conscient des enjeux et s'analysait respectivement, comme des jeunes loups prêts à s'entraider tant et aussi longtemps que leurs intérêts personnels n'entraient pas en conflit. Et durant l'étape des fréquentations, puisque c'est ce dont il était question effectivement, non seulement les intérêts des deux hommes n'étaient pas conflictuels, mais ils se complétaient. Et en prime, profiteraient de leur association ou de la mise en commun de leurs efforts, leur mandat respectif, K-TRO et la Banque Mont-Royal. Pas de perdant, rien que des gagnants, peut-être était-ce trop beau pour être vrai?

Finalement, en 1995, le mariage eut lieu et la Banque Mont-Royal accapara le compte de la compagnie K-TRO, sa plus belle acquisition depuis plusieurs années, selon les mots mêmes du président qui prit la peine d'expédier un mot de sa main à Sammy pour le féliciter.

Sans entrer dans les détails d'un dossier d'une extrême complexité, la Banque Mont-Royal, marge de crédit et prêt à termes confondus, s'engageait pour la bagatelle de 80 millions. Sammy avait exigé en contrepartie les garanties usuelles dans les circonstances mais principalement les inventaires et la caution personnelle de Mark Shaink pour la marge de crédit.

Étaient également intéressées au dossier d'autres institutions financières comme la B.D.C. et Investissement Québec qui finançaient différentes pièces d'équipement à la hauteur d'environ dix millions.

Enfin, K-TRO avait donné son accord à un processus de suivi très serré qui consistait principalement à la remise mensuelle de la liste des comptes à recevoir, de la liste d'inventaire et des états financiers.

Annuellement, des états financiers vérifiés étaient exigés ainsi que les budgets.

C'est après la signature de ce dossier que Sammy fut nommé à la direction régionale, et ce compte lui fut spécifiquement assigné. Ses tâches, à titre de directeur général, étant surtout d'ordre administratif, c'était le seul compte dont il était personnellement responsable. Jusqu'à aujourd'hui, il lui avait toujours semblé que la Banque lui avait fait une fleur en associant son nom au dossier K-TRO, et d'ailleurs il avait toujours soupçonné Shaink d'avoir incorporé cette condition sine qua non à toute entente avec la Banque.

Il s'était toujours fait un point d'honneur d'être responsable de ce compte et croyait fermement que ledit compte était la pierre d'assise sur laquelle il était en train de bâtir sa carrière à la Banque et toute sa vie professionnelle par la même occasion.

Aujourd'hui, pour la première fois, il doutait. Jean-Pierre le tira de sa rêverie :

— Eh bien! là non plus nous n'avons rien trouvé. Tout est beau.

Sammy respirait. S'il avait fallu, pensait-il intérieurement, mais à quoi bon?

— Jean-Pierre, tu es sûr qu'il n'y a rien qui accroche dans K-TRO? J'ai trop de travail pour m'en occuper efficacement et mon amitié avec Mark Shaink peut représenter un danger latent. C'est toujours dans ces dossiers-là qu'on est vulnérable.

— Je suis sûr et j'ai fait vérifier nos données par l'équipe de Rock. Tout est beau, ne t'inquiète pas.

— Effectivement, il n'y a rien à craindre de ce dossier, si ce n'est...

Rock venait de singulièrement refroidir l'atmosphère de la pièce qui commençait à peine à se réchauffer. Sammy ne parlait pas, c'est Jean-Pierre qui demanda :

— Qu'est-ce qu'il y a, Rock, quelque chose qu'on n'a pas vu?

— Non, c'est quelque chose qu'on a vu, qui est parfaitement légal et parfaitement normal. Quand nous avons récupéré ce compte, K-TRO a changé de vérificateur. C'est tout. Je mentionne ce point de détail pour mémoire seulement, puisque le travail du vérificateur en place me paraît irréprochable.

— Vous avez fait du bon travail, les gars, je vous félicite.

Sammy venait de reprendre une allure moins formaliste et plus chaleureuse. L'alerte était terminée. Le célèbre avocat Wood avait crié au loup pour se rendre intéressant, sans plus.

— Voici, messieurs, ce que nous allons faire à partir de maintenant. Il semble bien que le tuyau de Wood soit percé, mais restons sur nos gardes. Pour les prochains six mois, nous allons refaire à tous les trente jours la vérification que nous avons faite aujourd'hui.

— Qu'est-ce que nous allons dire à nos équipes,

on ne pourra pas leur passer une inspection chaque fois? protesta Jean-Pierre.

— Vous leur direz ce que vous voudrez. J'exige le plus grand secret et, à partir de tout de suite, plus personne ne parle à Wood dans cette Banque, à part moi, peu importe de qui relève le dossier dont il s'occupe. Et plus personne ne réfère un dossier à Wood sans mon autorisation écrite.

— Wood va s'apercevoir de notre changement d'attitude! argumenta Rock.

— J'espère bien, conclut Sammy qui avait retrouvé son sourire.

Chapitre 2

RICHES ET CÉLÈBRES

1

Mark était debout depuis cinq heures et son rendez-vous à la Banque n'était qu'à onze heures. Sa femme et ses principaux adjoints avaient beau lui répéter qu'il s'agissait d'une formalité, l'importance de l'enjeu ne lui permettait pas de se détendre. Sammy, sans se compromettre, lui avait bien laissé entendre quelquefois au cours des dernières semaines des négociations qu'il ne restait plus que des vétilles à débattre, mais il se refusait à y croire tant qu'il ne verrait pas dans ses mains toutes les confirmations signées par les différents V.P.

Sammy avait fait du bon travail dans ce dossier et il ne regrettait pas de s'être associé à lui; en fait, d'avoir misé sur lui. Durant les dix-huit derniers mois, il avait joué très serré, sans prendre une seule heure de vacances. À part ses collaborateurs très proches dont l'aide technique était requise, tout le dossier avait été traité en catimini, dans un secret presque initiatique. C'est pire, pensait Mark, changer de banque que de changer de femme. Quoique, réflexion faite, il n'avait jamais tenté cette expérience ni même y avait-il songé. Florence avait des défauts, mais elle était la femme pour lui. Après vingt ans, il était bien décidé à terminer sa vie avec cette compagne, devenue au fil des ans sa collaboratrice, puis sa complice. Leur relation avait dépassé depuis longtemps, même s'ils formaient encore un jeune couple, le stade de la recherche d'une satisfaction affective apaisante. Sur ce point surtout, Florence avait un côté masculin très fort malgré une taille et des allures affichant une fausse fragilité.

Les déjeuners étaient devenus des conseils d'administration où le hasard et l'imprévu étaient très peu souvent à l'ordre du jour. Florence planifiait, Mark exécutait. Ils étaient tous deux dans leurs sphères respectives des surdoués, mais la fantaisie n'était pas souvent au rendez-vous.

Lorsque le soir arrivait, la mécanique continuait à fonctionner sur sa lancée. Et dans ces moments précis, trop précis et trop distancés, même si Mark continuait à être un exécutant de première, les plans de Florence tendaient à se répéter, à se robotiser même. Dans le couple, celui qui s'ennuyait d'un brin de folie, c'était Mark. Sans doute son côté féminin.

La Banque Nationale, après plusieurs années de loyaux services, avait été tenue hors du coup. Sur le plan strictement des affaires, ce n'était certainement pas une manœuvre habile; c'était cependant le prix qu'avait exigé Sammy pour consacrer toutes ces semaines et tous ces mois à ce dossier sans exiger des honoraires. Il ne voulait pas courir le risque de se faire croiser au fil à la dernière minute par une banque concurrente, surtout pas la Banque Nationale, son « alma mater ». Mark avait hésité à accepter cette condition, d'autant plus que Florence y avait apposé son veto.

— Quel homme d'affaires va-t-il penser que tu es si tu acceptes une telle condition? Mettre deux ou trois intervenants en compétition, c'est le plus sûr moyen de décrocher le meilleur contrat possible. Mon pauvre Mark, c'est l'enfance de l'art. Tu ne crois pas qu'il est en train de te posséder, ton beau Sammy?

Florence avait pris un ton un peu trop condescendant. Mark se braqua. Il décida que l'occasion était la bonne pour remettre les responsabilités du couple dans une juste perspective avec Madame. Même dans les tableaux les plus éclatants, l'ombre ne perd pas son utilité. Quant à Sammy, accepter une condition inacceptable pour n'importe qui ne pourrait qu'augmenter la pression qu'il s'était déjà placée sur lui de son propre chef. Quelquefois, il faut savoir mal paraître et laisser l'autre gagner. Sammy allait payer cher cette victoire.

2

Mark arriva à la Banque à dix heures trente. Depuis son mariage, c'était la première fois qu'il était en avance à un rendez-vous. N'hésitez pas à montrer que vous êtes exacts, prêchait-il, mais cachez férocement que vous êtes anxieux. Aujourd'hui, rien ne devait être pareil; toutes les règles allaient être transgressées. Il le sentait physiquement, comme un orgasme.

Sammy avait été averti de sa présence et il le laissa attendre cinq bonnes minutes. C'était aussi son jour de gloire à lui. Il avait été confirmé directeur régional un mois avant et il était l'employé de la Banque qui était sur le point de dépasser tous ses quotas de croissance par la plus inimaginable des marges, et ce, grâce au dossier K-TRO. Son bonus de performance allait certainement être l'un des plus importants de l'histoire de la Banque, amplement suffisant en tout cas pour mettre fin à ces années de budgets à la petite semaine.

La conversation avec Sophie ne tournait qu'autour de cette question depuis quelque temps déjà. Sammy gagnait un bon salaire, mais Sophie, la femme de sa vie, possédait un don, un don exceptionnel pour économiser. Femme énergique et jolie, elle parcourait les grands magasins et les boutiques du matin au soir à la recherche de soldes mirobolants qu'elle trouvait inévitablement. Et là, elle économisait. N'eût été des revenus importants de son mari, les économies de Sophie les auraient très certainement conduits à la faillite.

Sammy l'aimait et plutôt qu'argumenter pour que cessent toutes ces économies, aussi dévastatrices qu'inutiles, il s'acharnait à travailler plus fort afin de fournir à sa femme tout l'argent nécessaire pour lui permettre d'économiser à son goût. Il y était parvenu jusqu'à maintenant, non sans peine, mais son nouveau statut allait enfin améliorer la situation financière du couple, pour un temps du moins, le temps que Sophie s'ajuste, ce qui ne saurait nécessiter une phase d'adaptation bien longue. Sammy réfléchissait au ridicule de la situation sans amertume envers sa femme. À force de le pousser à rapporter toujours plus d'argent à la maison, elle finirait bien par faire un homme riche avec lui.

Mark serra la main de Sammy en entrant. Tous deux hésitaient entre le sérieux que commandait la situation et le sourire de satisfaction qui leur sortait par les oreilles.

— Eh bien! Sammy, c'est aujourd'hui.

— C'est aujourd'hui.

— Est-ce que la réponse est entrée?

Sammy dévisagea longuement Mark. Il espérait de tout son cœur ne pas avoir mal jugé l'homme. Il avait mis dans ce dossier sa vie et celle de sa famille.

Il poussa un grand soupir. De toute façon, c'était trop tard, pensa-t-il.

Le sourire lui revint au visage; il se leva, s'avança vers Mark et lui tendit un simple fax, un peu fripé. Il était déçu de ne pouvoir empêcher sa main de trembler.

— C'est ça? dit Mark, un peu désappointé. Et il lut les quelques lignes du fax à voix haute.

16/06/1995 VEND 10 :00 FAX 514-877-0077Banque Mont-Royal Page 1

MR Banque Mont-Royal
921, rue St-Jacques
Montréal (Québec)
H2Y 3S8

Le 16 juin 1995

Monsieur Samuel Roy
Directeur régional
Région économique no 5
Montréal (Québec)

Monsieur Roy,

Les vérifications ont été complétées par nos services respectifs et nous approuvons, tel que soumis par vous, le projet de financement de K-TRO.

Vous êtes donc, par les présentes, autorisé à signer tous documents utiles pour la mise en application immédiate de ce montage financier.

Félicitations,

(Signé) Harold Willis   (Signé) David Campbell
Vice-Président au crédit   Vice-Président aux finances

— Je pense que je ne suis pas prêt d'oublier cette date.

— Moi non plus, reprit Sammy. Je te félicite, Mark.

Les deux hommes se donnèrent la main sans prononcer un autre mot. Le bureau s'emplit de silence lentement et les yeux des deux jeunes loups, aux allures souvent blasées, devinrent de plus en plus luisants. Ils cessèrent de se regarder. À ce moment, chacun aurait souhaité être seul un peu, mais la vie reprenait ses droits rapidement et madame Turcot y alla d'une entrée dont elle avait seule le secret. Apercevant les deux grands gaillards, habillés pour aller aux noces et les yeux mouillés comme des nouveaux communiants, elle ne put réprimer un sourire. Mais qui lui en aurait voulu, elle avait ri trois fois l'année dernière. Sammy toussota légèrement et Mark se moucha.

— Eh bien! Messieurs, est-ce que je vous dérange?

— Non, madame Turcot, au contraire. Mark va nous quitter et, quant à moi, j'ai toute une liste d'instructions à vous donner.

— Je quitte, moi? demanda Mark, surpris.

— Oui. Maintenant que nous avons l'autorisation, l'équipe de Jean-Pierre va finaliser le dossier et le soumettre à tes avocats. Nous ne signerons pas ça avant un ou deux jours; mais dors sur tes deux oreilles, c'est « canné » comme on dit au cinéma. Je donne mes instructions à madame Turcot, ensuite je t'invite à déguster le champagne.

— Non, je regrette, ce sera pour une autre fois. Aujourd'hui, j'ai un mont à escalader.

— Je ne savais pas que tu faisais de l'alpinisme?

— Il y a bien des choses que tu ne sais pas de moi, Sammy.

— Pas trop, j'espère. O.K., ça va, quartier libre cet après-midi. Tu pourras escalader ta montagne.

— C'est un mont.

— Ton mont, si tu aimes mieux, mais demain midi on dîne ensemble? La séance de signature devrait être prête.

— Ça me va comme ça. D'ailleurs j'aurai une surprise pour toi demain midi.

— Tu ne sais pas, Mark, que les banquiers détestent les surprises.

— Oui, mais celle-là ne devrait pas trop te décevoir. Avant que je quitte, n'oublie pas d'avertir la Banque Nationale.

— Ne t'en fais pas, je commence par ça. Ce n'est pas tout à fait une corvée.

3

Mark était assis sur ses jambes et regardait le mont. Il n'avait jamais rien vu de si beau et, pourtant, il en avait vu. En relevant la tête légèrement, il apercevait un peu plus loin, au-delà du mont, deux pics légèrement affaissés mais combien pointus et fiers.

Au bas des pics, dont l'un semblait plus important que l'autre, un plateau légèrement arrondi mais très lisse. Et là, le mont plus foncé, plus hirsute, surplombant un col plein de promesses qui lui-même donnait sur un val formé par le relief des cuisses doucement rapprochées.

Maryse s'étirait sur les draps et regardait, amusée, Mark qui l'examinait assis au pied du lit.

— Tu peux me dire ce que tu fais là?

— J'examine, je contemple; rectification, j'admire. J'admire le mont de Vénus, le plus beau mont qui soit au monde et c'est toi qui as le plus beau mont de Vénus.

Maryse s'examinait distraitement, intriguée par cette partie de son corps sur laquelle elle était pour la première fois de sa vie complimentée.

— Et qu'est-ce qu'il a, ce mont de Vénus, que les autres n'ont pas.

— Il est plus bombé, reprit Mark d'une façon docte et scientifique. C'est le plus beau mont que je connaisse.

— Je ne te savais pas un tel amateur de monts.

— Ça me surprend, même mon banquier est au courant.

— As-tu l'intention de demeurer assis au pied du lit tout l'après-midi ou si tu l'aimes assez pour t'en rapprocher, de ce fameux mont?

Maryse était la secrétaire exécutive de Mark Shaink depuis cinq ans. Recrutée par hasard et affectée au service de la paie, elle fut vite remarquée et entreprit aussitôt une ascension aussi rapide qu'étonnante qui la mena jusqu'à la porte voisine du patron.

Cette progression fulgurante fut observée par la femme du patron justement, et, depuis plusieurs mois, des trésors d'ingéniosité étaient nécessaires pour l'organisation de rencontres toujours plus courtes, toujours plus espacées. Maryse était une femme de tête. Elle avait depuis longtemps analysé sa situation et décidé d'en tirer le meilleur parti. Elle avait un travail qu'elle adorait et sa relation avec Mark s'améliorait à la même vitesse qu'elle se compliquait. Elle avait l'intelligence de ne pas exiger, de ne même pas envisager de demander quoi que ce soit qui pourrait piéger Mark. Elle prenait toutes les précautions pour qu'il soit bien, toutes les fois qu'ils se retrouvaient ensemble peu importe le temps que cela pouvait durer. Sa relation avec Mark n'était pas si complexe. Elle était entièrement dédiée à lui. Femme libérée des préjugés sexistes comme de toutes formes de féminisme doctrinaire, Maryse Fournier vivait, avec un homme prisonnier de son destin, un amour passionné, mais lucide.

Seule le soir, chez elle – il n'était jamais venu à son appartement – elle échafaudait des plans, elle préparait des mises en situation. Elle savait que son heure viendrait. Elle était patiente et elle avait Mark de plus en plus en main. C'était sa perception du moins.

4

Le taxi venait de quitter l'hôtel Charing Cross en route pour la gare Victoria. Londres, exceptionnellement, bénéficiait d'un dimanche ensoleillé. Les quatre passagers à bord, les uns en face des autres, se pinçaient pour être sûrs de ne pas rêver. Pour tous, c'était un premier voyage à Londres et, dans un instant, ils monteraient dans le train le plus célèbre au monde, le train de l'opulence et du mystère, l'Orient-Express.

Mark avait eu cette idée quelques mois avant la clôture du refinancement de K-TRO. Il avait cherché quelque chose de susceptible d'impressionner son banquier et c'est son agente de voyages, Yolande, qui avait trouvé la solution. L'Orient-Express de Londres jusqu'à Venise, quelques jours à Venise, une croisière de sept jours dans les îles grecques jusqu'à Istanbul et retour au pays. La facture avait d'abord paru épicée, puis Mark, toujours pragmatique, avait décidé de joindre l'utile à l'agréable. Il connaissait des hommes d'affaires en Suisse à qui il donnerait rendez-vous à Venise et du coup K-TRO assumerait les frais du voyage; d'autant que, pour parler affaires, quoi de plus utile que son banquier.

Naturellement, ce détail d'ordre économique n'était connu que de Mark. Pour Florence, il s'agissait d'un second voyage de noces et de la réalisation de son rêve le plus cher, bien que le fait de partager ledit voyage de noces avec un banquier ait un peu refroidi son enthousiasme. Mark, excellent vendeur, lui avait fait rapidement comprendre que chaque couple aurait son intimité et que, pour les Roy également, ce serait un voyage d'amoureux.

— Voyons, chérie, argumenta-t-il en douceur comme s'il parlait d'une évidence criante, on ne va pas à Venise pour parler affaires. Et d'ailleurs, Sophie est une très bonne amie à toi.

Ces paroles rassurantes avaient vaincu les dernières défenses de Florence qui avait ergoté pour la forme parce que, de toute façon, elle aurait accepté d'aller à Venise même avec un couple de Témoins de Jéhovah.

— Mark, tu n'es pas sérieux, à Venise, ensemble, nous deux? Sammy était estomaqué.

— Avec nos femmes, bien sûr, sinon on pourrait jaser.

— Quand je vais dire ça à Sophie! Et c'est pour quand, ce voyage?

— Dès qu'on signe le contrat, on part.

— Ah bon! fit Sammy, feignant la déception.

— Il y a des semaines que tu me dis que c'est dans la poche, qu'il reste uniquement à solutionner des difficultés techniques qui relèvent de la cuisine d'un dossier de banque; je t'ai pris au mot et j'ai acheté quatre billets. Ce sont des billets ouverts, on part quand on veut.

Sammy réfléchissait, légèrement perplexe. Ce n'était pas un pot de vin puisque Mark ne lui avait jamais parlé de ce voyage avant que la transaction ne soit à toutes fins pratiques complétée. Lui, il le savait, mais qu'en penserait son patron? La Banque avait sur le sujet une politique archaïquement rigide. Nul ne pouvait accepter une gratification d'un client pour un service rendu ou à rendre. Étant donné que ce voyage allait forcément devoir se faire au vu et au su de tous, il pensait qu'il risquait gros en acceptant. Peut-être trop.

Mark dut faire appel une fois de plus à ses grandes qualités de vendeur.

— Sammy, tu t'en fais pour rien. Les billets sont achetés, ils ne sont pas remboursables et le contrat n'est pas encore signé. De plus, il y a un bon bout de temps maintenant que nous nous voisinons; nos femmes se fréquentent et s'apprécient. À ce que je sache, Sammy, tu n'es pas esclave de la Banque au point de ne pas pouvoir choisir tes amis. Et quoi de plus normal que de voyager avec ses amis. Sammy, peu importe le contrat, je n'irais pas en vacances avec toi, que ce soit à Venise ou ailleurs, si tu n'étais pas mon ami. Je suis prêt à beaucoup de sacrifices pour faire des affaires, mais pas quand il s'agit de prendre des vacances avec ma femme.

— Mais c'est toi qui payes tout de même.

— Oui, et je te demande comme une faveur d'accepter cette marque d'amitié. Pas de reconnaissance, d'amitié.

Sammy était convaincu. Sophie verrait Venise.

5

À la gare Victoria, le taxi s'arrêta dans une zone réservée aux passagers de l'Orient-Express. Le rêve commençait. Les wagons bleus à toiture blanche s'alignaient sur le quai. Les inscriptions, le numéro, le sigle distinctif de la compagnie, tous les ornements étaient dorés. Un bagagiste en uniforme, toujours bleu et or, vérifia leurs billets et les conduisit à la voiture 3544.

Sophie entra la première dans le compartiment. Elle restait là, hébétée, bloquant l'entrée à Sammy. Devant elle, tout était en bois et en marbre. Le bois était très foncé, le marbre, très blanc. L'espace semblait exigu, mais fonctionnel, avec dans le coin un curieux petit lavabo. Tout ce qui n'était pas en bois ou de marbre était en bronze. C'était à couper le souffle. Quand Sammy réussit enfin à entrer, de peine et de misère, sa première réaction fut qu'il manquait quelque chose.

— Mais où donc sont les couchettes?

Sophie ne s'était pas arrêtée à ce détail et continuait d'admirer ce musée ambulant, cette pièce d'anthologie qui allait être sa chambre à elle pour toute une nuit. Dormir dans un tel lieu, pensa-t-elle, je n'y arriverai jamais. Quels pouvaient bien être les nobles et les aristocrates qui avaient voyagé dans ce wagon avant elle, quelles intrigues s'y étaient nouées, quels serments y avaient été prononcés? Mon Dieu! pensa-t-elle, je voyage dans le temps.

À force de chercher, Sammy découvrit les deux couchettes habilement dissimulées. Le soir venu, elles se rabattaient du mur opposé à la porte, superposée l'une sur l'autre avec un filet au-dessus de la couchette du bas.

— C'est original, et pratique, mais pour les contacts intimes, il y a mieux!

— Vous autres, les hommes... répliqua Sophie qui continuait à inspecter, à toucher, à frôler, à caresser le compartiment comme si elle avait peur de le casser et de briser son rêve par le fait même.

Sur le quai, le monde continuait de monter. Sammy regardait arriver ces passagers d'un autre temps et s'amusait à tenter de deviner l'origine de l'un, la profession de l'autre. Mais une chose était certaine, il était foncièrement convaincu d'être le plus pauvre du voyage. Il demeurait perdu dans ses réflexions quand une Rolls Royce Silver Shadow s'avança sur le quai parmi les marcheurs. Conduite par un chauffeur, la limousine se frayait un chemin entre les voyageurs autorisés et certains badauds, tous muets d'admiration. Le carrosse s'immobilisa pratiquement à la hauteur du compartiment des Shaink. Sammy jouissait du spectacle pendant que Sophie continuait à flatter les boiseries. Le chauffeur sortit, contourna l'automobile par l'arrière et ouvrit la portière. Une jeune femme, dans la très jeune vingtaine, descendit, toute menue et toute frêle. Sa robe, pour autant que Sammy pouvait en juger, semblait d'une facture classique. Par contre, le chapeau, à lui seul, valait le déplacement. D'influence mexicaine, mais à la manière Leone, ce mini parasol couvrait la tête de la jeune femme jusqu'au bas du dos. Peut-être cette dernière n'était-elle pas très jolie ou son chevalier servant était-il très jaloux, mais le chapeau avait remplacé la Rolls Royce dans la vision de Sammy et dans ses réflexions.

Un jeune homme suivit, quelques instants plus tard, le temps que le chapeau se déplace. Il était grand, mince, avec un air béatement insignifiant. Il s'agissait certainement de jeunes mariés et Sammy s'astreignait à deviner qui des parents du jeune homme ou de la jeune fille étaient riches. Pour lui, il était difficilement concevable que ces deux jeunes tourtereaux aient mérité à la sueur de leurs pauvres petits fronts le privilège de monter dans ce train.

L'embarquement continua après l'épisode de la Rolls, et Sammy remarqua que la moyenne d'âge de la clientèle était assez élevée. Exception faite du couple au carrosse, ils étaient parmi les plus jeunes.

— Qu'est-ce que tu fais, mon chéri?

Sophie n'appelait jamais son mari mon chéri. Sammy commença à reluquer les couchettes superposées. Rien n'est impossible à celui qui a la foi, pensa-t-il.

— Rien, répondit-il enfin. Je regarde.

— Moi, je touche; je ne peux pas m'empêcher de toucher, Sammy, c'est tout simplement incroyable.

— Ce qui est incroyable, c'est que tu n'aies même pas pensé à me préparer un verre.

— Je suis en vacances, mon cher. Sonne le garçon. C'est d'ailleurs une excellente idée, je vais même t'accompagner.

— Il n'est pas un peu tôt pour toi, ma chérie?

Sammy n'avait pu réprimer une petite pointe d'ironie dans sa voix.

— Il n'est pas plus tôt pour moi que pour toi. D'ailleurs, j'ai la carte du bar et c'est moi qui choisis.

Sammy s'était assis confortablement dans le fauteuil. Il ne regardait plus les retardataires se presser. Il dénoua sa cravate, délaça ses chaussures et examina sa femme, rayonnante comme une petite fille, caressant sans se lasser les boiseries et le marbre d'une main, tenant la carte des boissons de l'autre, pendant que le garçon, déjà là depuis quelques instants, ne manifestait aucune impatience.

— Je... euh! Nous, nous allons prendre du champagne, du Roederer Cristal 1981.

— Une bouteille, madame?

— Oui, une seule.

Alors que le garçon s'éloignait, Sophie pouffa de rire.

— Qu'est-ce qui te fait rire comme ça?

— Connais-tu ça, toi, le Roederer Cristal 1981?

— Non, j'avoue que cela manque à ma culture.

— J'ai choisi celui là parce que c'était le plus cher, plus cher que le Dom Pérignon. Tu imagines un peu?

Sammy s'était emparé d'un dépliant que lui avait fourni Yolande, l'agente de voyages. Il regardait l'itinéraire et voyait déjà se dérouler devant ses yeux tout son périple qui venait à peine de débuter. Le train s'était ébranlé.

Les deux couples avaient convenu de ne se revoir que pour le souper. Sophie décida d'aller marcher un peu. C'était sa première expérience en train et le fait de déambuler dans un véhicule en marche l'amusait. Elle se sentait comme une petite fille. Elle était reconnaissante à Sammy pour ce beau voyage et à Mark aussi. Il faudrait qu'elle le lui dise.

Sammy garda le compartiment. Il resta avec ses pensées et le Roederer que le garçon finit par servir.

— Au départ, il y a toujours beaucoup de travail, expliqua ce dernier pour se faire pardonner.

Sammy le gratifia d'un sourire et d'un pourboire, les deux généreux. Personne sur la terre ne lui gâcherait une seule minute de cette journée historique. D'ailleurs, sa décision était prise, il ne dormirait pas de la nuit. Pas question de manquer une seule minute de cette parenthèse paradisiaque que la vie lui offrait. Et sur ce, le bouchon de champagne sauta.

De Londres à Folkestone, le trajet était court et la campagne anglaise, longue. Heureusement, Sammy découvrit avec ravissement toutes les qualités insoupçonnées du Roederer comme compagnon de voyage. Sophie réintégra la cabine juste à temps pour participer à la dégustation que Sammy avait jusque-là égoïstement présidée.

La traversée de la Manche fut le pire moment de cette journée. La mer avait décidé de ne pas collaborer et l'estomac de Sophie, fragilisé par le champagne, se dilatait et se contractait au rythme d'une pompe hydraulique en manque d'huile, ce qui occasionnait une légère teinte olivâtre aux joues de la jeune femme, alors que ses lèvres paraissaient curieusement blanches. Les deux couples se rencontrèrent sur le bateau, mais la discussion fut brève, Florence ressemblant comme une jumelle à Sophie. Cette dernière, d'un naturel volubile, avait décrété qu'une saine économie de mots ne pouvait qu'avoir des effets bénéfiques sur le foie.

— Plus jamais, tu m'entends, plus jamais, je ne boirai du champagne de toute ma vie.

C'est sur cette phrase de Sophie qu'on toucha enfin la terre. La traversée avait duré cinq heures et Sophie avait vieilli de cinq ans. Sammy pensa qu'en fin de compte, les couchettes séparées, ce n'était peut-être pas catastrophique.

6

Le trajet entre Boulogne et Paris fut beaucoup plus intéressant. Sophie retrouva la santé, et les deux femmes avaient devisé longuement sur le choix de la tenue de soirée. Quant à eux, Mark et Sammy s'étaient concentrés sur un scotch qui méritait assurément que l'on s'intéresse à lui.

— Vous écoutez ce qu'on dit, les hommes? interrogea Sophie sans se détourner.

— Mais, on ne perd pas un mot, ma chérie, pas un mot.

La discussion avait repris entre les deux épouses bien avant que la réponse de Sammy ne tombât. Les deux hommes frappèrent leurs verres, se firent un clin d'œil et y allèrent d'une gratifiante rasade.

Le wagon-restaurant n'était pas très loin de leur cabine. Dès que les deux couples y entrèrent, un garçon leur assigna une table. Les murs étaient d'un bois foncé, décorés avec des fleurs japonaises. Les fenêtres étaient garnies de draperies de velours rouge, soutenues par une tringle dorée avec des anneaux encore plus dorés. Juste sous le plafond, il y avait un treillis métallique qui cachait l'éclairage. À côté de ce treillis, deux lampes projetaient leur lumière vers le plancher. Sur la table, une lampe et quelques fleurs reposaient sur une nappe de dentelle fine. Il y avait un service pour huit personnes et des ustensiles pour treize. La table était pour quatre. Les deux couples se regardaient mutuellement et personne n'osait parler. Sammy jeta un œil furtif vers les autres tables et, curieusement, tout le monde semblait parfaitement à l'aise. « Nom de Dieu, pensa-t-il pour lui-même, je n'ai pas mon bilan imprimé dans la face. » Et il se mit en frais de détendre l'atmosphère.

Après un tirage au sort, il fut démocratiquement décidé que Sammy commanderait pour tout le monde. Le scotch aidant, il n'allait certainement pas rater une telle occasion. Ce fut du caviar Veluga et Blinis en extra, suivi d'une escalope de foie gras au Beaumes de Venise sur brioche, le tout complété par une salade de fruits frais et son sorbet. Florence insista pour choisir le vin et elle opta en toute simplicité pour un Château de Sales Grand Cru Pomerol 1980.

« Ce genre d'aventure gastronomique ne se décrit pas, songeait Sammy. C'est à peine si on peut la vivre en pleine conscience. Chaque bouchée, chaque gorgée rapprochent d'une sorte d'extase orgasmique à la limite de la décence. » Les épithètes, le vin aidant, devenaient de plus en plus jouissifs à la table. Certains même s'orientaient carrément vers la lubricité, mais, surtout, se laissaient envahir par leurs penchants épicuriens et ne craignaient pas d'y aller de commentaires délirants, d'autant plus qu'ils étaient les seuls voyageurs d'expression française, à tout le moins les seuls à utiliser cette langue.

Mark décida qu'il fallait finir cette symphonie

sur une bonne note et il décréta une fine armagnac Hors D'Âge pour tout le monde. Les femmes argumentèrent pour la forme, mais personne n'osa renoncer à ce nectar.

Lorsque Mark répéta la commande, le garçon suggéra au groupe de se déplacer vers le piano bar, le meilleur endroit, conseilla-t-il, pour finir une telle soirée. Eh bien! c'était vrai, il y avait effectivement un piano à queue dans cette voiture et les gens s'installaient autour sur des fauteuils ou de simples petits tabourets. Ici l'atmosphère était plus détendue. La deuxième tournée d'armagnac arriva en même temps que le pianiste. Mark regarda Sammy et lança fièrement :

— Pas pire pour un petit gars de Ham-Nord.

Heureusement qu'il n'y avait pas loin du piano bar au wagon 3544. Heureusement aussi que les couloirs sont étroits dans les trains. Ces deux facteurs combinés permirent à Sammy et Sophie d'atteindre leur cabine dans un temps relativement court. Le mot court étant ici employé dans son sens le moins péjoratif.

Sammy se rappelait que Mark avait commandé d'autre armagnac ou quelque chose se rapprochant. Il croyait même avoir dansé, peut-être avec Florence; c'était, selon son souvenir, avec une femme, mais pas Sophie. Il se rappelait aussi que les Shaink avaient quitté à un certain moment donné, sans avertissement. C'est-à-dire, en fait, que Florence avait quitté et que Mark avait suivi, pas loin derrière et dans la même direction. Il se souvenait d'un vieux monsieur avec une jeune femme, très jolie. C'était un militaire écossais à la retraite avec sa fille. Il avait un accent terrible, mais tenait bien le scotch. C'était d'ailleurs le scotch par-dessus l'armagnac qu'il soupçonnait d'avoir écourté sa soirée. De toute façon, Sophie tirait après lui depuis un bon bout de temps quand il avait décidé enfin de rentrer au bercail.

Le bercail, beaucoup d'armagnac et de scotch plus tard, n'était plus aussi accueillant. Sophie avait arrêté de caresser les murs et exigeait qu'on la mène immédiatement dans un compartiment avec un lit. Sammy se rappelait très bien qu'il y avait deux lits dans ce lieu, le matin, et il les avait mis en place pour faire la démonstration de son savoir-faire à son épouse. Mais, curieusement, les satanées couchettes semblaient avoir disparu et Sophie menaçait de faire arrêter le train si on ne lui fournissait pas, séance tenante, un lit.

La perspective de voir l'Orient-Express arrêter en pleine course dégrisa Sammy suffisamment pour lui permettre de redéployer les couchettes. Quand il regarda Sophie d'un air vainqueur et satisfait, elle bâilla et se laissa tomber lourdement sur la couchette du bas, justement celle qu'il convoitait. Ayant anticipé des félicitations, voire des remerciements pour son exploit, Sammy se retrouvait déçu et contraint de *choisir* la couchette du haut. Toute tentative de marchandage pour un changement de couchette ou tout autre chose semblait définitivement vouée à l'échec.

Il n'était pas déshabillé que Madame ronflait. Sammy était dans les meilleures dispositions du monde, même un peu gris, il trouvait sa femme jolie et désirable. Mais le décor aphrodisiaque d'une cabine de l'Orient-Express ne pouvait pas rendre plus romantique le sourd ronflement occasionné par l'excès de boisson, l'excès de bouffe et l'excès de fatigue. Les couchettes superposées allaient finir par s'avérer une judicieuse idée après tout.

Sammy s'était bien juré de ne pas dormir pour ne pas perdre une seule seconde de cet instant féerique. Parce que c'était comme ça qu'il voyait son voyage. Ce n'était pas trente-six heures ni deux jours et une nuit; c'était un seul et unique instant, un instant d'une plénitude magique, un instant trop court pour dormir, trop court pour rêver. On ne rêve pas lorsqu'on est dans le rêve.

Il faisait noir depuis très longtemps maintenant. Le train traversait la Suisse. Une région que Sammy ne connaissait pas. Le dernier panneau qu'il vit, alors que le train ralentissait, indiquait Saint-Anton. La prochaine étape était Innsbruck, la ville olympique, et il répéta dans sa tête la phrase que Mark Shaink avait prononcée plus tôt dans la soirée.

— Pas pire pour un petit gars de Ham-Nord.

Il ignorait que Mark Shaink venait de Ham-Nord. En fait, il ne savait même pas où Ham-Nord se trouvait exactement. À l'instant, il se sentait beaucoup plus proche de Venise que de Ham-Nord et c'était ça l'important. Surtout, ne pas dormir.

Quand Sammy ouvrit les yeux qu'il lui avait semblé simplement cligner, il faisait jour et le train sillonnait l'Italie. On pouvait donc rêver dans un rêve.

Chapitre 3

LE RETOUR AUX SOURCES

1

Quand les cris venant du jardin se firent entendre, Maria reconnut les voix de Mark et Mélanie. C'est étrange, pensait-elle, un frère et une sœur, aucune affinité. Mark, athlétique, fonceur, mordait dans la vie à pleines dents. C'était lui le plus vieux et le plus fort, pourtant sa sœur lui semblait un fardeau. Maria ne comprenait pas et elle se posait les mêmes questions depuis des années.

Gérard Shaink était un homme austère. Maria pensait qu'il avait toujours été vieux. Elle ne pouvait s'imaginer cet homme en enfant, en adolescent, en jeune homme ou en jeune marié. En fait, elle était sûre qu'il avait toujours été veuf. Quand elle le rencontra pour la première fois, sa femme, Aurore, venait de mourir d'un cancer. Elle avait répondu à une annonce dans le journal. Leur première rencontre fut brève et froide. Monsieur Shaink présenta à Maria ses deux enfants, Mark, douze ans, et Mélanie, dix ans, et expliqua la situation comme un agent d'immeubles :

La mère était morte, la maison était grande, les enfants étaient jeunes et il avait besoin de quelqu'un de responsable immédiatement. Cette personne devait être libre sept jours sur sept, vingt-quatre heures par jour, c'est-à-dire vivre avec eux, en famille. Le salaire pouvait se discuter, la disponibilité, non.

Maria était à l'époque ce que les gens appelaient charitablement une vieille fille. Elle n'avait pas de famille, si ce n'est un oncle, le frère de son père, aux États-Unis. Elle n'était pas sans ressources étant donné l'assurance que son père et sa mère détenaient au moment de leur décès dans un accident d'automobile. Il s'agissait d'un pécule, guère plus, mais elle n'était pas dans la gêne. Par contre, la proposition de vivre continuellement chez les Shaink la séduisait. Elle abandonnerait son logement et se retrouverait sans dépense à assumer, si ce n'est quelques frais pour ses vêtements et, là encore, il s'agissait du strict nécessaire. Maria n'était pas jolie et elle le savait; elle n'était pas du genre à tenter de corriger artificiellement une situation que la nature avait arbitrairement décidée pour elle et se refusait à investir vainement pour sa garde-robe.

Ses besoins étaient donc peu élaborés et le salaire offert d'autant plus alléchant que la pension accompagnait le tout. De plus, les enfants semblaient charmants et le père, moins bourru qu'il s'efforçait de le laisser paraître. Maria accepta.

Elle était là depuis huit ans maintenant, dans ce village qu'elle n'avait jamais visité auparavant et qu'elle aurait pu ne pas connaître, n'eût été cette petite annonce. Même après toutes ces années, Maria ne savait pas beaucoup de choses sur Ham-Nord, parce que la localité ne se livrait pas facilement. Personne ne s'entendait même sur son nom.

Certains prétendaient que le village avait été nommé ainsi en l'honneur d'une petite ville du comté d'Essex en Angleterre. D'autres, plus scientifiques, soutenaient que le nom de Ham avait été formé à partir des abréviations de **H**igh **A**ppalachian **M**ountain. Pour Maria, on aurait dû depuis longtemps cesser de rechercher l'origine de ce nom pour en changer simplement. Ham-Nord, pour elle, cela ne voulait rien dire, et ses habitants, somme toute chaleureux, méritaient de vivre dans un patelin appelé autrement que Ham-Nord.

Détachée de Ham Sud, la municipalité s'était affirmée au fil des ans au point de supplanter sa génitrice. La population était maintenant stable à deux mille sept cents âmes avec l'« agglomération » et Maria pensait les connaître tous, sauf qu'elle aurait été bien embêtée pour mentionner une amie ou un ami. À Ham-Nord, à moins d'y vivre depuis trois générations, vous demeuriez toujours un étranger. Maria avait compris et elle était d'un âge pour savoir qu'on ne force pas l'affection. Elle était respectée, tout le monde la saluait, mais, même après huit ans, les conversations s'arrêtaient quand elle apparaissait. Comme Maria était un peu sauvage de nature, cette situation ne la déprimait pas. Elle rabattait toute son attention sur ses deux pupilles, Mark et Mélanie.

Mark était maintenant un homme. Il étudiait à l'Université de Greenbrooke, on le voyait aux Fêtes et quelques semaines durant l'été. C'était un garçon brillant, promis à un bel avenir

— Et il est beau en plus, pensait Maria.

Mélanie était jolie, elle aussi, mais Maria se demandait comment il fallait cataloguer cette enfant. Elle n'était pas bête, ni méchante, cependant elle n'avait pas pu obtenir quelque diplôme que ce soit, malgré toutes les tractations de son père. Elle était tellement douce, se disait Maria, et pure... Qu'avait-elle besoin d'étudier. Son père était riche de toute façon, donc elle n'avait pas à craindre pour son avenir.

2

L'été s'annonçait merveilleux. Mark s'était fait une petite amie à Saints-Martyrs, le village voisin, et il venait d'annoncer à Maria qu'il passerait toutes les vacances à la maison. La santé de Monsieur semblait s'améliorer et Mélanie faisait de plus en plus office de rayon de soleil dans la famille. Maria était comblée.

La maison des Shaink était située dans le rang des Chutes, sorte de banlieue huppée du village. Le médecin y avait sa résidence, tout comme le notaire. Mais la propriété des Shaink, que les villageois avaient baptisée le Manoir, était la plus belle. De style anglais, avec ses nombreuses lucarnes et son imposante galerie la ceinturant, cette construction, bardée de quatre colonnes, méritait sans doute son appellation. Le terrain était encore plus impressionnant que la maison elle-même. Donnant directement sur les cascades dévalant entre les Quatrième et Cinquième Rangs, planté d'arbres centenaires, le site était enchanteur. Dans toute la région, l'endroit était connu et désigné comme le manoir Shaink.

Maria sortait très peu de son palais qu'elle régentait en maîtresse incontestée. Depuis la maladie de Monsieur, elle sortait encore un peu moins, quoique ce dernier ne fût pas vraiment exigeant. Mais elle se faisait un devoir de rester au poste au cas où son patron aurait eu besoin d'elle.

Ce qui l'affectait un peu cependant, c'était l'attitude du vicaire Leblanc. Ce dernier, depuis plusieurs mois, avait pris l'habitude d'arrêter la saluer deux ou trois après-midi par semaine. Sa conversation était enrichissante et Maria ne se lassait pas de l'écouter. Quoiqu'elle soupçonnât bien que la présence de Mélanie ne fût pas complètement étrangère à l'assiduité du jeune vicaire à visiter une gouvernante d'âge mûr, pas particulièrement belle, elle ne s'en souciait guère de toute façon, puisqu'elle avait depuis longtemps cessé de s'illusionner sur son pouvoir d'attraction vis-à-vis du sexe dit opposé. Elle avait adopté une attitude qui lui permettait de conserver un certain équilibre psychologique sans nécessiter l'apport ou le concours d'autrui. C'était bien ainsi, et elle était pleinement satisfaite de son arrangement solitaire. Mais ce jeune vicaire l'intriguait. Son intérêt pour Mélanie était tout aussi flagrant que troublant. Néanmoins, Maria pensait que cet attrait ne pouvait qu'être bénéfique pour la jeune fille, sans ami et souvent laissée à elle-même, déjà aux prises avec une âme fragile et un caractère mélancolique.

Mélanie, durant les huit années que Maria avait passé avec elle, avait grandi et était devenue une femme. C'est-à-dire qu'elle avait le corps d'une femme, d'une très belle femme, mais son cerveau n'avait pas suivi la même évolution. Depuis la mort de sa mère, Mélanie s'était développée, certes, mais elle n'avait pas vieilli. C'était une grande petite fille. Son père, complètement désarmé devant cette enfant, avait tenté de refiler sa responsabilité aux meilleurs spécialistes de l'époque. Rien n'avait été épargné. Bien plus, Mélanie collaborait et ne rechignait jamais. Elle voulait tellement faire plaisir à son père. Puis, il avait compris et cessé de harceler la petite. Elle vivait maintenant constamment à la maison, sous les soins de Maria, et son seul contact avec le monde extérieur était le vicaire Leblanc.

Gérard Shaink était né à Ham-Nord et il y avait passé pratiquement toute sa vie. À cinquante ans, il regardait avec un œil critique le film de son existence. Il avait atteint bien plus que l'aisance financière, mais il ne jugeait pas pouvoir s'attribuer un mérite quelconque. Il avait été chanceux. De fait, toute sa vie s'était jouée devant lui, comme s'il avait été spectateur. Il ne s'estimait pas plus intelligent que la moyenne, ni plus travaillant. Le fait de vivre dans un village isolé, loin des grands centres, aurait dû normalement constituer un handicap, mais ce ne fut pas le cas.

Orphelin de père à douze ans, fils unique, il avait été le soutien indéfectible de sa mère, ce qui aurait également dû constituer un handicap. Cette mère dont il disait s'occuper, qui ne voulait pas quitter Ham-Nord, et dont il ne lui était pas permis de s'éloigner, même pour étudier, n'avait pourtant pas été un fardeau.

Son père, sans être riche, avait laissé un certain magot à la famille, ce qui la mettait à l'abri du besoin. Or, cette somme ne pouvait être utilisée à d'autres fins que l'entretien de sa mère, tant et aussi longtemps qu'elle vivrait. Gérard se retrouvait donc enchaîné à une femme qui lui vouait un amour exclusivement étouffant, dans un coin que tout adolescent normal n'aurait pas qualifié autrement que bled perdu, et surtout dans l'impossibilité d'aller étudier à l'université, alors qu'il avait le talent et les fonds nécessaires. Plusieurs auraient estimé la situation décourageante. Sans ressource propre, obligé de quémander à sa mère chaque dollar, peu habile de ses mains, avec une tendance assez marquée pour l'introspection, Gérard ne semblait pas être prédisposé à une destinée brillante. Pourtant, même si toutes les chances ne semblaient pas être de son côté au départ, le jeune garçon avait dans son jeu d'autres atouts. Il était opiniâtre et fataliste. Quand Gérard avait flairé une occasion, aucune difficulté ne pouvait le rebuter et il ne se laissait jamais distraire de son objectif.

Lorsque sa mère mourut, il était encore d'âge, à vingt-sept ans, pour entreprendre des études universitaires, mais alors que la chaîne qui le retenait à Ham-Nord venait de se rompre, il réalisait qu'il s'en était tressé une autre tout aussi solide. La chaîne s'appelait Francine. Fille aux allures douces, aux manières posées, Francine Nolet cachait, derrière un sourire désarmant et des yeux noisette toujours légèrement plissés comme si elle s'appliquait pour mieux voir, un caractère en acier trempé. Gérard comprit rapidement, au tout début de leurs fréquentations, quand il parlait de ses projets de déménagement advenant le départ de sa mère, qu'il valait mieux mettre ce dessein aux oubliettes. Francine souhaitait demeurer à Ham-Nord, la cause était entendue.

L'année de la mort de sa mère fut pour Gérard une année charnière. C'est durant la même année qu'il se maria et prit le contrôle du trésor familial. Si Aurore Dubois ne représenta jamais pour lui une surprise, puisqu'il avait l'impression de l'avoir toujours connue, il découvrit à l'analyse de sa gestion de leur fortune qu'il ne connaissait pas cette femme qui lui avait donné la vie et le sein.

3

Madame Shaink, devenue veuve jeune avec charge d'un enfant, avait hérité d'une somme qu'elle qualifia toujours de modeste et qui lui venait principalement d'une police d'assurance contractée par le mari pour encourager un courtier de beau-frère. D'après ce que les chiffres révélaient à Gérard qui en prenait connaissance pour la première fois, parce que sa mère avait toujours refusé jalousement de le tenir au courant de leur situation, sans doute pour l'attacher plus solidement, elle disposait au tout début d'à peu près cent mille dollars, somme très respectable à l'époque.

Rognant sur tout, comme s'ils avaient été dans une situation d'extrême pauvreté, elle avait eu l'audace et le flair d'investir dans une laiterie à Victoriaville, ville principale de la région des Bois-Francs, zone limitrophe du canton de Ham. Pourquoi ce placement? Sa mère n'était pas fille de cultivateur, son père était marchand général et elle ne connaissait rien à l'industrie du lait. Pourquoi Lactantia? Il s'agissait d'une compagnie fermée, non cotée à la bourse, dont elle n'avait aucun moyen de vérifier la santé financière. Et par quel moyen avait-elle fait ce placement, puisque les actions de cette compagnie n'étaient pas sur le marché?

En recherchant la réponse à toutes ces questions, Gérard découvrit une mère avec qui il avait vécu vingt-sept ans sans vraiment la connaître.

Le gérant de la Caisse populaire de Ham-Nord s'appelait Augustin Giguère. Gérard se rappelait que monsieur Giguère était déjà le gérant de la Caisse lorsqu'il était tout jeune, et d'après lui ce monsieur avait dû être gérant de la Caisse depuis sa naissance. Il avait entendu son père déjà mentionner que monsieur Giguère lui avait rendu certains services, que c'était un bon gérant. Monsieur Giguère, tout vieux garçon qu'il était, n'en était pas moins homme, et il semble bien que, s'il avait rendu des services à son père de son vivant, il en ait rendu à sa veuve par la suite.

Est-ce que monsieur Giguère était l'homme désintéressé qu'il paraissait être? Quelle était la nature de ses rapports avec sa mère? Gérard allait, toute sa vie, ruminer ces questions sans trouver de réponse. Sa mère et Monsieur Giguère? Du vivant de son père ou seulement après? Peut-être ne s'agissait-il que d'une relation professionnelle et toute platonique. De toute façon, pour un fils, il est toujours difficile d'imaginer que sa mère est avant tout une femme.

Qu'elle fût platonique ou torride, la relation entre Augustin Giguère et Aurore Dubois fut fructueuse. À la mort de son mari, Aurore consulta sans doute le gérant, et c'est ce dernier qui dut lui suggérer d'investir dans Lactantia et qui lui en fournit les moyens. La Caisse avait, au fil des ans, financé des cultivateurs qui vendaient leur production de lait à Lactantia et qui, en conséquence, avaient le droit d'acheter un certain nombre d'actions de la compagnie, au pro rata de la quantité de lait vendue. Certains de ces cultivateurs se retrouvèrent par la suite en mauvaise posture financière, d'autres se retirèrent simplement, étant donné l'absence de relève. Ces actions étaient sur le marché sans y être. Une convention obligeait tous les détenteurs à offrir leurs actions à la compagnie qui pouvait les racheter à un prix déjà fixé et carrément désavantageux. Monsieur Giguère, très astucieux, avait pris les actions en garantie pour couvrir ces avances et avait exigé que Lactancia intervienne au document. Personne ne s'était méfié et on réalisa seulement après coup que le petit gérant de Caisse de Ham-Nord, à l'allure débonnaire, pouvait invoquer cette intervention pour court-circuiter la convention liant les producteurs et Lactantia. Malgré toutes les pressions de la compagnie pour convaincre le gérant de transiger directement avec leur groupe, certaines pressions étant même sous forme d'enveloppe, le petit gérant résista et, entre Lactantia et Aurore, il choisit Aurore.

Madame Shaink récupéra donc, à un bon prix, et dans la plus grande discrétion puisque toutes les transactions passaient par monsieur Giguère, un bloc d'actions de Lactantia qu'elle laissa dans un coffre à la Caisse. Les actions restèrent là quinze ans et ni monsieur Giguère ni sa mère ne trahirent le secret. Et ce n'était peut-être pas le seul secret que ces deux êtres, que rien ne semblait rapprocher, partageaient ensemble, mais cela, Gérard comprenait qu'il ne le saurait jamais.

Monsieur Giguère était mort un an avant sa mère, et le gérant qui l'avait remplacé ignorait tout du contenu du coffre de madame Shaink; en fait, il semblait ignorer tout sur tout. Gérard décida de ne rien changer à ce que sa mère avait fait et il ne mit même pas Francine dans la confidence. Ce fut peut-être le seul secret qu'il n'y eut jamais entre ces deux êtres.

Orphelin de père et de mère, nouveau marié, à la veille de bâtir sa propre famille, Gérard était en train d'échafauder des plans quand la providence se manifesta de la façon la plus inimaginable possible. Il venait de lire dans *La Tribune* qu'une importante compagnie américaine était sur le point de faire une O.P.A. sur les actions de Lactantia. Quelques jours plus tard, il recevait, au nom de sa mère, par courrier certifié, une convocation à une assemblée générale de tous les actionnaires de Lactantia à Victoriaville.

Gérard assista à l'assemblée et les choses se précipitèrent. L'offre de la firme américaine acceptée, il déposa les actions que sa mère lui avait laissées, et, 90 jours plus tard, il recevait un chèque, au montant de 2 678 417,20 $.

Gérard Shaink n'avait pas fait jusqu'alors la vie qu'il avait souhaitée, mais un curieux destin semblait le guider de contraintes en contraintes vers des possibilités qu'il n'avait pas imaginées. Il n'aurait jamais pensé pouvoir devenir riche à Ham-Nord, il avait toujours regardé sa mère, malgré son amour sincère, comme un boulet; la mort de son père dès son jeune âge l'avait privé au commencement de sa vie d'un allié naturel auquel les enfants ont normalement droit, et malgré tout il se retrouvait, avant la trentaine, indépendant, fortuné, libre de faire ce que bon lui semblait, et tout ça presque malgré lui, voire à son insu.

Il s'ajusta rapidement et retint les services, à l'exemple de sa mère, d'un conseiller financier. C'était un vieux monsieur bourru que le reste de la famille n'a pratiquement pas connu, si ce n'est son nom et son état, Bergeron, de Victoriaville, courtier en valeurs mobilières. À partir de ce moment, personne dans le clan ne sut jamais ce que représentait la fortune des Shaink. C'était un sujet tabou et à Ham-Nord les ragots allaient bon train.

Les plus érudits de la paroisse parlaient de monsieur Bergeron comme du Nogara du pape Pie XII. La comparaison semblait flatter autant monsieur Shaink que monsieur Bergeron et tous les deux maintinrent la loi du silence dans la tradition de madame Shaink et de « son » gérant.

Débarrassé à jamais de tous soucis financiers, heureux en ménage avec sa Francine, sevré de l'idée de quitter son patelin, Gérard entreprit de bâtir sa nouvelle maison et une nouvelle famille. La maison nécessita trois ans et fut prête à temps pour la naissance de Mark. Calculateur né, Gérard avait même planifié cette coïncidence. Et deux ans plus tard, d'une façon cette fois un peu moins planifiée, arriva Mélanie, juste à temps pour contrecarrer le voyage en Europe que ses parents avaient prévu et dont ils se faisaient une telle joie. Ce n'était pas la seule fois où Mélanie manifesterait, à son corps défendant, des dons certains pour faire obstacle aux ambitions légitimes de son paternel.

Mark avait toujours été un garçon vif, enjoué, que tout le monde aimait. Il n'était peut-être pas le plus brillant, mais, comme son père, il était teigneux et ne lâchait jamais un os. Mark passa les toutes premières années de sa vie à Ham-Nord, puis il quitta pour les meilleurs collèges privés. À l'été, il revenait chez son père vivre au Manoir. Il adorait par-dessus tout se baigner dans les chutes avec sa sœur Mélanie. Ils avaient une relation privilégiée. Éprouvant des problèmes de communication et de verbalisation, la jeune fille se confinait dans un monde à elle avec qui elle entretenait des liens satisfaisants, que ce soit avec une poupée bien réelle ou un être totalement imaginaire qu'elle appelait Ramy. La relation avec cet être était cependant quelque peu houleuse puisque souventes fois les discussions devenaient animées et poussaient Mélanie jusqu'aux larmes. Les grandes personnes lui disaient de se prendre un autre ami, plus gentil, qui ne la ferait pas pleurer, mais Mélanie avait à coup sûr la plus grande des difficultés à comprendre la logique des grandes personnes. « C'est vrai que Ramy n'est pas toujours gentil, pensait-elle, mais ce n'est pas une raison pour m'en débarrasser. Moi non plus, je ne suis pas toujours gentille et papa ne se débarrasse pas de moi. »

Avec Mark, par contre, le courant passait sans qu'ils aient besoin d'utiliser les mots ou les gestes. Il s'assoyait par terre près des chutes et Mélanie venait le rejoindre, sans invitation. Quelquefois, elle s'installait à côté de lui, tout près ou un peu plus loin, d'autres fois elle s'assoyait carrément sur son frère, sans lui demander la permission. Mark ne parlait pas ou peu; d'habitude il touchait ses cheveux doucement, mais pas toujours. Cette scène pouvait durer des heures. Soudain, on entendait de la maison un grand éclat de rire. C'était Mélanie. Mark était le seul à réussir cet exploit, bien que sa sœur eût tout le temps le sourire.

La vie de Mark se déroula ainsi jusqu'à la mort de sa mère. À l'adolescence, il commença à trouver de plus en plus long ses étés à Ham-Nord, avec Maria et Mélanie. Son père qui, toute sa vie, avait rêvé de quitter le nid, comprenait bien les états d'âme de son fils. Il envoya donc le jeune homme passer ses étés à Londres et à Barcelone, de façon alternative, afin qu'il maîtrisât les trois langues les plus parlées au monde.

À vingt et un ans maintenant, fraîchement diplômé en administration de l'Université de Greenbrooke, Mark Shaink envisageait l'avenir avec optimisme et loin de Ham-Nord. C'était pourtant à cet endroit que son destin allait se jouer.

L'été s'annonçait merveilleux. Ses études de premier cycle complétées, il avait décidé de prendre des vacances et de passer deux longs mois au Manoir, ce qu'il n'avait pas fait depuis une éternité. Comble de bonheur, il venait d'apprendre son acceptation à Harvard pour y faire sa maîtrise. Tout souriait à Mark en cette période bénie, si ce n'est une seule ombre qui se pointait au tableau et l'empêchait de goûter pleinement toute cette félicité qui s'abattait délicieusement sur lui : Maria avait écrit, et elle avait parlé avec beaucoup trop de retenue de la maladie de son père.

Gérard avait fait, selon lui, une vie de moine. Il n'avait jamais fumé, avait bu très peu et s'était refusé tous les excès. Il n'avait jamais même trompé Francine, de son vivant ou après. Il avait fait tout son possible pour éviter le stress, mais il y a le stress qu'on ne peut éviter. La mort de sa femme avait été pour lui une phase critique dont il ne s'était jamais remis, et, malgré sa foi sincère, le fait qu'il soit pratiquant, et l'aide de ce jeune vicaire si bon pour Mélanie, il avait beaucoup de difficultés à combattre des sentiments de haine et de vengeance à l'égard d'un Dieu si cruel envers lui qui était, tout le monde en convenait, une bonne personne. Déjà qu'il eût perdu ses deux parents jeunes, il trouvait injuste de s'être vu enlever sa femme dans la force de l'âge avec deux enfants à la maison. Malgré sa foi solide, les discussions étaient plutôt viriles avec le vieux curé de la paroisse sur les marches du presbytère.

Mais les blessures, même les plus profondes, cicatrisent. Maria avait pris le relais auprès des enfants, du moins physiquement, et Gérard s'était mis à croire que le temps arrangerait les choses.

Pour Mark, la transition, du moins en apparence, s'était faite sans laisser de séquelles permanentes. Il avait continué son évolution normalement et semblait aujourd'hui un jeune homme accompli, sûr de ses moyens, confiant dans la vie.

Pour Mélanie, un fil était brisé quelque part, dans son cœur ou dans sa tête. Peut-être avait-il toujours été brisé et l'amour protecteur de sa mère avait-il réussi à masquer l'état de la jeune durant toutes ces années? Mais Francine était partie, et il devint vite patent pour tous ceux qui approchaient Mélanie qu'il y avait un problème. Au début, c'était plutôt attendrissant. L'enfant, d'une naïveté désarmante, paraissait refuser de vieillir. Malheureusement, elle ne pouvait pas choisir de renoncer à grandir. Est-ce que Francine savait?

Mark et son père n'en avaient jamais discuté. Mark s'était organisé pour vivre constamment éloigné de Ham-Nord et Gérard n'avait jamais plus voulu sortir du village.

La situation était demeurée ainsi pendant quelques années sans poser trop de difficultés. Il n'y a absolument rien d'anormal, ni même de surprenant, de voir quelqu'un agir en petite fille lorsque cette personne a un corps de petite fille. La problématique se manifeste cruellement quand la petite fille habite le corps d'une belle jeune femme à qui il ne manque aucun attribut. Gérard avait vérifié un soir auprès de Maria si sa fille était devenue une femme pour se faire répondre : il y a longtemps.

Mélanie, à partir de ce moment, fut pratiquement séquestrée au Manoir avec ses chevaux et ses chiens; elle avait tous les jeux vidéos dont elle raffolait d'ailleurs et la résidence était équipée d'un cinéma maison. Maria surveillait l'enfant vingt-quatre heures sur vingt-quatre et Gérard ne quittait pratiquement jamais le manoir. De fait, de toutes les personnes qui vivaient au manoir, Mélanie semblait la plus heureuse.

Et le sort frappa. Gérard dut vivre ce qu'il appelait une autre étape de son chemin de croix. Un jour, Maria trouva la jeune fille sans connaissance sur le plancher de la cuisine. Ce fut l'ambulance, l'hôpital, une batterie de tests et le verdict : Mélanie souffrait d'épilepsie, mais pas du grand mal qui occasionne chute et convulsions repoussantes, mais seulement du petit mal qui occasionne des pertes de conscience durant dix à quinze secondes. On prescrivit à Mélanie un médicament pour contrôler son état en lui spécifiant qu'elle devait éviter de conduire une automobile et de monter à cheval. Dans des circonstances normales et pris régulièrement, le médicament devait prévenir les pertes de conscience. Aussi était-il prioritaire d'exercer un suivi très attentif sur la médication puisqu'il était impossible de s'en remettre là-dessus à Mélanie, tout à fait inconsciente de ce qui lui arrivait. Cette tâche revint naturellement à Maria.

Quelques mois plus tard, Gérard commença à se sentir mal. En fait, il n'avait mal nulle part, mais il éprouvait constamment une fatigue extrême qui le laissait sans énergie. Il consulta son ami, le docteur Ouellet, qui ne diagnostiqua aucune pathologie mais se résolut tout de même, sous l'insistance de Gérard, à lui faire passer les tests d'usage.

C'est quelques jours après ces tests que le docteur Ouellet téléphona à son vieil ami. Cette fois-ci, il demandait à le voir à son bureau.

— Gérard, on se connaît depuis longtemps, je n'ai pas envie de tourner autour du pot.

— Vas-y, Henri, je t'écoute.

— Tu as un cancer du colon avec métastase au foie.

— Ce n'est pas bon, ça, je suppose.

— Pas très.

— On va m'opérer?

— C'est justement ça la question. Le spécialiste est d'avis que l'opération est inutile et je partage son opinion. Ce qui ne t'empêche pas de consulter ailleurs, sois bien à l'aise.

— Qu'est-ce que tu ferais, toi, Henri?

— Je ne me ferais pas opérer.

— Et on parle de combien de temps?

— De quelques mois.

Curieusement, en quittant le cabinet du docteur Ouellet, Gérard ne se sentait plus fatigué, il se sentait mieux qu'il ne s'était senti depuis plusieurs mois. Il décida de ne pas retourner au Manoir directement et arrêta au pub du village. Toutes les conversations cessèrent quand il entra dans le pub, un endroit où il n'avait pas mis les pieds depuis des années, et il commençait à regretter son initiative quand il se rendit compte qu'il ne connaissait pratiquement personne. Il allait faire demi-tour lorsqu'il fut interpellé :

— Mais c'est Gérard, Gérard Shaink, pour l'amour, veux-tu bien me dire ce que tu fais ici au beau milieu de l'après-midi; sens-tu ta mort? demanda en riant le maire du village qui semblait, quant à lui, avoir pris un peu d'avance.

— J'avais le goût de prendre une bière, alors j'ai pensé que c'était la place.

— Tu n'as jamais dit si juste, mon Gérard, et c'est moi qui t'invite. Viens t'asseoir avec moi.

Gérard ne s'éternisa pas. D'ailleurs, sitôt à l'intérieur, il se sentit dans le rôle du poisson rouge hors de son bocal malgré le liquide ambiant. Au moins, pendant quelques minutes, la conversation débridée du maire lui changea les esprits et, laissant plusieurs bières pleines sur la table, ce ne fut pas sans mal qu'il réussit à s'arracher à son nouveau groupe d'amis.

4

Le lendemain matin, Gérard se prit à penser qu'il avait une chance réservée à peu d'hommes. Il connaissait l'heure de sa mort. Il pouvait donc tout prévoir et surtout préparer la suite après lui pour ses proches. Il avait la chance de ne pas mourir subitement comme son père. Il avait trois personnes à s'occuper. Ses parents morts, étant fils unique, il n'avait pas de neveux et nièces. Il ne lui restait que Mélanie, Mark et Maria. Et heureusement, il disposait des moyens économiques pour assurer aux siens une existence sans problème d'argent. Il passa trois jours à réfléchir, à griffonner des brouillons, sans sortir de sa chambre, puis, sa décision prise, il demanda à Maria de faire venir le notaire. Personne de sa famille n'était encore au courant de la situation, c'est pourquoi la visite du notaire intrigua un peu Maria.

Le notaire était dans la jeune trentaine et assez bel homme. Une calvitie naissante le faisait paraître vieux prématurément, mais lui conservait un charme distingué. On le disait populaire auprès des femmes du village. Fils de cultivateur, le notaire Jacques Guertin était encore pauvre, mais dévoré par une ambition qui allait certainement faire de lui un homme riche. De toute façon, il était prêt à prendre tous les moyens pour quitter sa condition. Il en aurait l'occasion plus vite que prévu.

Gérard, d'entrée de jeu, expliqua que ses jours étaient comptés et qu'il voulait faire son testament. Et il révéla le montant de ses avoirs.

Le notaire frôla la crise d'apoplexie. Il avait devant lui un homme de cinquante ans, que personne ne savait malade, qui lui annonçait sa mort prochaine en lui révélant posséder une fortune à propos de laquelle nul être vivant dans tout Ham-Nord n'avait le moindre soupçon. Il ne put faire autrement que de tousser un peu et blêmir beaucoup.

— Je sais que je ne devrais pas, mais je prendrais une larme de cognac, si vous en avez, j'ai de la difficulté à respirer.

— Je vous comprends, moi aussi, quand je l'ai su, j'ai eu envie de prendre un coup.

Gérard sonna Maria et demanda un cognac. Peu habituée à servir de l'alcool dans la maison, encore moins le matin, cette dernière ne put s'empêcher de s'informer pour qui, ce qui eut pour résultat de faire passer le notaire du blanc au rouge.

— À la réflexion, Maria, apportez-en donc deux.

— Vous aussi, monsieur? reprit Maria, tenace.

— Oui, moi aussi, à moins que vous n'en vouliez un.

Quand les cognacs furent servis, le notaire fut le premier à rompre le silence.

— Vous êtes réellement sûr pour... pour...

— Pour ma mort? reprit Gérard devant l'embarras du notaire. Je suis sûr de ma mort, mon cher notaire, comme je suis sûr de la vôtre, sauf que j'ai le privilège d'en connaître la date d'une façon un peu plus précise. Je suis également sûr du montant de ma fortune, à quelques piastres près, si c'est le sens de votre question.

— Oui, oui, ça va, je m'excuse. Et pour votre testament, avez-vous des questions?

— Non.

— Alors je vous écoute.

— Le manoir et cinq cent mille dollars en liquide vont à Mark. Il va sortir de Harvard dans deux ans, il parle trois langues, il va être capable de se débrouiller avec ça. Il y a cependant une condition : Maria a un droit d'habitation à vie au manoir, plus une rente que je déterminerai plus tard. Enfin, pour Mélanie, elle hérite du résidu, soit cinq millions de dollars qui seront consacrés à créer une fondation pour s'occuper d'elle toute sa vie durant. Si elle meurt avant Mark, Mark devient alors mon héritier universel. Vous semblez soucieux, notaire?

— Eh bien! Si je peux me permettre, monsieur Shaink, vous vous trouvez pratiquement à déshériter votre seul fils.

— Mon fils a eu plus de la vie que jamais Mélanie ne pourra en recevoir. Ne vous méprenez pas, notaire, c'est Mark le gagnant, pas Mélanie. Rédigez-moi un projet, en rajoutant les autres clauses d'usage et soumettez-moi le tout dès que possible. Je compte sur vous, et sur votre discrétion *absolue*.

Revenu à son étude, le notaire revoyait le film des événements qu'il venait de vivre et, pour des raisons qu'il ignorait à l'époque, il pressentait instinctivement que sa vie ne serait plus pareille après cette fameuse journée; il venait de franchir un point de non-retour. Il avait donc de quoi fêter et appela Marguerite, celle qui venait lui donner un coup de main dans son travail de secrétariat quand il était débordé – ou quand il débordait – comme Marguerite aimait à le préciser avec une malice entendue.

Marguerite avait vingt ans, dix ans de moins que le notaire. Elle le trouvait beau, gentil, elle l'aimait comme un copain. Et comme l'homme de sa vie passait des mois loin de Ham-Nord, c'est avec le notaire qu'elle soulageait ses pulsions quand la pression était trop forte. Cet arrangement satisfaisait le notaire, quoique, quant à lui, il aurait aimé aller plus loin avec Marguerite, mais celle-ci avait mis honnêtement cartes sur table dès le début. Elle allait marier un autre homme. Il ne le savait peut-être pas encore, mais il le saurait en temps et lieu.

Cet après-midi-là fut spécial pour les deux amants, tellement qu'il se prolongea tard en soirée et que le notaire manqua de cognac. Mais quand Marguerite quitta l'étude au petit matin, elle venait de lire sa vie comme un livre ouvert. Même le notaire ne s'était pas aperçu de la mutation entre la femme qu'il avait prise pour la première fois de la journée en fin d'après-midi et celle qu'il avait prise pour la dernière fois à deux heures du matin. Entre le crépuscule et l'aube, Marguerite avait vieilli d'un siècle.

Jacques Guertin, d'un naturel prude, avait été élevé par des parents d'une autorité toute janséniste, surtout sa mère, et n'avait jamais nommé les organes sexuels féminins autrement que « les fesses ». Sous l'influence didactique de Marguerite, sa technique amoureuse s'était améliorée, mais pas son vocabulaire. *On le fait, mais on n'en parle pas.* Marguerite, espiègle, avait toujours de la difficulté à réprimer un sourire quand son amant de patron lui déclarait le plus sérieusement du monde que ses fesses goûtaient le miel. Le notaire mettait sur le compte du plaisir assouvi l'étalage de ce sourire engageant et repartait habituellement à l'assaut. En ce matin particulier toutefois, ses forces l'abandonnèrent et le juriste à l'âme de poète, épuisé et rassasié, s'endormit profondément bien avant le départ de sa jeune maîtresse.

Quand il s'éveilla quelques heures plus tard, il était étendu de tout son long parmi différents dossiers, fripé et reconnaissant au ciel que le samedi ne fût point un jour ouvrable.

***

Mark ne quittait presque plus le manoir, l'état de santé de son père s'aggravant de jour en jour. Maria, avec plus de monde à s'occuper et les courses à faire, était littéralement débordée. Florence, une amie d'enfance de Mark, s'offrit généreusement à leur donner un coup de main; ce fut apprécié de tous, surtout de Maria et, après quelques jours, à la suggestion de Mark, la jeune fille s'installa au Manoir.

Elle travaillait fort, secondait bien Maria dans toutes ses tâches et refusait d'être payée. Mark la regardait, amusé. Il se souvenait que, lorsqu'ils étaient tous deux enfants, ils s'étaient promis de se marier. Et maintenant, par un concours de circonstances, c'était Florence qui était à la maison et qui s'occupait de son père, de lui et de Mélanie, tout comme si elle avait été son épouse.

Les journées passaient et imperceptiblement Mark se rapprochait de Florence, sans qu'elle en fasse rien, du moins le croyait-il. Puis vinrent les discussions plus sérieuses, les contacts, les projets, et c'est Florence qui prit l'initiative de freiner la cadence.

— Attendons que ton père soit parti, peut-être que ce serait mieux.

— Je ne suis absolument pas d'accord. Je suis sûr que ça va être une grande nouvelle pour lui et nous la lui annoncerons demain.

Effectivement, Gérard apprécia la nouvelle. Florence était une fille de Ham-Nord avec les pieds sur terre et des principes, comme sa femme, pensait-il. Ce devait être bon pour Mark.

— Je vous recommande, les enfants, de ne pas éterniser le deuil. Mariez-vous dès que vous serez prêts. C'est ce que je souhaite et je suis sûr que c'est ce que souhaite aussi Francine.

Florence prenant de plus en plus le contrôle de la maison, Maria avait beaucoup plus de temps pour faire les courses et elle ne s'en privait pas. Cette situation était nouvelle pour elle et elle avait l'impression de retrouver une liberté qu'elle n'avait pas connue depuis plusieurs années. De plus, Florence avait également pris charge de Mélanie comme d'une petite sœur.

Quelques jours plus tard, Gérard tomba dans le coma. La mort se rapprochait et il allait y avoir plus de travail que d'habitude. Florence, désormais dans le rôle de majordome, distribua les tâches. Maria était en charge du ravitaillement et devait s'assurer de disposer d'assez de provisions pour recevoir les nombreuses personnes qui ne manqueraient pas de défiler au Manoir au cours des prochains jours. Pour ce faire, elle devait être libre de ses mouvements et pouvoir se rendre au village tous les jours, même plusieurs fois par jour si nécessaire. Mark était assigné au chevet de son père. Si jamais ce dernier reprenait conscience durant quelques secondes, il fallait absolument qu'il soit là. Quant à Mélanie, complètement dépassée par les événements, il était préférable qu'elle continue son train-train quotidien. En début d'après-midi ce jour-là, Florence l'envoya faire marcher les chiens jusqu'aux chutes, comme à l'accoutumée.

Mélanie partit, avec ses deux chiens, courir sur les roches du ruisseau qui bordait le domaine. C'était dangereux, mais elle l'avait fait tellement de fois et surtout il y avait son médicament maintenant.

Mélanie courut jusqu'au bout de la terre familiale. Elle devait éviter l'effort physique, mais sa jeunesse l'entraînait et, ce jour-là, on ne lui avait fait aucune recommandation. Peut-être était-elle guérie? Était-elle seulement malade? Une fois rendue aux limites du domaine, sans se reposer, elle commença à courir sur les roches glissantes du ruisseau avec les chiens autour d'elle. Elle était tellement heureuse. Puis, sans avertissement, un voile descendit sur ses yeux et ses jambes se dérobèrent. Elle sentit un coup à la tête qui ne lui fit pas vraiment mal et du liquide emplit sa bouche. La vie de Mélanie la quittait doucement dans son ruisseau qu'elle aimait tant et près de ses chiens qui continuaient à folâtrer sans se soucier de leur bien-aimée maîtresse.

Et d'ailleurs, en partant, la vie de Mélanie apportait avec elle une autre vie que personne ne soupçonnait, même pas Mélanie.

C'est Mark, le soir, qui trouva la jeune femme dans le ruisseau. Gérard mourut deux jours plus tard sans avoir repris conscience et sans se douter que sa seule fille l'attendait déjà dans l'au-delà.

Chapitre 4

MORT À VENISE

1

Avant le départ, on avait expliqué et répété à Sammy, particulièrement un de ses clients italiens à la Banque, qu'il n'y avait pas d'auto à Venise. Malgré cela, Sammy croyait tout de même retrouver certains véhicules d'urgence, pompiers, policiers, ambulanciers ou des véhicules d'utilité publique, les éboueurs, les postiers, les déménageurs. Eh bien! non. Il n'y avait pas de véhicules sur roues à Venise.

Le transport de biens ou de personnes s'effectuaient en canots, même chose pour les taxis. Le dépaysement ne pouvait être plus total et, une fois les valises récupérées, tous regardaient Mark pour se faire expliquer la marche à suivre. Mark avait réservé les chambres à l'Hôtel des Bains sur le Lido, en face de Venise. Et pour se rendre à l'hôtel, il n'y avait qu'à faire comme dans toutes les capitales, trouver un taxi. La langue posant un peu de difficulté, ce ne fut pas sans peine que l'on parvint enfin à réquisitionner deux taxis, l'un pour chaque couple.

Sammy commençait à découvrir que Venise était peut-être la ville des amoureux, mais certainement pas celle des avares. Le conducteur du canot de Mark s'informa s'il s'agissait d'une première visite et, suite à une réponse affirmative, il suggéra que ce serait une bonne idée de longer le grand canal. Sa suggestion fut retenue et les deux canots automobiles s'engagèrent lentement dans le grand canal en direction du Lido. Au passage, les chauffeurs italiens, sans doute des descendants de gondoliers, risquaient un commentaire descriptif, mais dans un anglais tellement ardu que l'effort pour communiquer était vain.

Quelques minutes plus tard, les canots accostaient au quai privé de l'Hôtel des Bains et Sammy s'informa le premier du prix de la course : cent dix mille lires.

— Pour les deux? demanda-t-il.

— Non, chacun.

Sammy pensa pour lui-même que ce n'était peut-être pas l'endroit pour prendre sa retraite ni pour économiser en vue de sa retraite.

Quelques garçons de l'hôtel arrivèrent et transportèrent les bagages à la réception.

L'Hôtel des Bains était majestueux et donnait directement sur la mer Adriatique. Des colonnes immenses faisaient la façade de l'édifice, alors que les marches, les planchers et les colonnes intérieures étaient encore et toujours en marbre. Dans les chambres, vaste terrain de jeux avec balcon sur la mer, la salle de bain était également toute de marbre.

Les femmes en avaient le souffle coupé; les hommes essayaient de se donner de la contenance en élevant un peu la voix, mais cet hôtel avait un cachet que l'on retrouve dans les films, et dans les films seulement.

Florence avait lu dans les pensées de Sammy.

— C'est ici que Luchino Visconti a tourné *Mort à Venise* en 1971.

— C'est vrai, reprit Sophie, avec Dirk Bogarde. Mais je n'aurais pas reconnu l'endroit.

Sur les murs, il y avait des photos de premiers ministres, de présidents et d'artistes connus. Sylvester Stallone y était en très bonne place.

— Eh bien! fit Sammy en direction de Mark, je crois que cela pourra aller pour un soir ou deux.

— Nous ne sommes ici que cinq soirs, vous n'aurez pas trop longtemps à souffrir.

Une fois les formalités complétées à la réception, les deux couples se dirigèrent vers leur chambre respective, le rendez-vous étant fixé à vingt heures pour le souper. Il y avait, ce soir-là, dans l'Hôtel des Bains sur le Lido, quatre personnes heureuses qui avaient l'impression de vivre un rêve. Si Mark avait organisé ce voyage pour impressionner son banquier, il avait frappé dans le mille. Mais, il l'avait répété maintes fois et juré, ce n'était pas un voyage d'affaires, juste de courtes vacances pour sceller une belle amitié. Sophie flottait. Marchant vers la chambre, elle se tenait solidement après Sammy de peur que les jambes ne lui manquent. Florence laissait moins paraître ses sentiments et elle semblait être la moins surprise des quatre. Pour elle, elle était rendue où elle devait être. Conséquemment, elle était contente, oui, mais pas surprise. La surprise viendrait plus tard.

Dans le hall d'entrée, aussi grand que le quai d'une gare, dissimulé derrière un journal écrit en allemand, un spectateur très intéressé n'avait rien raté de l'arrivée des Canadiens. Il était déjà là depuis

quelques jours et n'avait pas mis le nez hors de l'hôtel. Pour le personnel, il se comportait comme une
personne attendant quelqu'un et son attente venait
d'arriver à son terme.

Quand il fut sûr que les Canadiens avaient tous
disparu, il replia soigneusement son journal et se
dirigea vers le comptoir de l'accueil.

— J'ai un bon ami à moi qui vient d'arriver à
l'instant et j'aimerais lui faire une surprise.

Il s'était exprimé en italien avec un léger accent
allemand. Il s'agissait d'un homme plus grand que la
moyenne, avec des traits découpés et un air racé. Il
avait sans doute cinquante-cinq ans. Dans un autre
siècle, cet homme aurait facilement pu passer pour un
aristocrate : un comte, un marquis, peut-être un duc.

— Est-ce que je peux vous aider, monsieur
Ostermeyer? demanda la jeune fille de service, qui
ne faisait aucun effort pour cacher qu'elle était im-
pressionnée.

— Oui, est-ce que mon ami dîne à la salle à
manger de l'hôtel ou à l'extérieur?

— Monsieur Shaink a réservé une table pour quatre à vingt heures, ici à l'hôtel.

— Je vous remercie, mademoiselle. Voudriez-
vous également me réserver une table pour quatre
à la salle à manger à vingt heures trente.

— Ce sera fait, monsieur Ostermeyer.

Et l'Allemand s'éloigna lentement. L'hôtel semblait lui appartenir et tout dans son attitude était
étudié, peut-être un peu empesé. Sa démarche ne
dégageait ni chaleur ni fantaisie. Monsieur Ostermeyer reflétait une rigueur toute germanique.

2

Pendant que Sophie entreprenait son long processus de préparation qui, de toute manière la laisserait insatisfaite, Sammy choisit d'aller faire un tour.

— Pas trop longtemps, on va être en retard.

— Tu sais que ça me prend cinq minutes à me préparer.

Pour se rendre à la plage, il y avait un jardin à traverser, et, une fois sur place, on pouvait admirer, toutes alignées les unes à côté des autres, une série de petites cabines en toile rayée. Il apprit le lendemain que les occupants de l'hôtel avaient le droit d'occuper ces cabines, moyennant un prix de location qui, selon Sammy et ses critères de banquier, se rapprochait plus d'un prix d'achat que d'un prix de location. Mais, on ne vient pas à Venise tous les jours et il décida qu'il louerait une de ces petites cabines en toile rayée. On retrouvait, sur la plage, toutes les commodités : pédalos, skis aquatiques, chaises longues, parasols, tout enfin. Il y avait même de superbes courts de tennis et, jouxtant directement l'hôtel, une piscine inoubliable en forme d'L.

Sophie était presque prête quand Sammy rentra de sa marche à l'aventure. Une demi-heure encore et c'en serait fait. Sammy prit bien son temps pour ne pas énerver sa femme et ils furent finalement prêts à l'heure. C'était beau de voir rayonner Sophie qui sentait son cœur battre dans ses oreilles, et Sammy n'était pas peu fier d'avoir pu offrir un tel voyage à sa femme.

Pour parvenir à la salle à manger qui donnait sur le hall d'un côté et sur la piscine de l'autre, il fallait gravir un escalier de huit marches, en marbre, il va sans dire, avec un tapis rouge au milieu. Sur le mur, à gauche, posait une grande toile, sans doute d'un artiste italien, aux couleurs chaudes, contrastant vivement avec la froideur du marbre, et, sur le palier, un vase énorme, blanc, contenant des fleurs vertes, sous un majestueux candélabre à branches multiples.

La salle à manger apparaissait alors. L'éclairage semblait provenir des lampes sur les tables ou était autrement dissimulé. Les fenêtres, très larges, faisaient du plancher au plafond qui était très élevé et décoré comme l'intérieur d'une église. Sur les murs, entre les fenêtres, on pouvait admirer le genre de toile qu'on s'attend à retrouver dans un musée. C'était à vous couper le souffle et l'appétit.

Un garçon s'informa au sujet de la réservation et escorta les deux couples jusqu'à une table qui faisait le coin de la salle à manger. Par une des fenêtres, on pouvait apercevoir la piscine, par l'autre, la plage et la mer. Pour les trois du groupe qui n'étaient pas encore sortis de l'hôtel, ils manquaient d'yeux. Le garçon ramena tout le monde à la réalité en s'informant, dans un anglais pitoyable, du choix pour l'apéritif. Mark prit les affaires en main; c'était lui qui invitait après tout.

— Mes enfants, cette soirée va être mémorable.

Il ne croyait pas si bien dire. Il commanda du champagne, un Dom Pérignon 1980, et une fois la surprise passée, le champagne aidant, les langues commencèrent à se délier. Tout le monde à la table voulait parler en même temps, les deux femmes s'adressant à leur mari respectif tout en se parlant entre elles dans une simultanéité complètement cacophonique. Les hommes étaient un peu moins diserts mais plus portés sur le champagne. Sammy essayait tant bien que mal de saisir quelques bribes de la conversation que les deux femmes avaient ensemble et pour elles-mêmes tout à la fois, se questionnant mutuellement sans se soucier le moindrement des réponses, mais il aurait fallu être un expert du décodage pour s'y retrouver. Quelques phrases, cependant, revenaient comme un leitmotiv :

— Si ma mère voyait cela.

— Il faudra que je revienne un jour.

Et d'autres du même style.

Quand le garçon revint, la tempête s'était un peu calmée. Mark réclama encore, à titre d'hôte, le privilège de choisir.

— C'est uniquement pour ce soir, sentit-il le besoin de préciser.

Son choix se porta sur des « Mignons de la passion ». Pour le vin, on eut droit à une bouteille de Brunello de Montalcino Biondi Santi 1981, un vin de toscane.

Le garçon s'éloigna, apparemment satisfait du

choix, et les échanges reprirent à la table, sur un ton un peu plus posé maintenant. D'ailleurs, la politesse le commandait puisque, à la table voisine, un autre garçon venait d'installer deux couples. Sophie se plaignit, à voix basse, que l'on installât d'autres gens si près, alors que la salle à manger était à moitié vide. Florence manifesta son appui à Sophie. Les deux femmes ne cachaient pas leur déception de devoir forcer un peu moins sur les décibels.

— Mark, un des deux hommes à l'autre table, celui qui nous fait face, ne cesse de te dévisager.

— Florence, veux-tu, s'il te plaît, ne pas porter attention aux gens autour. On a l'air de campagnards qui sortent pour la première fois de leur village.

— C'est vrai, Mark! reprit Sophie qui n'avait pu résister à l'envie de vérifier l'information de Florence.

Mark céda et leva les yeux. Son visage manifesta d'abord un vif sentiment d'incrédulité qui se transforma ensuite en une surprise un peu gênée. C'est du moins l'impression ressentie par Sammy qui se trouvait juste en face de son ami. Mark se leva, après quelques instants, et demeura sans bouger; l'autre homme vint vers lui.

— Mark, quelle surprise! Vous à Venise! Comment allez-vous?

— Je vais bien, très bien. Je suis en voyage avec des amis et mon épouse. Et vous, monsieur Ostermeyer? Vous semblez également en pleine forme. Qu'est-ce qui vous amène à Venise? Mais laissez-moi d'abord vous présenter mon épouse Florence, mon banquier et ami, Samuel Roy, son épouse

Sophie. Mes amis, je vous présente monsieur Karl Ostermeyer...

Mark hésita avant d'ajouter :

— ...une relation d'affaires et un ami.

En gentleman, monsieur Ostermeyer fit le baise-main aux deux femmes et serra chaleureusement celle de Sammy. Il semblait réellement enchanté de rencontrer le groupe, presque trop.

— Laissez-moi, à mon tour, vous présenter les gens qui m'accompagnent. D'abord mon épouse, Marie, mon associé, Louis Hoffman et son épouse Louise. Nous sommes nous aussi en vacances pour quelques jours, quelle coïncidence!

Monsieur Ostermeyer et ses amis parlaient en français. Les deux hommes, avec un léger accent allemand, les deux femmes sans accent. Elles étaient toutes deux originaires de Colmar, en Alsace. La discussion s'engagea d'autant plus facilement et une bonne chimie s'installa entre les deux groupes. Les femmes occupaient pratiquement toute la place, les hommes se contentant d'un rôle de spectateurs. Sophie et Florence harcelaient de questions les deux autres qui n'en étaient pas à leur première visite, si bien qu'en un rien de temps, mesdames Hoffman et Ostermeyer se proposèrent pour faire office de guide le lendemain matin, offre aussitôt acceptée par les deux Canadiennes, sans consultation avec les époux.

— Nous laisserons les hommes entre eux, précisa madame Ostermeyer, avec un sourire narquois. Ils trouveront bien un sujet de conversation.

Sur ce, les mignons de veau arrivèrent et un garçon se pointa à la table des nouveaux amis pour prendre les commandes. Chacun se remit à ses affaires et le souper se déroula sans autre surprise et sans autre intervention des voisins qui semblaient être définitivement des gens bien élevés. Pas d'éclats de rire, pas de commentaires du style « trouvez-vous ça bon? », des voisins de table vraiment charmants, et Sammy était convaincu que Sophie et Florence allaient vivre une belle journée le lendemain. Peut-être lui aussi après tout, quoiqu'il ressentît une sourde appréhension qu'il ne pouvait s'expliquer et qui lui avait coupé l'appétit. Il trouvait la coïncidence légèrement dure à avaler. D'ailleurs, il n'avait cessé d'observer Mark depuis la rencontre des deux couples étrangers, et son attitude avait changé. Il était demeuré jovial et plein d'entrain, mais Sammy, qui commençait à mieux le connaître, avait l'impression que Mark jouait maintenant un rôle alors que, depuis le début du voyage, il avait été naturel. Son jeu était bon, d'accord, mais il jouait.

Servis avant leurs voisins, les Canadiens quittèrent la salle à manger en premier. Les salutations à l'autre table ne s'éternisèrent pas. Comme le reste, tout était parfait : le ton, la manière, le geste, le mot. Sammy regardait évoluer ces gens comme dans un ballet. Toutes les phrases prononcées à cette table s'enfilaient comme les perles d'un collier sans que jamais personne coupe la parole à l'autre. « Ma foi, pensa Sammy, on dirait qu'ils ont répété. » L'heure et le lieu du rendez-vous furent précisés et quelques suggestions sur la tenue vestimentaire furent faites, mais avec une telle délicatesse qu'il était impossible de s'en offusquer. Pour les hommes, monsieur

Ostermeyer prit les commandes, tout en douceur, également, et suggéra de se retrouver dans le hall à dix heures. Toutes les propositions étant entérinées de part et d'autre, les quatre couples se séparèrent, non sans reprendre la ronde des baisemains qui paraissaient beaucoup amuser Florence et Sophie.

Les deux femmes marchaient en avant, précédant de quelques pas leurs maris, discutant ensemble comme de vieilles amies et se félicitant de la chance inouïe qu'elles avaient de rencontrer ces deux charmantes dames qui connaissaient Venise et parlaient français. Sammy profita du fait que les femmes ne faisaient pas attention à eux pour glisser quelques mots à Mark.

— Dans le hall d'entrée, à neuf heures trente au lieu de dix heures, est-ce que ça te va?

— Bien sûr, mais il va falloir avertir Ostermeyer.

— Laisse tomber Herr Ostermeyer.

Mark resta bouche bée et n'eut pas le temps d'ajouter quoi que ce soit avant de rattraper les femmes que leurs discussions passionnées avaient ralenties. Les couples se séparèrent pour la nuit, leur première nuit à Venise, le but ultime de leur voyage.

3

Sammy était déjà installé depuis un bon moment dans le hall d'entrée quand Mark apparut. Il ne semblait pas avoir très bien dormi. Curieusement, avant même d'avoir salué son compagnon, il regarda autour de lui, comme s'il craignait la présence de quelqu'un. Sammy observa le stratagème et garda le silence. Il ne faisait rien pour mettre à l'aise son ami.

— Qu'est-ce que c'est, tous ces mystères, Sammy? Tu ne veux pas parler en présence des femmes ni devant nos amis; tu ne ferais pas une petite crise de paranoïa par hasard? ou de jalousie?

— C'est possible. Dis-moi seulement depuis quand tu connais Ostermeyer?

— On aurait pu parler de ça devant lui, je n'ai aucune cachette. Ça fait un an.

— Et tu l'as connu comment?

— Sammy, cet interrogatoire à la Columbo est très désagréable et je refuse de m'y soumettre comme un vulgaire suspect. Il y a une chose que je t'ai cachée, une seule, et je suis d'accord pour te l'expliquer.

— La coïncidence?

— Oui, la coïncidence. Tu avais correctement

deviné. Ma rencontre ici avec Ostermeyer a été planifiée par moi et lui, il y a déjà quelque temps.

— Je ne te demande rien d'autre que de me confirmer que tout ce cirque n'a aucun rapport avec le prêt que la Banque vient d'accorder à K-TRO.

— Au contraire, le prêt a un rapport direct avec cette rencontre et c'est pourquoi je tenais à ta présence à cette réunion.

— Et pourquoi alors ne m'en as-tu pas parlé, plutôt que de me piéger?

— Sammy, je ne t'ai pas piégé et je refuse de t'en dire plus avant que nos amis arrivent. Nous allons rencontrer deux financiers de très haut niveau. C'est sûr que c'est bon pour moi, mais ça va également être bon pour toi, tu verras. Dans ta profession, tu as besoin de contacts de cette qualité, encore plus que moi, Sammy. Tout ce que je te demande, c'est de rester calme.

Ostermeyer arriva le premier, suivi à quelques mètres par Hoffman. Les deux hommes différaient beaucoup, au moins sur le plan physique. Ostermeyer avait gardé la forme athlétique, mais Hoffman, plus court, était bedonnant et paraissait sans doute plus vieux que son âge réel.

— Samuel, ça me fait plaisir de vous revoir.

Ostermeyer avait parlé le premier et, pendant une fraction de seconde, Sammy n'avait pas réalisé qu'il s'adressait à lui tellement il n'était pas habitué à s'entendre désigner autrement que par son sobriquet. Hoffman salua à son tour, tout aussi courtoisement, et les quatre hommes restèrent debout comme dans l'attente d'un événement qui refusait de se produire. Mark, sentant peser sur lui le regard de son ami qui avait de plus en plus tendance à réintégrer son costume de banquier, passa à l'attaque.

— Messieurs, mon ami est impatient de vous connaître et je suggère que l'on se trouve un coin tranquille sans tarder.

— J'ai réservé un petit salon, je vous prie de me suivre.

Ostermeyer se conduisait comme le leader, et il amena le groupe derrière lui, jusqu'à un salon, certainement discret mais pas si petit, et referma la porte sur les talons de Hoffman qui traînait en arrière-garde. Sammy pensait, comme la veille au souper, que le synchronisme des gestes de ces gens avait un caractère étrange et dérangeant. Tout le monde s'installa et, rapidement, le visage d'Ostermeyer perdit son côté doucereux, son masque devint bien plus anguleux. Il fixa Sammy droit dans les yeux pendant de longues secondes et commença en ne s'adressant qu'à lui; sa voix avait gardé sa souplesse cependant.

— Il est évident, de par l'attitude de notre ami Samuel, qu'il est surpris par notre présence, voire intrigué. J'avais mentionné à Mark que je n'étais pas d'accord pour garder le secret sur cette rencontre aussi longtemps, mais il n'était pas de mon avis.

« Dans un premier temps, Samuel, je vais faire les présentations. Je suis allemand, né à Heidelberg. J'ai travaillé toute ma vie dans le marché international de la finance. Je suis un cadre retraité du Crédit suisse. J'ai été à leur emploi plus de trente ans et je demeure maintenant à Lausanne. Je suis suisse d'adoption. Je fais une parenthèse pour dire que c'est à Lausanne, l'année dernière, que j'ai rencontré Mark. Il était venu assister au festival de jazz de Montreux et s'était installé au Château d'Ouchy. Notre rencontre a été complètement fortuite, mais nous nous sommes trouvé des affinités et depuis nous avons gardé le contact.

« Mon ami Hoffman est un Autrichien, né à Lienz, qui a travaillé pratiquement toute sa vie pour la société Cedel-Clearstream au Luxembourg. Comme tu vois, Samuel, nous sommes tous trois banquiers. Toi, sur un plan plus national, moi sur un plan plus international, et Louis est un spécialiste de la compensation; c'est donc lui qui fait le lien entre nous.

« Même si nous sommes tous les deux dans la même profession, c'est par nos femmes, toutes deux originaires de Colmar, que nous nous sommes rencontrés, Louis et moi. À sa retraite, Louis m'a convaincu de nous associer pour former un cabinet de consultants spécialisé en transfert de fonds. J'ai trouvé l'idée bonne et c'est ainsi qu'est né le cabinet Hoffman-Ostermeyer, avec siège social à Luxembourg. »

— Je connais bien le processus de virements de fonds, mêmes internationaux, reprit Sammy, calmement et fier d'être dans son élément, mais je ne crois pas que ce soit de ce genre de virements dont votre cabinet s'occupe.

Ostermeyer aurait pu se vexer de l'allusion, mais il ne le fut pas, à tout le moins, il n'en laissa rien paraître. Moins en contrôle de ses nerfs, Mark se montrait de plus en plus fébrile.

— Ne vous méprenez pas, Samuel. Nous avons dans notre clientèle des États et des villes importantes. Plusieurs des plus grandes sociétés au monde ont recours à nos services. Sans trahir le secret bancaire, puisqu'il y a eu des fuites dans la presse récemment, J. P. Morgan/Chase et Goodman Sachs sont clientes de notre cabinet. Si vous avez en tête la mafia, Samuel, je peux vous assurer que vous faites fausse route.

Sammy ouvrit la bouche pour préciser sa pensée, mais il n'en eut pas le temps.

— Je sais que vous allez dire que certains de nos comptes ne sont pas publiés, et de ce fait non retraçables. Il se peut qu'un pays ait besoin à un certain moment donné de fonds qu'il peut prélever sur un compte complètement anonyme pour mettre en œuvre un plan qui relève de la sécurité d'État ou de la sécurité de ses ressortissants. Je vais vous donner un exemple dont le monde entier a entendu parler sans pourtant pouvoir décrypter les tenants et les aboutissants de l'affaire. Et je parle de la libération des cinquante-cinq otages américains le 18 janvier 1981. Moi et Louis, Samuel, faisons partie du très petit groupe de personnes qui peuvent dire combien de millions chaque otage a coûté aux États-Unis.

« Il n'y avait pas moyen de faire autrement, tout avait été essayé, même un raid suicidaire à travers le désert, ordonné par Carter lui-même, et la détention durait depuis quatre cent quarante-quatre jours. Des gens comme Louis et moi sont intervenus; un prix a été négocié, des sommes ont été virées sur un ou des comptes, et la libération a été payée. Est-ce que la loi a été transgressée? Peut-être que les États-Unis ont transgressé une ou plusieurs de leurs lois dans l'opération, mais qui va s'en plaindre et qui va les blâmer? De plus, il ne faut pas perdre de vue que cette opération n'avait qu'un but strictement humanitaire sans aucune incidence lucrative, et qu'elle a pu se dérouler, se matérialiser grâce à des spécialistes comme nous.

« Il est évident que le système, une fois développé et connu, peut déraper et être utilisé à mauvais escient. Mais nous ne sommes pas en religion, Samuel, nous sommes banquiers et ce n'est pas à nous de sonder les cœurs de ceux qui ont recours à nos services. Nous présumons toujours des bonnes intentions de nos clients et nos opérations respectent les lois et les règlements bancaires en vigueur. »

— Je ne suis pas sûr que le fisc trouve toujours son compte dans ce genre de transaction, reprit Sammy, plus passif qu'ironique.

L'exposé d'Ostermeyer l'avait impressionné.

— Moi, je suis sûr que le fisc ne trouve pas toujours son compte, reprit ce dernier, sûr de lui. Tout le monde que je connais essaie de posséder le fisc un peu, qu'il s'agisse d'un reçu de charité légèrement gonflé ou de vacances déguisées en voyage d'affaires, c'est le sport principal de tous les contribuables de la terre. Peut-être que même toi, Samuel, tu as déjà accepté de payer au noir un jardinier ou un plombier parce qu'il te faisait un meilleur prix.

Ostermeyer arrêta quelques instants pour s'assurer que le coup avait porté et reprit :

— La question n'est pas là. Il ne s'agit pas de savoir si nos clients sont honnêtes ou non, s'ils ont gagné leur argent légalement ou non, s'ils vont aller au ciel ou non. Cela ne nous regarde en rien. Nous ne sommes pas des policiers, ni des agents du fisc, ni des confesseurs. Nous sommes des banquiers. Notre devoir se résume à analyser et à décider si une opération donnée est, sur le plan de l'éthique bancaire et de la loi, une opération conforme. Si, selon les renseignements fournis, la réponse est positive, nous serions ridicules de refuser de faire une transaction profitable. Parce que, Samuel, je ne cherche pas à vous mystifier, nous sommes en affaires pour faire de l'argent et notre domaine d'activité permet des profits rapides et substantiels.

Même si Ostermeyer alternait habilement entre le tu et le vous en s'adressant à lui, Sammy avait décidé de s'en tenir au vouvoiement.

— Vous êtes un bon vendeur, monsieur Ostermeyer, un très bon même; mais toute votre démonstration ne m'éclaire pas beaucoup sur le but de notre rencontre aujourd'hui.

— J'y arrive. Il y a un an, à Lausanne, Mark m'avait mentionné que sa société négociait un refinancement qui allait lui assurer des liquidités importantes. Je lui avais alors demandé de me tenir au courant et je lui avais expliqué, sommairement, que je pourrais sans doute lui suggérer une manière fort rentable d'utiliser ses liquidités à l'abri de toute indiscrétion. Il y a un mois, il m'a annoncé que la transaction avec votre Banque était sur le point de se compléter et nous avons décidé de nous rencontrer à Venise. Pourquoi à Venise? C'est une idée de Mark. Il m'a expliqué qu'il n'aurait jamais eu ce financement sans vous et il tenait absolument à ce que vous soyez partie prenante. Du même coup, il cherchait une façon de vous remercier, de vous faire plaisir, à vous et à votre femme, et il savait que vous n'accepteriez aucune sorte de gratification pouvant vous placer en conflit d'intérêts. D'où l'idée de l'Orient-Express et du séjour à Venise. Pourquoi avoir tenu ce rendez-vous secret et prétexté la coïncidence? C'est encore Mark qui a insisté parce qu'il craignait toujours que vos scrupules fassent tomber à l'eau nos projets.

Dans les circonstances, j'ai décidé de jouer le jeu et j'ai amené avec moi mon associé et ami, ainsi que nos deux femmes, étant donné la présence des vôtres. Il va sans dire que nos épouses ne sont au courant de rien.

— Monsieur Ostermeyer, vous allez sans doute me trouver un peu lent, mais j'ai toujours de la difficulté à vous suivre.

— Sammy, intervint Mark, je dispose maintenant de liquidités de près de cinquante millions. Je veux que cet argent travaille rapidement, qu'il rapporte beaucoup, et que ce ne soit pas l'impôt qui en profite. C'est pourquoi, j'ai décidé de faire affaire avec deux spécialistes en la matière. Avec toi, ça fait trois.

Cette fois Sammy avait compris. Son voyage d'agrément venait de finir et il se demandait ce qu'il trouverait le courage de dire à sa femme; en fait, il doutait de trouver la force de ne rien dire et de continuer en ne laissant rien paraître. Hoffman n'avait pas encore parlé. Sammy l'observa, sans dissimuler, et l'autre ne baissa pas les yeux ni ne parut mal à l'aise. Ostermeyer ne parlait plus, son visage s'était de nouveau adouci. Il devait avoir servi ce petit discours des dizaines de fois, la plupart du temps avec succès, il n'était pas inquiet. D'ailleurs, combien de temps lui avait-il fallu pour retourner Mark Shaink, il y a un an, au Château d'Ouchy, tellement retourné qu'il était maintenant prêt à vendre père et mère pour suivre cet Allemand connu ni d'Ève ni d'Adam. Et pourtant, Mark Shaink n'était pas le premier venu. Sammy était déçu mais demeurait en possession de ses moyens. Il n'avait pas l'intention de se laisser endoctriner par ce Teuton flagorneur et il était bien décidé à récupérer son ami au passage.

— Messieurs, tout ce que vous me dites, vous vous en doutez bien, m'intéresse au plus haut point. Comme monsieur Ostermeyer le mentionne, je suis banquier avant tout et la recherche du profit ne m'indiffère pas; au contraire, c'est ma raison d'être. Je m'excuse si j'ai été un peu lent à comprendre, mais vous admettrez avec moi que vous aviez tous un an d'avance.

Cette fois-ci, c'est Ostermeyer qui s'élança pour parler, mais déjà Sammy avait enchaîné.

— Je suis ici à l'insistance de mon client, comme il a été mentionné à l'instant, et c'est d'abord à lui que je dois mes réflexions, qu'il aura par la suite le loisir de vous transmettre ou non. Étant donné l'importance du dossier, aussi bien pour lui que pour moi, il est préférable que je m'entretienne en privé avec lui, avant que nous continuions cet échange, au demeurant, aussi intéressant qu'instructif.

Sammy avait essayé d'emprunter le style d'Ostermeyer dans son intervention, mais ce dernier ne s'en formalisa pas. Il quitta en entraînant son associé à sa suite, un léger rictus zébrant son visage stratifié.

4

Mark et Sammy restèrent seuls. Mark, visiblement ahuri, comprenait difficilement l'attitude de son copain qu'il voulait entraîner avec lui dans la fortune. Que la Banque Mont-Royal ou la compagnie K-TRO écope un peu au passage n'était d'aucune pertinence et ne justifiait aucune question existentialiste à la Shakespeare. C'était tellement clair dans la tête de Mark qu'il devait d'abord se soucier de lui avant de s'inquiéter pour les autres, surtout lorsque les autres ne représentaient que des entités incorporelles, banques ou compagnies. Aussi, il trouvait candide l'attitude de Sammy prêt à se battre toutes griffes dehors pour « sa » Banque comme s'il s'agissait de protéger sa propre mère. Mark avait la fibre filiale un peu moins développée pour sa compagnie.

— Mark, commença Sammy, je ne crois pas qu'il soit bien utile de te préciser mon étonnement et, j'oserais dire, mon écœurement.

— Ah oui! Je peux comprendre à la rigueur que tu sois étonné, mais qu'est-ce qui t'écœure tant que ça? J'ai mis tout mon poids pour refinancer ton entreprise qui en avait d'ailleurs grandement besoin; tu sembles l'oublier facilement. Chaque sou que la

Banque a mis dans ce dossier est nécessaire au fonctionnement de ta compagnie, je dirais même indispensable. Nous avons analysé à la loupe les points forts et les points faibles de ton entreprise. Tu as un bon produit, Mark, et une bonne clientèle, sauf que ta matière première est dispendieuse et il suffirait d'un incident mineur, une grève, l'arrivée inopinée d'un concurrent ou quoi que ce soit d'autre pour t'enlever ta marge de manœuvre et rendre à nouveau ta marge brute déficitaire. Et dans ces conditions, ta compagnie courrait à sa perte rapidement, tu le sais.

— Alors? reprit Mark.

— Alors, tu n'as pas la marge de manœuvre que tu as voulu montrer à ces financiers allemands ou autrichiens. Tu as peut-être vingt-cinq millions dans ton compte, oui, même plus, mais tu en as besoin, et si tu décides de balancer des millions à la tête de ces financiers pour les impressionner ou pour jouer au nabab ou à autre chose, eh bien! tu vas devoir en payer le prix tôt ou tard. Et je peux te prédire que ce sera plus tôt que tard.

— De toute manière, Sammy, tu es pessimiste de nature et de par ta fonction. Je n'ai jamais, de ma vie, vu un banquier optimiste. Ensuite, je dois te dire, bien que je t'apprécie beaucoup, qu'il s'agit de mon argent et j'ai bien l'intention d'en faire ce que je veux.

— Non, c'est faux, ce n'est pas ton argent. Il s'agit de l'argent qui appartient à une compagnie qui s'appelle K-TRO. Tu es actionnaire majoritaire, c'est vrai, et tu as agi comme caution auprès de la Banque, c'est également vrai, mais je ne te laisserai pas dépouiller cette compagnie et, crois-moi, Mark, ce ne sont pas des menaces en l'air.

— Et qu'est-ce que tu vas faire?

— Je vais te dénoncer. Tu n'as pas le droit de voler ta compagnie plus que moi j'ai le droit de voler la Banque.

— Bon, les grands mots, maintenant, voler, pourquoi pas tuer? Cette compagnie n'existait pas avant que je la crée et que je la développe. Ce qu'elle a aujourd'hui, elle me le doit.

— Peut-être, mais tu ne peux pas t'approprier ce qui lui appartient, c'est la loi.

— Tu parles comme un avocat maintenant.

— Toi, comme un bandit.

— Bon, bon, ne nous énervons pas, je n'ai rien signé avec personne. Je voulais que tu rencontres ces gens et que tu me donnes ton opinion sur ce qu'ils m'offrent. Ça me semble plutôt alléchant et tu ne peux pas me reprocher d'agir dans ton dos.

— Je n'ai pas d'idée sur ces deux individus et je ne veux pas les connaître plus que je les connais déjà. De fait, j'aurais aimé autant ne jamais les rencontrer. Pour ce qui est de leur offre de faire fructifier anonymement, ce qui veut dire à l'abri du fisc, ton surplus de liquidité, je te répète que tu n'as pas de surplus de liquidité, si ce n'est une marge de manœuvre raisonnable qu'il te faut protéger et non pas dilapider.

— Eh bien! Justement, Sammy, je dispose de plus qu'une marge de manœuvre raisonnable. Je vais te faire un aveu qui risque d'être suicidaire, mais je le fais quand même. Le dossier qu'on t'a donné à analyser pour le financement de K-TRO ne représentait pas fidèlement la réalité. Normalement, avec son banquier, on essaie de se montrer plus riche qu'on est en réalité parce qu'il est bien connu que vous ne prêtez qu'aux riches; mais cette fois-ci, il était tellement évident que tu voulais notre clientèle que nous avons pris le risque de nous montrer sous un jour plus défavorable que ce que la réalité démontrait. Et notre pari a fonctionné, de sorte que nous avons plus d'argent que nous en avons réellement besoin.

Sammy, qui n'avait pas encore digéré le discours néo-capitalo-humaniste d'Ostermeyer, encaissait difficilement maintenant l'aveu faussement ingénu de son client. Il était trop tard pour faire marche arrière et toute tentative de sa part pour rappeler le prêt à K-TRO compromettrait irrémédiablement sa carrière. Tant qu'il était le seul à savoir qu'il s'était fait piéger, il pouvait espérer minimiser, peut-être même contrôler les conséquences, mais il réalisait qu'il aurait à jouer serré. Mark se plaisait à raconter qu'il n'avait jamais rien appris à l'école et que sa meilleure décision avait été de laisser tomber Harvard, mais il savait ce qu'il voulait et sa désinvolture n'était que feinte. Sous des aspects faussement anarchiques, c'était un homme froidement calculateur qui suivait un parcours organisé où il n'y avait pas de place à l'improvisation. Sammy se demandait s'il n'avait pas visé trop haut avec le dossier de K-TRO, mais, de toute façon, l'heure n'était pas aux regrets, il fallait reprendre le contrôle de la situation.

— Mark, je suis déçu par ce voyage dont je me faisais une telle joie.

— Tu n'aimes pas Venise?

— Il ne s'agit pas de Venise, tu le sais. D'abord, je ne veux plus revoir tes deux amis et leurs épouses. Trouve n'importe quel prétexte, mais je veux qu'ils quittent cet hôtel demain matin. Nous dirons à nos femmes qu'Ostermeyer à reçu un télégramme l'avisant qu'une personne de sa famille était malade.

Mark faisait la moue de l'enfant gâté avec qui on refuse de jouer.

— Tu n'as pas d'option, Mark, je n'accepterai pas qu'il en soit autrement. Quant à l'aveu que tu viens de me faire, sans doute dans le but très habile de faire de moi ton complice, je ne l'ai pas entendu, donc, je n'ai même pas à l'oublier, et je te défends de ne jamais m'en reparler parce que, si cette éventualité devait se produire, mon attitude serait différente et je ne crois pas que ce serait à ton avantage, Mark, de courir ce risque.

« Donc, je résume pour que l'on soit bien tous les deux sur la même longueur d'ondes : je n'ai jamais rencontré de financiers belges, autrichiens ou allemands à Venise, et nous n'avons jamais parlé une seule fois du dossier K-TRO. C'était une promesse que nous nous étions faite au départ et nous l'avons respectée. Ça te va comme ça?

— Oui, je peux m'arranger avec les Allemands, mais pour le reste du voyage, nous avons encore trois jours à passer à Venise.

— Pas de problème. À partir de demain matin, nous retrouvons nos femmes, tu expliques la disparition soudaine de nos nouveaux amis et nous nous

111

déguisons en joyeux touristes, tous heureux de dépenser beaucoup d'argent sur la place Saint-Marc.

— Tout un programme.

— C'est comme ça, Mark, et tu es bien chanceux que ce soit comme ça. Mais je tiens quand
même à te dire, avant que j'enfile mon costume de
touriste désœuvré, que si jamais j'apprends dans les
prochains mois que K-TRO a des problèmes de liquidité, tu ne seras pas heureux de m'avoir connu.
Je t'ai sous-estimé, Mark, ne fais pas la même erreur
avec moi.

Le reste du voyage fut sans histoire. De boutiques en restaurants, en musées, Venise se livra pudi-
quement. On ne peut guère connaître Venise en
quatre jours, mais son souvenir fut quand même
onéreux. Il y eut bien quelques questions sur le départ précipité des Ostermeyer et des Hoffman, mais
Mark trouva chaque fois les mots justes. C'était sans
aucun doute un homme doué, pensait Sammy.

Chapitre 5

LA FRAUDE

1

— Sammy, c'est Jonathan, est-ce que je pourrais te voir aujourd'hui?

Cette demande tombait mal. Sammy avait déjà une journée chargée, c'était l'anniversaire de son épouse, et l'expectative de voir Wood ne l'enchantait guère. Néanmoins, ce dernier avait un ton pressant qui finit par convaincre le banquier qu'il était peut-être préférable de ne pas remettre cette rencontre. Sammy fixa le rendez-vous à onze heures trente.

Wood, contrairement à son habitude, arriva un peu avant l'heure. Sammy avait demandé à Jean-Pierre d'assister à la rencontre et il ne reçut Wood que lorsque Jean-Pierre fut arrivé. L'avocat avait revêtu un habit sombre et son allure trahissait la panique de celui qui sait qu'il va à l'abattoir ou à la Cour suprême pour le plaideur. D'un naturel plutôt fendant, Wood n'arrivait pas à cacher sa gêne et son désarroi. Quant à celui qui l'accompagnait, et dont la présence n'avait pas été annoncée, il tremblait de tous ses membres, comme un parkinsonien, et semblait à deux doigts de s'évanouir. Jean-Pierre, qui le connaissait assez bien, lui offrit une chaise immédiatement sans saluer Wood tellement il était convaincu que le comptable était sur le point de perdre connaissance.

Sammy regardait la scène d'un œil interrogateur, sans s'émouvoir. Sa femme lui avait prédit une belle journée. Une fois le comptable installé avec un verre d'eau, Wood trouva le courage d'entamer la discussion.

— Vous connaissez tous Antoine Savard, c'est le vérificateur chez K-TRO.

Antoine Savard était un jeune comptable agréé qui, plutôt que de se joindre à une grosse boîte, avait choisi de monter son propre cabinet. C'était un homme brillant, deuxième de sa promotion au Québec, et ambitieux. D'origine modeste, il s'était juré de devenir riche avant quarante ans et son objectif était en bonne voie de se réaliser. Lorsqu'il avait accepté la charge de la vérification chez K-TRO, il s'agissait du mandat le plus important qu'on ne lui ait jamais offert. Certains de ses associés avaient prétendu que c'était trop gros pour l'importance de leur firme, mais c'était un dossier très payant et, tant qu'ils étaient accrédités par la Banque, il n'y avait aucune raison de refuser un mandat aussi lucratif. De toute façon, le contrôleur de la compagnie, Nil Couture, avait expliqué que tout le travail s'effectuait à l'interne, qu'il y avait là une solide équipe, aguerrie et compétente, et que la tâche en serait une de supervision. Pour l'image de son cabinet, être les vérificateurs d'une compagnie de l'importance de K-TRO était une sorte de consécration à laquelle Savard n'avait pu renoncer. Il avait donc accepté le mandat et il était le vérificateur de la compagnie depuis deux ans maintenant.

Tous les yeux regardaient Savard qui n'avait pas encore dit un mot. Wood, habituellement si disert qu'il fallait le bâillonner pour l'empêcher de parler, se tenait coi et travaillait fort pour se faire oublier. Il était évident que les deux hommes auraient donné beaucoup pour être ailleurs.

Sammy, pour qui ce rendez-vous imprévu venait de compresser un peu plus un horaire déjà foulé serré, s'impatienta à haute voix :

— Messieurs, nous n'allons pas nous regarder transpirer toute la journée? Maître Wood, vous avez insisté pour ce rendez-vous, je vous écoute.

— Il s'agit, monsieur Roy, il s'agit de ce dont je vous avais parlé, il y a environ huit mois.

— Huit mois, vous dites, maître Wood, vous auriez intérêt à être un peu plus précis, parce que je ne peux voir à quoi vous faites référence.

— Il y a huit mois à peu près, je vous avais rencontré en fin de journée, dans un bar, et je vous avais mentionné qu'un de vos comptes était en péril.

— Rectification, maître Wood, il y a huit mois vous ne m'avez parlé de rien. Je vous interdis de dire ici aujourd'hui que vous m'avez parlé de quelque chose, que vous m'avez renseigné sur un sujet quelconque à cette date. Vous m'avez lancé effectivement, sans précision et sans détail, qu'un de nos comptes risquait d'aller mal. Cette boutade, parce que c'est ainsi qu'il faut qualifier ce genre d'affirmation, a occasionné de notre part une analyse interne de nos principaux dossiers qui n'a rien donné si ce n'est un surcroît de stress et de travail à notre personnel.

— Et quant à moi, il en a résulté que je n'ai pratiquement plus reçu de mandat.

— C'est la vie, ça, maître Wood. Si vous saviez quelque chose concernant la Banque, c'était votre devoir de le dire. Si vous choisissez de lancer des phrases en l'air qui mobilisent inutilement le personnel de la Banque, vous faites preuve d'un manque de sérieux et d'un manque de professionnalisme qui ne peut que vous être dommageable, c'est bien évident.

— Je n'ai pas parlé, à l'époque, parce que je ne pouvais pas. Je suis l'avocat de la Banque, mais je suis aussi l'avocat de K-TRO.

— K-TRO et la Banque n'ont pas des intérêts divergents, à ce que je sache?

— Peut-être, monsieur Roy; c'est justement pour cette raison que j'ai demandé au vérificateur de la compagnie de m'accompagner.

Sammy était maintenant beaucoup plus intrigué qu'impatient. Jean-Pierre, quant à lui, avait commencé à trembler presque autant que le comptable. Wood regardait Savard suppliant et ce dernier comprit que l'avocat, même à trois cents dollars l'heure, refusait de bégayer plus longtemps. Il fit un effort pour se lever, puis décida qu'il s'exprimerait aussi bien assis.

— J'ai joué au golf, la semaine dernière, avec un directeur des comptes chez Investissement Québec. Après la ronde, on a pris un verre. En fait, on a pris plusieurs verres et puis le directeur des comptes s'est mis à jaser, à jaser de ses comptes, d'un en particulier puisqu'il savait que ça m'intéresserait, le compte K-TRO. Il me raconta que c'était un de ses meilleurs comptes, qu'il venait de recevoir une demande pour le financement d'une nouvelle chaîne de montage et qu'il ne s'agissait, en fait, que d'une formalité tellement ce dossier était solide. Et puis, il me lança des chiffres concernant les ventes, les recevables, les profits que je fis semblant de bien connaître, mais que j'entendais pour la première fois. Il y a une semaine que je réfléchis à cette aventure, sans pouvoir la chasser de mon esprit, et j'ai finalement décidé d'en parler à maître Wood. À ma grande surprise, il m'a répondu qu'il y avait longtemps qu'il se doutait de quelque chose.

« Monsieur Roy, je ne peux rien affirmer, mais je pense que les états financiers de K-TRO, que vous avez dans vos dossiers et que je suis censé avoir vérifiés, ne sont peut-être pas les seuls états financiers émis par la compagnie. J'ai apporté avec moi les derniers états financiers de K-TRO que j'ai signés; j'aimerais les comparer avec les états que vous avez à votre dossier. »

Sammy fit venir le dossier K-TRO immédiatement. En quelques secondes, la comparaison révéla l'incroyable : la Banque avait en mains de faux états financiers. Les deux jeux de relevés comptables étaient pourtant imprimés sur le même papier, soit celui du cabinet Savard & Associés, et portaient tous deux la signature d'Antoine Savard.

— Comment expliquez-vous ça? questionna Sammy à l'adresse de Savard.

— Malheureusement, je n'ai aucune explication.

— Si je comprends bien, reprit Sammy qui faisait des efforts surhumains pour garder son calme, c'est vous qui avez les vrais états financiers et nous les faux?

— Non, reprit le comptable, je crains que ce soit pire que cela.

— Pire que quoi? demanda Jean-Pierre dans un sursaut d'énergie.

— Si je tiens pour acquis les chiffres que m'a lancés le directeur des comptes d'Investissement Québec l'autre soir, mes états financiers ne sont pas plus fiables que les vôtres. Comme question de fait, je commence à me demander sérieusement s'il existe dans cette compagnie des états financiers qui reflètent la réalité. Je soupçonne que Nil Couture, le contrôleur, soit la seule personne à avoir une bonne idée de la situation de la compagnie. Quant à moi, je n'ai plus aucune confiance dans les documents qu'on m'a demandé de vérifier. Seule une enquête externe pourra nous livrer le dernier mot de cette affaire et j'espère que toutes ces combines ne cachent rien d'irréparable.

— Je suis moins optimiste que vous là-dessus, monsieur Savard, beaucoup moins.

— Je regrette de ne pas m'en être aperçu auparavant, monsieur Roy, je le regrette sincèrement.

— Pas autant que moi, monsieur Savard. Et vous, maître Wood, nous pouvons présumer maintenant que c'est de ce dossier dont vous nous parliez, il y a des mois, dont vous nous parliez sans nous en parler, malheureusement.

— Oui, c'était bien ce dossier.

— Et comment l'aviez-vous appris, maître Wood, comment aviez-vous appris ce que même le vérificateur de la compagnie ignorait.

— Je ne peux pas répondre à cette question sans trahir mon secret professionnel.

— Ah non! pas la passe du secret professionnel, maître Wood! Sans nous dire comment vous avez appris ce que vous saviez, vous pouvez nous dire au moins ce que vous saviez.

— Eh bien! j'avais appris des choses qui me laissaient redouter que vous n'aviez pas en mains les bons états financiers de K-TRO.

— Et c'est ce renseignement crucial, articula rageusement Sammy, que vous n'avez pas jugé bon de nous donner, durant huit mois.

— Je ne pouvais pas à cause de la façon dont je l'avais appris.

— Eh bien! messieurs, vous allez constater que je suis beaucoup moins amateur de la valse hésitation que vous deux. Monsieur Savard, aujourd'hui même, je vais déposer une plainte auprès de l'Institut des comptables agréés afin que cet organisme enquête sur votre rôle dans cette affaire. Quant à vous, maître Wood, je vais saisir le syndic du Barreau de votre cas avant même que vous n'ayez quitté l'édifice, et je vais lui fournir un rapport complet sur votre conduite inqualifiable dans le présent dossier. Dès cette après-midi, la firme Boutin & Boutin va prendre contact avec votre bureau pour se faire transférer tous les dossiers dont vous vous occupez pour la Banque. Entre-temps, j'aurai avisé votre associé senior que votre firme n'aura plus de dossiers de la Banque et le vice-président des affaires juridiques recevra le même avis, avec les mêmes explications.

— C'est tout? demanda Wood, qui tentait de garder contenance.

— Non, je vais également faire une demande au contentieux de la Banque pour qu'il étudie la possibilité de poursuites civiles et qu'il prépare le dépôt d'une plainte criminelle. Maintenant c'est tout. Messieurs, je ne vous retiens pas.

Seul dans le grand bureau avec Sammy, Jean-Pierre le regardait et se demandait comment il pouvait réagir si vite. Quant à lui, il n'était même pas encore sûr de bien comprendre ce qui venait de se passer.

— Sammy, il est clair que l'on n'a pas les bons états financiers, mais ça ne veut pas nécessairement dire que la Banque est victime d'une fraude. Je ne peux pas m'imaginer Mark Shaink dans la peau d'un fraudeur.

— Bien moi, je le peux. Et si ce n'est pas dans un but frauduleux, peux-tu m'expliquer, Jean-Pierre, quel est l'intérêt de présenter de faux états financiers à son banquier?

— Évidemment, poser la question c'est y répondre.

— Comme tu dis. Il nous reste une seule chose à découvrir, et c'est de combien nous avons été volés? Fais-moi venir Shaink immédiatement. Dis-lui qu'il manque une signature sur un document, surtout qu'il ne se doute de rien, mais insiste pour qu'il vienne immédiatement sous le prétexte que nous avons une inspection demain.

Mark, rejoint dans son auto, n'eut qu'un léger détour à faire pour se rendre à la Banque. Il calculait même qu'il arriverait à temps au club de golf pour respecter son heure de départ. Il fut surpris d'entendre la secrétaire lui dire que monsieur Roy l'attendait, bien qu'il eût demandé Jean-Pierre. Après tout, il en profiterait pour le saluer, puisque leurs rencontres s'étaient espacées depuis quelques mois. De fait, Mark songeait, alors qu'il suivait la jeune fille qui l'escortait vers le bureau du patron, que, depuis le retour de Venise, leurs relations, quoique toujours cordiales, n'avaient plus rien de ce côté chaleureux qu'elles avaient eu un certain temps. Trop orgueilleux pour aborder franchement le sujet avec Sammy, Mark n'en était pas moins chagriné par cette situation et espérait secrètement que le tout revienne comme avant un bon jour. Peut-être aujourd'hui? pensa-t-il en entrant dans le bureau de Sammy. Mark salua à peine Jean-Pierre et tendit la main à Sammy qui ne se défila pas.

— Alors, il est où, ce document?

— Il est là, répondit Sammy, en montrant sur le bureau les deux jeux des états financiers de K-TRO, celui de la Banque et celui du vérificateur, que Sammy avait pris la précaution de confisquer.

Mark ne broncha pas et jeta un coup d'œil sur les deux documents qui semblaient en tous points identiques. Puis il réfléchit et commença à craindre d'avoir compris. Il feuilleta le premier jeu, puis le deuxième et faillit s'évanouir. Habitué à crâner, c'était d'ailleurs sa force, il n'essaya même pas de cacher son désarroi. Les deux banquiers restaient là, sans parler. Jean-Pierre était certainement aussi blanc que Shaink. Après de longues minutes, sans lever la tête, Mark commença :

— Il faut que je demande des explications à mon contrôleur. Je ne comprends pas plus que vous. Donnez-moi jusqu'à demain matin.

Et il quitta la pièce sans attendre la permission de qui que ce soit.

— Jean-Pierre, occupe-toi d'avertir le département des comptes spéciaux et le contentieux. Je m'occupe du crédit et du vice-président.

— Très bien, Sammy. Jean-Pierre était défait comme si on venait de lui annoncer que sa mère était enceinte.

— Encore une chose, Jean-Pierre, gèle tous les comptes de K-TRO.

— Ce n'est pas un peu tôt pour faire ça, patron?

— C'est sûrement trop tard au contraire, mais on va le faire pareil. Plus un chèque de K-TRO n'est honoré.

— Même pas les chèques de paie?

— Plus un chèque de K-TRO. Je ne sais pas combien nous avons déjà perdu dans cette aventure K-TRO, mais j'arrête l'hémorragie immédiatement en espérant que ce soit assez vite pour sauver nos deux jobs, Jean-Pierre. Et je te suggère de faire brûler un lampion.

2

Mark Shaink ne se présenta pas à la Banque le lendemain. Ce fut une brigade du département des crimes économiques, le D.C.E., qui investit les bureaux de la compagnie K-TRO sur le coup de midi, mais il était déjà trop tard. Toute la nuit avait été employée à brûler des tonnes de documents incriminants.

Devant l'impossibilité de recueillir des preuves matérielles, Jeff Larose, le jeune lieutenant chargé de l'enquête, se rabattit sur la fastidieuse cérémonie des interrogatoires. Larose était un enquêteur marginal, mais brillant. Quelquefois, ses méthodes faisaient sourciller ses patrons, mais, plus souvent qu'autrement, il livrait la marchandise. Cette enquête était taillée sur mesure pour lui parce qu'il raffolait des longs interrogatoires, tâche qui rebutait la plupart de ses collègues.

À la vue des kilos de cendres encore chaudes qui jonchaient le sol de l'entrepôt situé derrière le siège social de la compagnie, il était évident que même la pose des scellés devenait superflue. Cependant, Larose ne se décourageait pas pour autant : il se doutait qu'il circulait plusieurs copies de documents détruits à l'extérieur des bureaux de K-TRO puisque, effectivement, lesdits documents étaient constitués pour être expédiés à des tiers afin de les convaincre d'une supposée réalité. Le plus pressant maintenant était de procéder à l'arrestation des têtes dirigeantes de la fraude présumée afin de les empêcher de communiquer avec d'éventuels complices ou de récupérer des documents compromettants laissés à la traîne dans un bureau d'avocat, de notaire, de comptable ou même dans celui d'un député. K-TRO avait toujours su jouer à fond la carte des subventions, et ce, à tous les niveaux des différents gouvernements.

Le même jour, Mark Shaink et Nil Couture furent arrêtés et incarcérés séparément. Larose savait qu'il ne pourrait les garder à l'ombre indéfiniment, mais il espérait tout de même avoir le temps d'avancer assez dans son enquête pour que les deux individus qu'il soupçonnait d'être les têtes dirigeantes de la fraude ne puissent plus lui mettre des bâtons dans les roues. Jeff Larose avait, de travers dans la gorge, les kilos de cendres dans lesquelles il marchait les deux poings fermés.

À son adjoint qui lui demandait lequel des deux il fallait interroger le premier, Larose répondit :

— Aucun des deux. Vous ne leur dites pas un traître mot.

« De toute façon, pensait-il, à quoi servirait d'interroger ces deux lascars qui en ont vu d'autres? Ils seront certainement les deux derniers à se mettre à table. »

— Mais, ajouta-il pour son adjoint, nous sommes chanceux tout de même.

— Ah oui! reprit ce dernier peu convaincu.

— Oui, nous sommes bénis. À regarder cet amoncellement de cendres, on peut facilement imaginer la quantité énorme de papier si opportunément détruite. Or, ces preuves, on les a éléminées parce qu'il y avait quelque chose d'écrit dessus et ce n'est certainement pas le président de la compagnie ou le contrôleur qui ont rédigé tous ces documents à eux deux. Ils ont eu besoin d'une équipe, et l'équipe, nous l'avons ici devant nous et elle va tout nous révéler.

Effectivement, Larose avait remarqué que les employés du département de la comptabilité de la compagnie étaient deux fois plus nombreux que celui d'une entreprise de même taille. C'était là qu'il fallait chercher.

Larose procéda dans un premier temps à un interrogatoire sommaire du personnel du département. Ses adjoints pensaient que l'on se diviserait la tâche et qu'on entamerait tout de suite avec des interrogatoires serrés pour profiter au maximum de l'isolement des deux patrons. Larose n'était pas de cet avis. Il voulait rencontrer lui-même chacun des employés du département pour les questionner durant quelques minutes à peine. Et, quand on dit questionner, ce serait plus juste de dire bavarder. Les gens se succédaient dans le bureau où s'était installé Larose pour en ressortir quelques minutes plus tard, très surpris par les méthodes de la police moderne. Certains pensaient en eux-mêmes que ce n'était pas avec ce jeune inspecteur sans expérience que l'enquête allait avancer. En tout cas, commentaient discrètement les autres, ce n'est pas comme ça dans les films; Shaink et Couture pouvaient dormir tranquilles.

Et la ronde se poursuivit durant plus d'une heure et demie quand elle s'arrêta brusquement. Quelques minutes auparavant, une femme dans la jeune quarantaine était entrée dans le bureau de Larose et c'est elle qu'on anticipait voir ressortir quand l'inspecteur se pointa à l'extérieur, tout souriant.

— Vous pouvez libérer les autres membres du personnel pour le reste de la journée. Soyez sûrs que vous avez bien les coordonnées de tout le monde et dites bien à tous qu'ils ne peuvent pas quitter la ville sans mon autorisation.

— Lieutenant, risqua un adjoint, il y en a un qui m'a demandé à l'instant s'il devait entrer travailler demain.

— Cette partie ne nous regarde pas. La Banque a engagé une équipe de consultants qui vont envahir la place dès demain. C'est à eux qu'ils doivent se rapporter.

— Et pour la dame dans votre bureau, lieutenant, continua l'adjoint avec un sourire d'une ironie légèrement insolente.

— La dame reste, trancha Larose. Je vous ai dit de libérer les autres, activez-vous.

La dame, en face du lieutenant, n'était ni jeune, ni âgée, ni laide, ni jolie, ni mince, ni grosse. Rencontrée sur un trottoir, elle serait certainement la dernière qui justifierait un quelconque risque de torticolis. En fait, tant et aussi longtemps qu'elle avait gardé le silence, Larose ne l'avait pas vue. Elle était devant lui, à quelques pas, il la regardait et elle soutenait son regard, mais il ne la voyait pas. Il n'aurait jamais reconnu cette femme cinq minutes plus tard, pourtant c'était son métier et sa spécialité. Mais elle parla, et quand elle parla, il la vit pour la première fois. Pour une raison qu'il ignorait, il commença par son âge au lieu de son nom. Elle le regarda un peu plus intensément, puis elle prononça :

— J'ai quarante-deux ans... et je m'appelle Dominique Maurel.

Cette femme s'exprimait avec ses yeux en dégageant des dents qui éclairaient tout son visage comme un néon. Larose n'en revenait pas de découvrir cette personne si anonyme lorsqu'elle était silencieuse, tellement unique en mode oral. « Je vais l'interroger toute la nuit », pensait-il, quand il se rendit compte que ce n'était même pas utile. Cette femme lisait dans lui. Il le savait.

— Je suis celle que vous cherchez, reprit-elle, doucement.

— Ah oui! fit Larose faussement désabusé, essayant maladroitement de se donner une contenance, la chose n'étant pas facile puisque le jeune inspecteur avait l'étrange impression d'être nu comme un ver en face de son énigmatique interlocutrice. Il sentait confusément qu'elle savait tout de lui, qu'il devait l'avoir rencontrée dans une autre vie, peut-être même avait-ils partagé une certaine intimité. Il divaguait ainsi délicieusement, en silence, quand elle le tira, toujours en douceur, de son état semi-euphorique.

— Je suis la première assistante de monsieur Nil Couture.

C'est à ce moment-là que le lieutenant décida de libérer son équipe d'adjoints avant que tous et chacun ne se rendissent compte des fantasmes qui commençaient à l'envahir. Après ce court intermède, Larose se reprit en main et se concentra à essayer d'écouter Dominique Maurel sans perdre le contrôle de son imagination.

— Si vous pouvez m'aider, madame Maurel, vous savez que c'est votre devoir de le faire, en vertu de la loi.

— Je ne le fais pas par devoir.

Durant un instant, le jeune lieutenant se laissa aller à penser que son charme avait opéré une fois de plus. Ce n'était pas la première fois, rêva-t-il, et certainement pas la dernière.

— J'ai un compte à régler avec cet individu, c'est ma motivation.

L'ego de Jeff encaissa le coup, mais l'intérêt pour les révélations de Dominique lui firent vite oublier ce petit incident de parcours.

— Vous avez un compte à régler avec le contrôleur? insista de façon insidieuse le lieutenant que cette femme perturbait de plus en plus.

— Oui, mais ce n'est pas pertinent pour les fins de votre enquête.

Et Jeff tomba pour la deuxième fois. Il avait définitivement du mal à exercer un quelconque ascendant sur cette personne, toujours en parfait contrôle d'elle-même et de la situation.

— Je suis préparée à vous livrer la partie qui vous intéresse, et seulement cette partie-là.

— Je vous écoute, madame, rétorqua Larose, résigné.

Il était évident qu'on ne manipulait pas ce genre de femme, et le contrôleur avait dû l'apprendre à ses dépens.

— Je travaille avec Nil Couture depuis 1992. C'est moi qui supervise le travail du département de la comptabilité.

— Vous êtes son bras droit, si je comprends bien?

La femme fixa le lieutenant qui ne put soutenir son regard. Elle ne tenait pas à être désignée comme le bras droit de qui que ce soit, fût-ce le pape. Elle continua comme si elle n'avait pas entendu.

— Au fil des ans, mes responsabilités ont augmenté en même temps que la taille de l'entreprise parce que Nil Couture faisait un travail qu'il ne pouvait déléguer. Et surtout, ne vous trompez pas, lieutenant, Couture ne m'est pas sympathique et, en autant que je suis concernée, c'est un être abject qui, malgré son peu d'instruction, s'est révélé un génie, un véritable artiste de la finance. C'est lui qui a fait Mark Shaink, pas le contraire.

« Durant l'année 1992, à cause d'une croissance trop rapide, nous avons eu de sérieux problèmes et c'est Couture qui a sauvé la compagnie. À ce moment-là, K-TRO faisait affaires avec la Banque Nationale qui avait décidé d'adopter la ligne dure dans notre dossier.

« C'est alors que Couture a pris les choses en mains. Il a d'abord viré nos vérificateurs attitrés pour retenir les services d'une petite firme, Savard & Associés, qu'il offrit de payer grassement. Ensuite, il a découvert et soudoyé l'imprimeur des comptables pour lui commander un duplicata de toute la papeterie du cabinet Savard &Associés. Après, il a procédé à l'incorporation d'une batterie de compagnies bidons qu'il a commencé à traiter comme des clients, augmentant ainsi artificiellement les ventes et les comptes à recevoir de la compagnie.

« En plus, dans le même temps, il a développé un niveau de complicité chez certaines personnes parmi nos clients réels afin d'être capable de pratiquer la surfacturation moyennant gratification.

« Une fois ce système en place, nous nous sommes attaqués à bâtir des états financiers que j'appellerais de circonstance; c'est cette partie du processus qui me revenait plus spécifiquement. Nous avions cinq jeux différents d'états financiers : un pour la Banque, un pour le gouvernement, un pour la compagnie de caution, un pour les subventions et un VRAI. Il en faut bien un. »

Larose avait tout écouté sans même respirer ou presque. Cette femme dégageait en parlant une énergie qui réchauffait, même la pièce. Larose ne savait pas ce que le contrôleur lui avait fait ou avait essayé de lui faire, mais il se disait qu'il n'aurait pas dû. Subitement, il s'aperçut que Dominique Maurel ne parlait plus et il ne la voyait plus. Elle ne devait pas arrêter, il fallait qu'elle continue, il fallait qu'elle parle, il en avait besoin.

— Mais tous ces états financiers dont vous me parlez, madame Maurel, circulaient librement, et il pouvait venir à l'esprit de certaines personnes, à n'importe quel moment, de faire des contrôles.

Comment cela a-t-il pu durer aussi longtemps? Vous avez vécu un changement de comptable, puis un changement de Banque, et tout le monde n'y a vu que du feu.

— Je vous l'ai dit, Couture est un génie. Pour ne pas être découvert, il fallait absolument que, en tout temps, les comptes à recevoir, les inventaires, les travaux en cours, les comptes fournisseurs et les montants des dépôts soient équilibrés. Et tout l'était. C'était comme une symphonie, un ballet. Le département de la comptabilité était l'orchestre, le contrôleur était le chef d'orchestre et il ne permettait aucune fausse note.

— Je comprends que la somme de travail exigée par cette preformance explique le nombre élevé de personnes affectées à la comptabilité.

— Exactement. Je crois que nous avions presque atteint la perfection. Les jeunes M.B.A. de la Banque Mont-Royal ont passé six mois à inspecter nos livres il y a deux ans et ils sont partis en nous félicitant.

— Eh bien! Madame Maurel, votre témoignage m'aura été des plus précieux; vous m'avez certainement épargné plusieurs semaines d'enquête; je vous remercie pour votre franchise et votre spontanéité, quels que soient vos motifs.

— Vous me remerciez pourquoi, lieutenant?

— Vous m'avez livré la fraude, avec tout son *modus operandi*, c'est bien le moins que je vous remercie.

— Je n'ai pas l'impression de vous avoir livré quoi que ce soit, lieutenant. Tout ce que je vous ai révélé, vous l'auriez facilement découvert en quelques jours. Il y a beaucoup trop de documents qui traînent tout partout, c'était une question de temps avant que ce processus ne soit découvert, soit par vous, soit par les consultants de la Banque.

« Quant aux documents brûlés cette nuit, je peux vous assurer, lieutenant, qu'ils n'ont aucun rapport avec les faux états financiers. Je ne sais pas ce que l'on a brûlé cette nuit, pas plus que je ne sais pourquoi cette compagnie s'amuse à faire de faux états financiers alors qu'elle fait des profits.

« La réponse à cette question est sans doute dans les cendres où vous avez marché tout à l'heure et, malheureusement, je ne peux plus vous aider. »

Chapitre 6

LE CONTRÔLEUR

1

Nil Couture était un être bizarre, dans le sens de singulier. Certainement pas le type d'individu avec qui on aurait souhaité faire une croisière, mais exactement le genre qu'on aime à avoir près de soi en cas de coups durs.

De forme trapue, ramassée, il était plus grand qu'il ne semblait l'être. Pratiquement sans instruction, il était également sans culture. Ce n'était pas réellement le candidat rêvé pour vous entretenir de théâtre, de musique ou de peinture. À ce chapitre, il était d'une ignorance crasse et s'en vantait presque. Chaque fois qu'il avait vu son patron ou sa femme dépenser des fortunes pour ce qu'ils appelaient une toile de maître, il ne manquait pas de critiquer l'extravagance de ces dépenses faites pour un carré de tissu si drôlement barbouillé que personne ne savait de quel côté l'accrocher. Inutile de préciser que les relations entre lui et Florence Shaink étaient à tout le moins tendues. Couture tolérait quelquefois que la femme du patron vienne se mêler à la discussion, ce que Florence adorait faire, d'autant plus qu'elle percevait la réprobation du contrôleur qui ne faisait aucun effort pour cacher son mépris.

Macho et misogyne déclaré, Nil Couture estimait que, non seulement c'était une perte de temps de parler finances avec une femme, mais c'était carrément un sacrilège, une hérésie même.

Si Florence Shaink ne pouvait résister à la tentation d'humilier le contrôleur en soulignant en public son ignorance dans le domaine des arts, elle devait vite s'avouer vaincue quand la conversation dérapait vers la finance. Très intelligente, Florence était loin d'être incompétente dans ce domaine, mais elle n'arrivait pas à la cheville du grand maître qu'était Couture. Elle le savait. Aussi, évitait-elle de l'affronter sur ce plan. Elle respectait sa science et l'écoutait respectueusement quand il discourait dans son domaine de compétence. Elle savait qu'il était à la fois le penseur et l'exécutant derrière son mari et que c'était grâce à lui qu'elle pouvait se permettre de dépenser tout cet argent dont elle adorait tant jouir. Pragmatique, plus que reconnaissante, elle n'avait jamais un mot contre Couture bien qu'elle jugeât, très souvent, qu'il accaparait son mari de façon exagérée quelquefois, allant jusqu'à faire des suggestions qui ressemblaient étrangement à des ordres.

Mark Shaink non plus n'aimait pas ce côté un peu despotique chez son contrôleur. Couture était un génie de la finance, il en convenait, mais celui qui dirigeait l'empire, c'était toujours lui, et il aurait souventes fois souhaité que son contrôleur y mette un peu plus les formes, surtout en public. Mais l'efficacité et la loyauté de Couture compensaient largement les excès autocratiques de son caractère.

2

Il y avait déjà de longues minutes que les deux hommes étaient assis l'un en face de l'autre, dans une des pièces du poste de police réservée aux interrogatoires. Larose, comme à son habitude, n'était pas pressé d'ouvrir le jeu. Ses deux adjoints, qui suivaient la scène derrière un miroir sans tain, ne pouvaient faire autrement que se bidonner.

— Larose est le seul enquêteur que je connais, dit l'un des deux, qui essaie de faire un interrogatoire sans poser de questions.

Et l'on s'amusait ferme derrière le miroir à regarder les deux loustics s'examiner.

— L'image, pensa à haute voix l'autre adjoint, me rappelle le petit prince de Saint-Exupéry en train d'essayer d'apprivoiser son renard. Je te le dis, ils sont en train de s'apprivoiser.

Larose connaissait la présence de ses hommes derrière la glace et leurs commentaires étaient bien le dernier de ses soucis. Il avait son style, il fallait faire avec. Couture, pour qui parler était pratiquement contre nature, n'avait pas du tout envie de se plaindre. On était venu le chercher dans sa cellule pour l'interrogatoire et jusqu'ici, ça se déroulait beaucoup mieux qu'il ne l'avait espéré.

— Tout le monde que j'ai interrogé à votre sujet, monsieur Couture, attaqua Larose en rompant subitement le silence, vous a décrit comme un homme supérieurement intelligent. Je ne vous ferai donc pas l'injure d'insulter cette intelligence qui paraît faire l'unanimité chez les gens qui vous connaissent, même si certains ne semblent pas avoir beaucoup d'affection pour vous.

— Peut-être ceux-là me connaissent-ils moins bien qu'ils ne le croient.

L'interrogatoire était lancé. Larose sentait l'adrénaline monter en lui, l'adversaire était de calibre et la lutte risquait d'être intéressante.

— Peut-être, effectivement. Il y a déjà trois jours que vous êtes ici, isolé, et personne ne vous a interrogé, sur mon ordre. À l'heure où l'on se parle, monsieur Couture, vous vous doutez bien que je sais déjà à peu près tout ce que j'ai besoin de savoir pour vous inculper.

— Cet interrogatoire est donc inutile?

— Peut-être, acquiesça Larose de bonne grâce. Je ne sais pas. Je m'interroge.

— Alors, pourquoi le faisons-nous, puisque vous admettez vous-même en savoir au moins autant que moi?

— La première raison est votre départ d'ici. Votre patron a retenu d'excellents et dispendieux avocats. Vous passez tous deux devant le juge demain matin et vous allez être certainement libérés sous caution, caution que votre patron a largement les moyens de payer. C'est donc aujourd'hui ma dernière chance d'avoir une discussion tranquille avec vous, sans être dérangé. C'est si calme ici, vous ne trouvez pas?

— Des endroits calmes, j'en connais dehors, lieutenant. Je pense, sans l'espérer, que nous allons avoir d'autres occasions de nous rencontrer et de discuter.

— J'en suis moins sûr que vous, monsieur Couture, beaucoup moins sûr que vous.

Cette dernière phrase, lancée par le lieutenant sur un ton lugubre, intrigua et agaça le contrôleur. Sa curiosité était piquée, d'autant qu'il lui semblait que le lieutenant craignait vraiment que ce soit sa dernière chance de compléter cet interrogatoire. C'est Couture qui cherchait à savoir maintenant, sans laisser de côté sa morgue pour autant.

— À vous entendre, lieutenant, on croirait que c'est votre dernière journée sur cette terre. Vous me paraissez bien jeune pour douter de votre avenir ainsi.

— Je ne m'en fais pas pour l'avenir, en tout cas pas pour mon avenir.

Cette sentence prononcée, Larose fixa Couture. Ce dernier se demandait bien quel jeu jouait le policier. Il était prêt à participer, mais encore fallait-il qu'on lui dise de quelle partie il s'agissait. « Ce satané lieutenant veut tellement gagner, pensa Couture, qu'il a décidé de jouer seul. Tant pis pour lui, un bon interrogatoire, ç'aurait pu être drôle. »

— Alors, puisque vous savez tout, je suppose que je peux réintégrer ma cellule?

— J'ai dit, monsieur Couture, que je savais à peu près tout ce que j'avais besoin de savoir. Je suis un peu surpris d'avoir à mettre les points sur les « i » avec un homme de votre calibre intellectuel, mais je suis disponible pour le faire.

« J'ai été assigné pour éclaircir une fraude. Ce travail est complété. Je sais qui a fraudé, je sais comment. Je sais qui a été fraudé et, dans quelques minutes, une équipe de comptables va me dire le montant de la fraude. En passant, je dois vous féliciter pour les cinq jeux d'états financiers, c'était du grand art. »

— Ce n'est pas un compliment pour moi, ça, lieutenant, je déteste l'art sous toutes ses formes. Je calcule que c'est une perte de temps. Par contre, je réalise que vous êtes bien renseigné, après quelques jours d'enquête et sans même m'avoir interrogé, moi, le maître d'œuvre. C'est à mon tour de vous retourner le compliment, lieutenant. Vous avez fait preuve, dans cette affaire, du genre d'efficacité que j'ai toujours recherché chez mes collaborateurs.

— Eh bien! Il n'est pas trop tard, monsieur Couture, on peut encore collaborer ensemble, mais je crains qu'il n'y ait pas de temps à perdre.

— J'ignore ce qui occasionne chez vous ce sentiment d'urgence impérative, mais vous devriez peut-être vous mettre à l'Ativan.

— Ce n'est pas moi qui suis pressé, monsieur Couture, c'est vous; et, encore une fois, je suis extrêmement surpris d'avoir à vous le préciser.

— Je ne dois pas être dans ma forme des beaux jours, mais, puisque vous l'êtes, vous, lieutenant, cessez de vous exprimer en code et dites-moi clairement pourquoi, à votre avis, je suis en train de vivre mes dernières heures sur cette planète.

— C'est votre première adjointe qui nous en a dit le plus sur votre *modus operandi* avec la comptabilité de K-TRO.

— Dominique Maurel?

— Oui, et je vous renseigne tout de suite au cas où vous ou votre patron auriez des velléités de vengeance à son égard, madame Maurel est au secret, protégée vingt-quatre heures sur vingt-quatre par la police.

— Vous me connaissez mal, lieutenant, ce n'est pas mon style d'exercer de basses vengeances sur le petit personnel. Est-ce que madame Maurel vous a dit pourquoi elle faisait ça?

— Non. J'ai senti qu'elle ne vous portait pas dans son cœur, mais elle n'a rien voulu me dire de ses motifs.

— C'est tout à son honneur. J'avais peut-être mal jugé cette femme, mais, il est trop tard maintenant. C'est le temps des regrets.

— Madame Maurel, malgré sa bonne volonté...

— ... et son profond mépris à mon égard, n'a pas été capable de tout vous dire. Et là, je comprends, petit lieutenant, vos problèmes existentialistes. Vous dites que vous savez tout, mais vous ne savez rien, et ce que vous savez, le premier junior venu l'aurait découvert à la même vitesse que vous. C'était là, attendant d'être découvert, ce n'était même pas caché. Ça ne prenait rien que l'immense et suffisante bêtise des banquiers pour ne pas voir l'iceberg qui leur pendait au bout du nez.

— Monsieur Couture, vous ne m'appelez plus petit lieutenant. C'est préférable, autant pour vous que pour moi. Quant à mon enquête, je vous concède qu'il y a un trou; nous sommes ici pour en parler.

— Un trou? un abîme serait plus juste. Et madame Maurel ne vous a rien dit d'autre?

— Oui. Elle a dit que c'était ridicule pour K-TRO de dépenser tant d'efforts et d'énergies à fabriquer de faux états financiers, alors que, selon elle, les vrais auraient dû normalement montrer des profits substantiels.

— Décidément, j'avais très mal jugé cette femme.

— Alors, si l'intuition de madame Maurel est bien fondée, pourquoi les faux états financiers et qu'est-ce que vous avez brûlé dans la nuit qui a précédé le début de cette enquête?

— Là, lieutenant, vos questions commencent à devenir intéressantes, très intéressantes.

— J'espère qu'il en sera de même de vos réponses, monsieur Couture.

— Malheureusement, c'est impossible, lieutenant. Je ne suis pas comme madame Maurel, moi, aiguillonné par une haine féroce. Au contraire, le sentiment qui m'anime en est un de loyauté absolue envers la famille Shaink qui n'a toujours eu que des bontés pour moi et qui m'a permis de travailler et de me réaliser dans un domaine que j'aime par-dessus tout, la finance.

— Monsieur Couture, la loyauté et la reconnaissance sont des sentiments qui vous honorent et je n'ai pas l'intention de heurter vos principes en cette matière. Mais il y a désormais, dans ce dossier, d'autres valeurs en jeu qui, à mon sens, transcendent celles qui vous empêchent de parler.

— Lesquelles, lieutenant?

— Le droit à la vie, monsieur Couture. C'est le premier devoir de tout individu de protéger ce droit, et votre silence met en danger la vie des êtres humains envers qui vous professez tant la loyauté.

— Je vous ai perdu, encore une fois, lieutenant. C'est un prêtre que vous auriez dû faire; vous êtes plutôt porté sur la parabole.

— Vous pouvez ironiser et, même si vous ne semblez pas avoir beaucoup de respect pour ma profession, j'ai fait durant ces derniers jours mon travail de flic. J'ai examiné, avec un tamis, les cendres de l'entrepôt de K-TRO.

— Vous avez passé au tamis toutes ces cendres? Ç'a dû vous prendre des heures?

— Oui, des heures, pour ne rien trouver d'autre que ce petit morceau de papier calciné sur lequel on peut lire certaines lettres. D'ailleurs, voici le morceau de papier en question, du moins ce qu'il en reste :

w.holine.com

« À ce bout de papier, on a rajouté deux ww pour obtenir www.holine.com, une adresse internet. On a cherché ladite adresse et voici une copie de la carte de visite que nous avons récupérée :

Hoffman
&
Ostermeyer

www.holine.com

« C'est toute la correspondance, la littérature et les documents qui se rapportent à Hoffman & Ostermeyer que vous avez brûlés l'autre nuit, monsieur Couture. Vous ne vous êtes pas préoccupé une fraction de seconde des faux états financiers; vous saviez que la mèche était éventée pour ces documents qui n'étaient, de toute façon, que d'une importance relative. Ce sont les pièces justificatives qui reliaient K-TRO ou Shaink avec le Luxembourg qu'il fallait faire disparaître. D'habitude si efficace, monsieur Couture, cette fois-ci, vous devez admettre que vous avez commis une bavure. Encore quelques heures et ces cendres auraient été enlevées et enterrées pour toujours, mais vous avez manqué de temps; c'est ça qui fait le plus souvent défaut au criminel.

— C'est bien beau tout ce que vous me dites et j'admets que je vous avais peut-être sous-estimé, lieutenant; vous avez trouvé une adresse internet et récupéré une carte professionnelle, je ne vois pas très bien en quoi cela vous avance.

— Mon problème était de découvrir le pourquoi de la fraude. S'il est vrai, comme le prétend madame Maurel, que K-TRO fait des profits, comment se fait-il qu'elle soit aux prises avec une marge brute déficitaire? Où va cet argent qu'on ne retrouve pas dans les coffres de la compagnie? K-TRO est une compagnie qui est en train de s'asphyxier en étant assise sur une bonbonne d'oxygène. Vous ne trouvez pas ça paradoxal, vous, monsieur Couture?

— Vous posez beaucoup plus d'hypothèses que vous n'apportez de réponses, lieutenant.

— Peut-être, sauf que je considère comme un aveu votre tentative de faire disparaître tout ce qui vous reliait à Clearstream. Puisque c'est de ça qu'il s'agit, n'est-ce pas, monsieur Couture? Clearstream, la chambre de compensation du Luxembourg, le *clearing house* par excellence des fonds dits anonymes. Vos deux compères, Hoffman et Ostermeyer, ne travaillent-ils pas presque exclusivement avec cette institution bancaire.

« Mark Shaink est un ambitieux et un impatient. Il se voyait devenu l'un des hommes les plus riches du pays. Il avait un excellent outil pour y parvenir, c'était K-TRO, mais ça n'allait pas assez vite. Il a donc rencontré ces deux financiers de haut vol qui lui ont donné le moyen de recycler tout l'argent qu'il pourrait sortir de sa compagnie. Alors là, vous entrez en jeu et commence la ronde des faux états financiers, nécessaires au début pour assurer la survie de l'entreprise, mais complètement inutiles après l'entrée au dossier de la Banque Mont-Royal. Cependant, une fois le système en place, c'était dur d'y renoncer. Pendant quelques années, on s'en était servi pour survivre, maintenant, on allait en user pour s'enrichir. Le tout au détriment même de la pauvre K-TRO qui ne s'en remettrait pas et de la Banque Mont-Royal qui s'en remettrait, mais pas sans égratigner quelques petits épargnants au passage. »

— À la réflexion, lieutenant, ce n'était pas la prêtrise votre vocation, mais l'écriture. Vous perdez définitivement votre temps dans la police.

— Nous allons savoir dans quelques heures ou dans quelques jours combien il manque dans les coffres de la compagnie et, ensuite, nous allons nous attaquer au plus difficile : retracer l'argent. Avec des experts comme Hoffman et Ostermeyer, il n'y a pas beaucoup de chances que nous récupérions le fric, mais le problème pour vous, monsieur le contrôleur, c'est que nous allons le chercher à travers le monde et nous allons publiciser sa disparition sur tout le globe. À ce compte-là, vos deux amis, Hoffman et Ostermeyer, vont se faire une belle publicité gratuite, gratuite et explicite. Nous allons même aller les voir, les rencontrer chez eux, dans leur famille, nous allons interroger leurs amis et publier leurs photos et celles de leurs femmes. Nous allons tout faire pour mousser leur carrière.

« Or, c'est là que le bât blesse. Ces gens sont des maniaques de l'anonymat. L'anonymat, pour eux, est un aphrosidiaque avec orgasme assuré. Ils vont tout faire pour ne pas sortir de l'ombre qui les tient au chaud, eux et leurs familles, depuis si longtemps. Ils ont de puissants moyens et des contacts sur toute la planète. Le Canada fait partie de la planète et se trouve malheureusement dans leur zone d'influence. Mais bientôt, monsieur Couture, la terre va être trop petite pour des gens comme eux. Je vous offrirais bien de vous garder en prison, mais je ne suis pas assez naïf pour imaginer que vous serez plus en sécurité ici qu'ailleurs. »

Le contrôleur était devenu de plus en plus pensif. Sa morgue avait disparu et si sa lucidité ne lui avait interdit le moindre espoir, il aurait sans doute franchi le pas et demandé l'aide du lieutenant, mais il savait l'inutilité d'une telle démarche qui aurait été aussi embarrassante pour le jeune lieutenant, totalement dépassé et impuissant, que pour lui-même. Il resta digne.

— De toute façon, lieutenant, si votre échafaudage fantaisiste recèle quelques reflets de réalité, j'ai tout intérêt à ne pas parler et à protéger l'anonymat de ces puissants.

— Non, au contraire justement; dès que vous aurez parlé, il sera trop tard pour vous faire taire, et bien que ces individus soient sans scrupules, ils n'utilisent pas les méthodes de la mafia. Ils ne vous abattront pas par simple souci de vengeance. Dès que vous aurez parlé, la ronde des avocats va commencer avec tout l'éventail des procédures longues et onéreuses, les procès en diffamation, en dommages et intérêts, les injonctions et j'en passe. Ils vont vous mettre dans la rue, détruire votre crédibilité, mais vous allez rester en vie.

— Quelle vie!

— Vous savez, monsieur Couture, que des accusations vont être portées relativement à la fraude dont la Banque a été victime et dont vous avez été l'un des principaux acteurs. Si vous acceptez de collaborer avec la police, il vous en sera certainement tenu compte et vous acquerrez ainsi des chances d'améliorer votre future qualité de vie; qu'il s'agisse de votre vie ou de votre liberté, vous avez le plus grand intérêt, dans tous les cas de figure, à parler.

Nil Couture resta assis dans la pièce un long moment après que Jeff Larose fut sorti. Toujours derrière la glace sans tain, le lieutenant et ses adjoints scrutaient chaque mouvement du contrôleur, ses battements de cils, le rythme de sa respiration, tout son langage corporel. Et Couture n'était pas plus bavard avec son corps qu'avec sa bouche.

Après un long moment, il se leva et Larose réintégra la pièce.

— Je vais réfléchir à tout ce que vous m'avez dit, lieutenant, et je vous donnerai ma décision dans quelques jours.

— Voulez-vous de la protection durant votre période de réflexion?

— Non. Je ne connais pas beaucoup Hoffman et Ostermeyer, mais je sais dans quel milieu ils évoluent. Vous ne pouvez pas me protéger, lieutenant, mais je vous remercie de votre offre tout de même.

3

Mark Shaink fut remis en liberté contre un cautionnement de cinq cent mille dollars en espèces. Le cautionnement de Nil Couture fut fixé à deux cent cinquante mille dollars. Une heure après la décision du juge Beauchemin, une somme de sept cent cinquante mille dollars était déposée au greffe de la cour par les avocats de Mark Shaink. Quand Nil quitta les cellules du palais de justice pour se retrouver à l'extérieur, Mark l'attendait avec son épouse, et tout un groupe de personnes les entouraient. Nil reconnut les trois avocats qui étaient à la cour plus tôt ce matin, une bonne dizaine de journalistes facilement repérables à leur attirail et quatre inconnus, bâtis comme des congélateurs et souriants comme Buster Keaton.

— Heureux de te voir, Nil. Ça n'a pas été trop dur? Mark s'était exprimé calmement, comme si tout allait pour le mieux dans le meilleur des mondes.

— Non, ça n'a pas été aussi dur que je l'aurais cru, mais tu ne penses pas, Mark, que le pire soit malheureusement à venir?

— On verra ça en temps et lieu. Nous sommes libres et ils n'ont pas trouvé ce qu'ils cherchaient.

C'est ça l'important. Ils n'iront pas loin avec les faux bilans et ils le savent.

— Nous, qu'est-ce que nous allons faire maintenant?

— Rien, Nil, nous sommes en congé forcé. La Banque a investi les bureaux de la compagnie avec une agence de consultants. Tu vas voir, ils vont réussir à détruire le peu de preuves qu'il reste. Tu rentres chez toi, Nil, et tu attends que je t'appelle. Surtout ne parle à personne. Ah oui! j'oubliais, j'ai engagé quatre gardes du corps, tu peux en choisir deux.

— Pourquoi les gardes du corps, Mark? Tu penses qu'on peut en avoir besoin?

— Peut-être pas, Nil, mais il vaut mieux être prudent. Il y a des intérêts importants en jeu et je préfère ne pas prendre de risque.

— Eh bien! moi non plus. Dans les films, c'est toujours un garde du corps qui descend le type qu'il était supposé protéger. Si tu veux me rendre service, fais-moi reconduire chez moi, je n'ai pas d'auto, et je te laisse te débrouiller avec tes gardes du corps.

— Je vais aller reconduire Nil, chéri; je te rejoindrai à la maison tout à l'heure.

C'était décidément la journée des surprises; Florence Shaink s'offrait à lui servir de chauffeur. « C'est la première fois, pensa Nil, et sans doute la dernière. » Nil habitait en banlieue, dans un coin isolé qui cadrait bien avec son caractère d'ours mal léché. Il vivait seul, dans une grande maison qui aurait pu abriter toute une famille, partageant, seulement quelques heures par semaine, son domaine avec une femme de ménage, aussi mal dégrossie que lui.

Du palais de justice à la résidence de Nil, il fallut à Florence une bonne demi-heure. N'ayant à peu près aucun point en commun avec son passager, et encore moins d'affection, Florence ne fit pas l'effort d'entretenir une conversation qui aurait pu distraire ce dernier ou simplement l'encourager.

Ce fut une fois rendue à la maison qu'elle posa la question, sans détour, question qui semblait d'ailleurs téléguidée par son mari. Mais Florence, pour qui les derniers jours avaient également été pénibles, n'avait pas le goût de faire dans les fioritures et après tout, pensait-elle, ce n'était pas dans le style de Couture non plus.

— Nil, est-ce qu'on t'a interrogé au poste?

— Oui. Un jeune lieutenant qui a une façon bien à lui d'interroger. C'est lui qui parle.

— Est-ce que tu as parlé, Nil?

— C'est toi qui me poses cette question?

— Réponds.

L'atmosphère dans le véhicule était chaleureuse comme dans une réunion de fonctionnaires retraités.

— Non, mais ils ont fouillé dans les cendres comme des rats et ils ont trouvé un petit morceau de papier grand comme une allumette, tout calciné, mais pas entièrement brûlé. À partir de ce morceau de papier, ils ont identifié l'adresse internet des Allemands et ils ont fait le lien avec Cedel-Clearstream.

— Ce n'est pas bon, ça. Mark ne sera pas content.

— Ce n'est pas si grave que ça. Le jeune lieutenant spécule comme un chef, mais il n'a pas l'ombre d'une preuve. Je sais comment Hoffman et Ostermeyer travaillent. Ils sont capables de résister aux meilleurs fiscalistes du monde et aux meilleurs enquêteurs des plus grandes polices. Le petit lieutenant n'est pas de calibre; il ne trouvera rien du côté du Luxembourg. Si nous, ici, nous ne lui fournissons pas des aveux, il n'a pas de dossier. La Banque va prendre sa perte et dans dix-huit mois on n'en parlera plus.

— Mark a peur de la réaction des Allemands, beaucoup plus que de celle de la police ou de la Banque.

— C'est là-dessus que le lieutenant va jouer. Il ne faut pas qu'il se doute que c'est notre talon d'Achille. Mark devrait se débarrasser de ses gorilles. Il faut que la police soit convaincue que nous formons un tout solide avec les Allemands. S'ils acquièrent cette conviction, ils vont vite se décourager et se rabattre sur la petite fraude des faux états financiers qu'ils vont expédier en moins de deux, pour ramasser au plus vite leurs médailles et leurs promotions.

— Mark voulait s'envoler dès ce soir pour Zurich, mais ses avocats s'objectent formellement à tout bris de probation, sous menace de se retirer du dossier. Est-ce que tu penses qu'il devrait leur téléphoner, malgré l'interdiction du juge?

— Je pense que c'est trop risqué pour Mark. J'ai un téléphone chez moi que la police ne peut pas avoir mis sur écoute, c'est une précaution que j'avais prise il y a quelques mois grâce à un ami retraité de Bell; si Mark tient à leur transmettre un message, qu'il me le fasse porter par quelqu'un de sûr, parce que je suis convaincu qu'on ne peut pas utiliser le téléphone ordinaire; je m'arrangerai pour appeler à Lausanne ce soir.

— Merci, Nil.

Ça aussi, c'était une première, des remerciements venant de Florence. Décidément la journée avait quelque chose d'exceptionnel.

Nil inspecta brièvement la maison et rien ne semblait avoir été touché au cours des quatre derniers jours. C'était demain, la journée de la femme de ménage, et ça ne pouvait pas tomber mieux. Nil ne buvait habituellement pas, mais ce soir-là, il déboucha sa meilleure bouteille de scotch, un scotch écossais qui lui venait justement d'Ostermeyer. Après s'être versé une sérieuse rasade, il mit une bûche dans le foyer et entra dans la douche. Il essayait de tout faire en même temps. Ses quatre jours de cellule l'avaient ébranlé beaucoup plus qu'il ne voulait bien l'admettre. Il avait besoin du scotch pour se griser, du feu pour se chauffer et de la douche pour se nettoyer, oblitérer cette senteur si spécifique aux cellules. À bien y réfléchir, il allait jeter son linge aux poubelles pour effacer toute trace indélébile de ce séjour abrutissant et déshumanisant dont il ne voulait garder le moindre souvenir.

Il était vingt heures quand on sonna à la porte. Prudent, Nil jeta un coup d'œil à travers le vasistas avant d'ouvrir. Il avait reconnu un des gardes du corps de Mark et ouvrit. Le colosse ne prononça pas un traître mot. Il remit à Nil l'enveloppe qu'il avait en main et tourna les talons aussi sec.

Mon cher Nil,

Florence m'a raconté votre conversation et je ne te cache pas que cette affaire m'inquiète. Je me méfie au plus haut point de nos amis européens. Nous avons parié gros dans ce dossier et il faut que nos associés sachent qu'ils peuvent toujours avoir confiance en nous. Il est impératif qu'ils apprennent aussitôt que possible que la police n'a mis la main sur aucune preuve et qu'ils ne peuvent être inquiétés en aucune façon. D'ailleurs, rappelle-leur que la Banque est au courant de mes relations avec eux depuis le début, suite à la rencontre à Venise. Si jamais ils sont interrogés, tous nos rapports doivent tourner autour de ce voyage à Venise, auquel voyage d'ailleurs participaient le banquier et son épouse.

La nature humaine étant ce qu'elle est, la filière du Luxembourg va leur sembler tellement complexe que la police va se rabattre sur l'histoire des faux états financiers comme la misère s'abat sur le pauvre monde. Quant à la Banque, à cause du voyage à Venise, elle ne mettra pas de pression sur la police et le dossier devrait prendre une tangente où nos amis d'Europe n'auront même pas des rôles de figurants.

Je compte sur toi, Nil, pour livrer ce message clairement à qui de droit et dès ce soir. Une fois que ce sera fait, brûle entièrement ce document.

Je t'attends pour dîner au club demain.

Mark

Après la lecture de la missive, Nil prit deux décisions importantes : il ferait cet appel à Ostermeyer, quoiqu'il doutât fortement des résultats d'une telle démarche, et, deuxièmement, il garderait la lettre de Mark. Par instinct de conservation sans doute, il sentait confusément que c'était la chose à faire. Ce qu'il offrit aux flammes du foyer, ce fut l'enveloppe vide.

La lettre de Mark, soigneusement pliée, se retrouva donc entre les pages d'un des livres préférés de Nil, *Le Crime de l'Orient-Express*. Puis, le contrôleur se versa un second scotch et décida que la dernière gorgée coïnciderait avec le coup de téléphone à Ostermeyer. Un peu de rituel ne peut pas faire de tort, surtout quant il s'agit de discuter avec un Allemand.

4

Madame Leclerc arriva à huit heures. Elle aimait commencer tôt pour finir tôt. Comme monsieur Couture quittait pour le bureau vers sept heures, elle en profitait pour débuter sa journée avec ce client plutôt difficile.

Berthe Leclerc faisait des ménages pour gagner sa vie depuis la mort de son mari emporté par le cancer, il y a six ans. Sans être riche, cette bonne grosse dame aurait pu vivre sans s'astreindre à ce genre de tâches, cependant, elle n'avait pas encore soixante ans, elle était en pleine santé et débordante d'énergie. Il fallait qu'elle fasse quelque chose pour s'occuper, et cet emploi s'était imposé à elle par la force des circonstances et du hasard. Une voisine lui demanda de venir lui donner un coup de main une journée par semaine, puis une autre fit de même. Sa réputation se transmit de bouche à oreille, et la pauvre madame Leclerc se vit à un moment donné dans l'obligation de refuser certains contrats. Elle eut beau augmenter ses prix, rien n'y fit.

Maintenant, elle avait une clientèle stable, qu'elle connaissait bien, et qui lui faisait confiance. Elle avait la clé de chaque résidence où elle allait travailler.

Monsieur Couture n'était pas son client préféré, mais, de toute façon, elle était souvent des semaines sans le voir. Il lui communiquait ses instructions par écrit, des écrits qu'il appelait « mémos », et il laissait sa paie dans une enveloppe.

Elle préférait de beaucoup les maisons où vivaient des enfants. Souffrant elle-même de ne pas en avoir, la présence des enfants la réchauffait et l'aidait, selon ses propres dires, à rester jeune.

Ce matin-là, c'était au tour de monsieur Couture. Son automobile n'était pas là, donc il était déjà parti, comme d'habitude. Elle inséra la clé dans la serrure de la porte et pénétra dans la maison, transportant avec elle ses outils de travail. Elle jeta un bref regard circulaire dans la cuisine et le salon, et jugea que la maison était légèrement plus en désordre qu'à l'accoutumée. Ce n'était pas pour râler, pensa-t-elle, mais c'était curieux. Il lui semblait que son client avait eu, fait extrêmement rare, de la visite.

Elle se débarrassa de ses choses, revêtit un surtout et décida d'attaquer à l'étage des chambres pour ne rien changer à sa routine.

À l'étage, il y avait trois chambres et une pièce vaste où le maître de la maison avait installé un bureau, une bibliothèque dans laquelle se retrouvaient pêle-mêle ses souvenirs de voyage et des photos. C'était sa place préférée pour travailler, avait-il dit à madame Leclerc une fois qu'il était en verve. La vie de Nil Couture s'était donc terminée dans son lieu privilégié. Lorsque la femme de ménage le trouva, il était affaissé sur son bureau et baignait dans une grande mare de sang. Près de lui, il y avait ce que madame Leclerc pensa être un revolver ou quelque chose de semblable.

Berthe Leclerc avait soigné son mari durant des mois avant qu'il ne décède et l'avait accompagné jusqu'à la fin. Elle n'avait pas peur de la mort. Une fois la surprise passée, elle imagina une seconde que le meurtrier était peut-être toujours sur les lieux et commença à perdre son sang-froid. Mais elle se ressaisit aussitôt. Il était clair que monsieur Couture s'était suicidé puisqu'elle avait dû déverrouiller la porte en arrivant. Une fois rassurée, elle s'occupa de faire la seule chose importante dans les circonstances, composa le 9-1-1 et demanda l'ambulance et la police, en précisant bien que, pour l'ambulance, il ne semblait pas y avoir urgence.

Puis, en femme chrétienne, elle récita une prière pour le repos de l'âme de Nil Couture.

Chapitre 7

L'APPEL AU SECOURS

1

Al Kinkead était d'origine irlandaise. Né au pays, après un demi-siècle, il trouvait encore la manière de massacrer les deux langues officielles. De tempérament bougon, il supportait mal de provoquer la risée quoiqu'il se délectât des mésaventures de son prochain. Solitaire, il clamait à tout vent qu'il n'aimait rien de mieux que la paix, et pourtant il s'ennuyait et recherchait maladroitement la compagnie de ses congénères qu'il approchait d'une façon malhabile en les abreuvant d'injures qu'il ne pensait pas, mais qui ne lui en attiraient pas moins des répliques souvent blessantes.

Al Kinkead était policier depuis vingt-sept ans maintenant. Il était fatigué. Fatigué de son métier, fatigué de sa femme malade, de ses enfants absents, fatigué de l'incompréhension générale dont il était la victime volontaire. Al Kinkead était même fatigué d'être irlandais. Il pourrait prendre sa retraite, mais il ne se voyait pas à la maison avec sa femme, jour après jour, comptant ses verres de bière et de gin. Par contre, ses jeunes collègues du bureau commençaient à lui peser souverainement. Tous des accrocs de l'ordinateur et de l'A.D.N. Il n'y avait plus grand-chose dans son environnement qui ressemblât au métier qu'il pratiquait autrefois avec tellement de satisfaction et de conviction.

Sans formation académique particulière, Kinkead était sorti du rang lorsque repéré par un de ses supérieurs qui avait été frappé par l'esprit étonnamment cartésien de cet Irlandais. De la patrouille jusqu'aux enquêtes, tous les échelons avaient été gravis avec succès jusqu'au grade d'inspecteur. Le caractère et la sociabilité de Kinkead ne s'étaient pas améliorés au rythme des promotions, cependant et il est juste de dire que Kinkead n'avait eu que les promotions que son mérite lui avait gagnées, puisqu'il n'avait à peu près pas d'allié dans tout le corps policier de la ville.

Al Kinkead n'était pas détesté, mais il n'était pas aimé. Personne n'était volontaire pour faire équipe avec lui, mais tous admettaient d'emblée qu'il n'avait jamais laissé tomber un policier en péril. Quand Kinkead reçut l'assignation concernant Nil Couture, son coéquipier était absent pour cause de maladie. Il décida qu'il ferait le travail seul. D'autant plus que le dossier ne lui semblait pas bien compliqué.

Couture avait été trouvé par sa femme de ménage au matin. Elle avait déverrouillé la porte pour entrer, il n'y avait pas d'effraction, pas de trace de violence ni de trace de vol. Couture était mort d'une balle à la tête. L'arme était près de lui et il y avait des traces de poudre au lieu d'impact. Donc, le coup avait été tiré à bout portant.

Suicide? Kinkead aurait aimé trouver un mot. Selon les statistiques, quatre-vingts pour cent des suicidés laissent un mot, une note d'adieu, des explications pour rassurer des proches ou disculper un tiers sur qui auraient immanquablement porté des soupçons. Quelquefois, le billet sert aussi à régler des comptes ou il peut prendre la forme d'une sorte de testament en exprimant quelques volontés, qu'on peut très certainement qualifier de dernières volontés.

Quant à lui, Kinkead pensait que cette statistique n'exprimait pas la réalité. Quatre-vingt-dix pour cent aurait été une norme plus réaliste. Selon son expérience, si l'individu a un certain âge, c'est-à-dire l'expérience de la vie, et s'il n'est pas surpris par une mort qu'il avait prévue ou espérée moins rapide, il écrit tout le temps. Cela fait partie du rituel du suicide, surtout si le candidat n'est pas pressé et qu'il a autour de lui les outils nécessaires, c'est-à-dire du papier et un crayon. C'est alors plus simple que d'écrire avec son doigt après l'avoir trempé dans son sang ou avec un bâton de rouge à lèvres, instrument que plusieurs hommes n'ont pas toujours à portée de la main.

Or, Couture était dans un environnement parfait pour un futur suicidé; il avait un bureau, du papier, beaucoup de papier, de stylos et de plumes. À première vue, il ne semblait pas avoir été pressé par quoi que ce soit. Alors, pourquoi ne pas avoir respecté le rituel du suicidé et avoir fait mentir les statistiques, lui, un comptable. Cette question s'imposait à Kinkead et prenait toute la place dans son esprit. Son patron le lui avait dit, le matin.

— Al, on vous envoie chez un suicidé. Faites-moi l'enquête de routine au plus vite avec un rapport pas trop long. J'ai besoin de vous tout de suite après sur un très gros dossier. McMahon s'affaire déjà dessus, mais il n'y arrivera pas tout seul.

Kinkead avait inspecté les lieux minutieusement et interrogé la femme de ménage. Cet interrogatoire l'avait troublé, pas nécessairement dû au fait que madame Leclerc ne portait pas de petites culottes, mais plutôt en raison de sa façon obsessive de répéter, en regardant au loin.

— Il ne s'est pas suicidé, monsieur Couture ne s'est pas suicidé, il ne s'est pas suicidé, monsieur Couture.

Comme un écho reprenant sur diverses variantes, mais toujours dans le même registre. « Son disque accroche », pensa l'inspecteur, excédé. Déjà que Kinkead n'aimait pas ce suicide qui l'horripilait par son évidence outrée, la ritournelle de l'infatigable femme de ménage commençait à faire ressortir sérieusement le vert de son caractère irlandais. L'inspecteur parla posément, avec respect pour cette femme qui semblait en possession de ses moyens malgré sa réaction plutôt symptomatique.

— Madame Leclerc, selon vos propres dires, vous avez ouvert la porte avec votre clef ce matin et n'avez trouvé personne d'autre dans la maison que le mort. Il n'y avait aucune trace d'effraction, il ne semblait pas y avoir eu vol ou lutte. L'arme qui a tué monsieur Couture était à côté de lui. Vous ne savez pas si monsieur Couture avait une arme, je présume.

— Non.

— Alors, pourquoi dites-vous qu'il ne s'est pas suicidé? Je suis d'accord avec vous qu'on puisse avoir des doutes, mais pourquoi affirmez-vous si péremptoirement que cet homme ne s'est pas suicidé, alors que vous n'avez aucune expertise en la matière et que vous ne connaissez pratiquement pas l'individu.

Berthe Leclerc se redressa et cessa subitement d'observer l'horizon. Elle regarda l'inspecteur, ses yeux se mouillèrent et son menton tremblota légèrement. Kinkead était ahuri de constater l'effet de ses paroles sur cette femme qui lui paraissait forte. Il s'interrogeait également à propos de son attitude si choquée, vis-à-vis d'un événement qui n'aurait dû représenter pour elle qu'un fait divers. « Décidément, songeait-il, cette femme de ménage est mystérieuse. »

— Inspecteur, vous m'avez mal jugée. Je sais ce que c'est le suicide, j'ai vécu un suicide. Mon fils s'est suicidé à vingt-huit ans, mon seul enfant. Il avait laissé un mot pour nous déculpabiliser, son père et moi, et quand j'ai trouvé monsieur Couture, j'ai tout de suite pensé à rechercher une note, mais il n'y en avait pas. Et ce n'est pas le pire. Vous prétendez que je ne connais à peu près pas monsieur Couture, et c'est vrai, mais je le connaissais assez pour pouvoir affirmer qu'il ne s'est pas suicidé. Quand mon fils est mort, inspecteur, j'ai compris des mois plus tard, et je n'ai jamais révélé cela à mon mari, j'ai compris que j'avais toujours su que mon fils se suiciderait. C'était en lui, c'était dans ses gènes, il ne s'agissait que d'une question de temps, et ni son père ni moi ne pouvions rien y changer. Maintenant, cette expérience m'a laissé avec une perception extrasensorielle qui me fait détecter ce grand mal à l'âme qui tue les gens qui ne sont pas assez forts pour le supporter.

C'est vrai, je ne connaissais pas beaucoup monsieur Couture, mais il n'était pas homme à se suicider.

Kinkead avait écouté, abasourdi, cette femme qu'il n'aurait jamais imaginée aussi articulée. Malheuseusement, on ne rédige pas des rapports de police basés sur les perceptions extrasensorielles des femmes de ménage. Valait mieux trouver autre chose.

2

Jeff Larose était assis derrière son bureau et rêvait de Lausanne. Il avait expliqué en long et en large à son patron que le nœud de cette affaire passait par la Suisse et le Luxembourg, mais ce dernier lui avait parlé de budget. Jeff se voyait déjà déambulant sur les rives du lac Léman, à l'ombre du Château d'Ouchy, et son patron lui parlait de chiffres, de coûts de revient, de dépassement de budget. Décidément, son patron était un poète. Mais Jeff ne se comptait pas pour autant battu. La solution était en Suisse, il irait en Suisse, dût-il y aller à ses frais.

— Patron, la Banque perd des millions dans cette aventure, nous ne pouvons pas renoncer à arrêter les coupables parce que nous sommes à court de quelques milliers de dollars. Voyons donc, patron, et la justice, qu'est-ce que vous en faites? La justice ne peut pas être esclave de ridicules contraintes budgétaires.

— Mon petit Larose, je me demande si tu te soucierais autant de la justice si tes suspects résidaient à Forbisherbay. Naturellement, le lac Léman, ça vous ravive la flamme d'un justicier, n'est-ce pas, lieutenant?

— Je ne pense qu'à mon devoir, capitaine, vous devriez le savoir.

— Bien voyons. Je vais quand même t'aider pour ton excursion. Tu vas faire comme les scouts, tu vas te trouver un commanditaire.

— Un commanditaire! Pourquoi pas, ça fait professionnel. Pardon, madame, vous voulez me commanditer, il faut que j'aille en Suisse arrêter des escrocs.

— Tu n'as pas besoin de te mettre en frais, je l'ai trouvé, ton commanditaire, tu ne peux pas dire que je ne collabore pas.

— Et c'est qui ce généreux donateur?

— La Banque. C'est la Banque qui perd des millions; je te parie qu'elle va être prête à contribuer pour mettre la main sur les fraudeurs et peut-être, en fin de course, sur une partie de son argent.

— Savez-vous que ce n'est pas bête du tout, ça, patron!

— Ça semble te surprendre. Tu penses qu'il faut être obligatoirement imbécile pour être capitaine?

— Est-ce que je suis obligé de répondre à cette question?

Le capitaine quitta le bureau pour ne plus avoir à supporter la souriante face de crétin momifié de son subalterne.

***

Kinkead avait appelé en renfort une équipe de « vidangeurs ». On appelait ainsi dans le service ceux qui avaient été spécialement formés pour passer au peigne fin les lieux d'un crime. Madame Leclerc avait quitté et laissé l'inspecteur plus perplexe qu'il ne voulait se l'avouer. Pourtant sa perception se confondait avec celle de la femme de ménage, mais justement il aurait aimé mieux avoir le monopole de cette conviction si contraire à l'apparente réalité.

Les vidangeurs étaient sur place depuis près d'une heure maintenant, et Kinkead les regardait s'affairer en silence, comme des abeilles, avec minutie et méthode.

— Je suis ridicule, marmonna-t-il presque à haute voix, je n'ai jamais vu une ruche d'abeilles de ma vie.

Le temps passait et l'inspecteur ne se soucia plus des vidangeurs. Il marchait dans le grand salon face au foyer éteint et réfléchissait à son rapport.

« Ce serait bien plus simple un suicide, pensait-il. Tout concorde, et puis il y a ce gros dossier qui m'attend, l'affaire Steinberg, ça c'est un dossier important, un dossier à vous faire passer d'inspecteur à capitaine. Pourquoi chercher le trouble avec ce macchabée dont personne ne se soucie, sans femme ni enfant, soupçonné de fraude et en route pour la prison? Qu'il ait choisi de quitter un monde plus tout à fait hospitalier pour lui, rien de plus naturel, de plus logique; en fait c'était la conclusion à laquelle arriverait n'importe lequel inspecteur de police le moindrement sensé, n'importe lequel, mais pas un entêté d'Irlandais, toujours à contre-courant et si fier de l'être. Je sais que je cours après le trouble, ruminait-il, mais si ce gars-là s'est suicidé, ma mère est encore vierge. »

— Inspecteur! Inspecteur!

La voix du vidangeur avait tiré Kinkead d'une sorte de torpeur béate.

« Quand le capitaine va lire mon rapport », se répétait-il en lui-même avec un sourire jouissif.

Le vidangeur revenait à la charge, peu soucieux de couper court aux ruminations quasi libidineuses de l'inspecteur.

— Inspecteur!

— Qu'est-ce que c'est, répondit Kinkead, avec le regard brumeux de celui qu'on vient de tirer d'un état léthargique.

— C'est une lettre.

L'inspecteur prit le document sans remercier le vidangeur que son sens de l'observation allait très certainement conduire aux plus hauts échelons de la police. Le vidangeur n'espérait pas de félicitations, mais il entendait bien que l'on soit au fait de sa sagacité et il n'attendit pas les questions de l'inspecteur pour relater sa découverte.

— Je l'ai trouvée dans un livre. *Le Crime de l'Orient-Express*.

L'inspecteur avait déjà commencé à lire la missive de Mark Shaink à Nil Couture, et il n'était pas dans ses intentions de congratuler le vidangeur qui prit congé sans demander son reste. Une fois la lecture du document complétée, Kinkead ne put s'empêcher de sourire en pensant à la femme de ménage. Décidément, cette affaire prenait une tournure inattendue.

— Quel est ce secret qu'il est si important de garder? Qui sont ces étrangers qu'on veut à tout prix rassurer? Qu'est-ce que Couture savait? Une chose est certaine, pensait Kinkead, on n'a jamais à craindre d'un mort qu'il évente un secret. Il n'y a pas plus discret qu'un mort.

3

Larose n'avait jamais entendu parler d'Al Kinkead de sa vie, et il aurait bien aimé que cette situation perdure. Il regardait cet énergumène, planté devant son bureau, qui lui était tombé dessus comme un cheveu sur la soupe et qui menaçait de tout embrouiller son enquête. On lui avait appris la mort de Couture, mais cette nouvelle ne l'avait pas affecté. Larose avait, comme les personnes qui ont la grâce d'avoir trente ans, la tranquille certitude de ses opinions. Il y avait dans cette affaire un crime à solutionner et il s'agissait d'un crime de fraude pour laquelle fraude il y avait un seul et unique suspect : Mark Shaink. C'était la réalité avant la mort de Couture et c'était encore plus vrai après sa mort. De toute façon, les crimes contre la personne ne relevaient pas de son département et, en plus, on lui avait parlé d'un suicide, ce qui semblait s'imbriquer dans une séquence logique. Il n'avait certainement pas de temps à perdre avec cet inspecteur qui semblait sortir tout droit d'un vieux film en noir et blanc.

Kinkead avait bien noté que sa présence ne semblait pas faire bondir de joie le jeune lieutenant, mais ce genre de considération n'affectait pas son humeur. Quant à lui, les vrais policiers enquêtaient sur des meurtres. Les histoires de fraude, c'était bon pour les comptables.

— Vous avez demandé à me voir, inspecteur? Mais je n'ai pas beaucoup de temps, j'ai rendez-vous avec un banquier.

Larose pensait que cette précision, débitée d'un ton tout à fait inamical, serait de nature à reporter l'entrevue qu'il voulait à tout prix éviter ou à tout le moins écourter sensiblement. C'était bien mal connaître l'inspecteur Kinkead qui répliqua avec son sourire du dimanche comme si on venait de lui faire un compliment.

— Je vous remercie de me recevoir, lieutenant, je viens vous parler au sujet d'un nommé Couture que vous avez arrêté il y a quelques jours et relâché hier matin.

— Je sais qu'il est mort, on me l'a dit.

— Ça ne semble pas vous affecter tellement.

— Pas du tout. On m'a parlé d'un suicide. J'aurais peut-être fait la même chose à sa place, c'était pratiquement une certitude qu'il allait finir ses jours en prison, alors!

— Alors, je ne suis pas sûr qu'il s'agisse d'un suicide; je crois plutôt qu'il s'agit d'un meurtre. Et je pense que ce meurtre est directement relié à votre enquête.

Sur ces mots, l'inspecteur tendit la lettre au jeune lieutenant qui ne cachait pas son impatience. Larose regarda le document, puis l'inspecteur, toujours silencieux, et le document encore qu'il se décida enfin à saisir, se rendant bien compte que Kinkead ne dirait pas un mot de plus. Une fois la lettre lue, puis relue, Larose devint songeur et beaucoup moins pressé.

— Où avez-vous trouvé ça?

— Chez Couture, dans la pièce où on a découvert son corps.

— Qui est au courant?

— Moi, et vous.

— Pourquoi Shaink a-t-il écrit cette lettre?

— J'ai bien l'intention de lui poser la question, d'autant plus qu'il est mon premier suspect.

— Et qu'est-ce que vous faites du banquier?

— Le banquier, je vous le laisse. D'ailleurs, je suppose que c'est avec lui que vous avez rendez-vous.

— Effectivement, sauf que le but de ma visite vient de changer.

— Je savais que je pouvais vous donner un coup de main.

Kinkead ne pouvait s'empêcher de triompher. Il venait d'être mis au courant de l'affaire et, déjà, il forçait ce blanc-bec de lieutenant à réorienter son enquête. Larose fulminait.

— Inspecteur, je comprends que vous avez un crime à éclaircir, à condition, naturellement, qu'il ne s'agisse pas bêtement d'un suicide. Quant à moi, je travaille sur une des fraudes les plus importantes à avoir jamais été commises au pays, fraude qui d'ailleurs implique des complices sur le plan international, il ne faudrait pas que votre enquête, sur un supposé meurtre, vienne interférer dans la mienne.

Kinkead ne put réprimer un sourire de satisfaction. Il savait que sa présence dans le dossier embêtait royalement le lieutenant, et rien ne pouvait lui faire plus plaisir. Manifester à Kinkead qu'on aimerait bien le voir loin était le meilleur moyen de le voir se rapprocher et même coller au fond. Larose n'allait pas tarder à l'apprendre.

— Je sais, lieutenant, que c'est difficile de mener une enquête à deux, mais malheureusement, dans cette affaire, j'ai bien peur qu'il faille cohabiter pour le meilleur ou pour le pire.

Larose savait que Kinkead avait raison et qu'il ne gagnerait rien à essayer de le tenir hors du coup, d'autant plus qu'il appréciait que l'inspecteur ne lui ait pas caché la lettre. « Dans le fond, pensa-t-il, c'est peut-être un bon Irlandais, il doit certainement y en avoir. »

— Avez-vous un plan, inspecteur?

— Vous, lieutenant? rétorqua Kinkead sans se départir de son sourire.

Larose comprenait qu'il fallait que quelqu'un fasse les premiers pas; après tout, c'était lui le plus jeune des deux.

— Mark Shaink est coupable de fraude, c'est pour moi une certitude. J'ignore s'il a des complices et où est allé l'argent. Avant de lire la lettre, j'avais l'intention de solliciter l'aide de la Banque pour aller enquêter en Suisse et au Luxembourg. Maintenant, je soupçonne Samuel Roy d'être dans le coup. J'avoue que cette éventualité complique la situation.

— Vous connaissez Mark Shaink, pensez-vous qu'il a pu tuer Couture?

Larose prit le temps de réfléchir avant de répondre. D'emblée, il s'était convaincu que Shaink avait le profil du fraudeur. Il se rendait compte maintenant qu'il avait peut-être sous-évalué la personnalité de son suspect, il se demandait même s'il n'était pas un peu responsable de la mort de Couture. Et si Shaink avait tué Couture, rien ne l'empêcherait de tuer ses autres complices, pourquoi pas Roy?

— Je pense que oui, inspecteur. Je pense que Shaink est un froid calculateur, capable de commettre tous les gestes utiles et nécessaires pour parvenir à ses fins. À présent, je suis convaincu que Mark Shaink est un homme dangereux, plus dangereux que je ne l'avais d'abord imaginé.

— Tout le monde peut se tromper, lieutenant, reprit Kinkead, sans même lever les yeux.

Il avait cessé de sourire, maintenant ce n'était plus nécessaire.

4

Florence avait la prémonition qu'un grand danger menaçait sa famille. Son mari tentait de se montrer rassurant, mais elle sentait que cette assurance exagérément affichée cachait un désarroi profond. Et plus ses questions étaient pointues, plus les réponses de Mark se faisaient évasives et incomplètes.

— Chéri, tu sais que je t'ai toujours appuyé durant toutes ces années, le plus souvent sans t'interroger, en te faisant confiance, en te soutenant, en t'encourageant. La vie nous a quand même gâtés, Mark.

Et sur cette phrase, Florence devint songeuse, nostalgique. Elle voyait le film de leur vie se dérouler devant ses yeux. Ils se connaissaient depuis tellement longtemps; en fait, ils s'étaient toujours connus. C'est avec Mark que Florence avait appris à jouer au docteur et, par la suite, malgré quelques amuse-gueule à gauche et à droite, de l'expérimentation vient la connaissance, ils avaient pratiquement suivi le même parcours. Sauf pour cette période difficile dans la vie de Florence au cours de laquelle le père de Mark avait essayé, par tous les moyens, de sortir son fils de Ham-Nord. Il tentait de s'évader par personne interposée, mais Florence avait veillé au grain et toujours gardé le contact avec son Mark, même si elle avait trouvé le moyen de meubler occasionnellement ses absences un peu trop prolongées.

Puis, les événements se précipitèrent et le destin favorisa Florence. Tout se joua au cours de cet été où Mark avait décidé de s'exiler aux États-Unis pour étudier à Harvard. Parti pour une année entière, Mark, sur qui Florence avait toujours eu un ascendant naturel, risquait de s'affranchir, voire inconsciemment, de l'influence de son éternelle égérie.

Cet été si long, qu'elle maudissait chaque jour un peu plus, allait devenir l'été de tous les bonheurs pour Florence, l'été de la réalisation de tous ses vœux; ses prières allaient toutes être exaucées en même temps.

À quelques jours d'intervalle, l'unique sœur de Mark mourut accidentellement et monsieur Shaink père décéda des suites d'une longue maladie. Orphelin de père et de mère, Mark se retrouva avec pour seule famille Florence, qu'il jugea bon d'épouser presque aussitôt. Pourquoi attendre? avait suggéré Florence, à un Mark désemparé et brisé de douleur.

Le testament ouvert, il s'avéra, par un coup du sort à peine croyable, que le décès prématuré de Mélanie Shaink faisait de Mark le seul héritier de la famille. Donc, plus besoin pour ce dernier de passer par Harvard pour réaliser ses deux ambitions les plus chères : quitter Ham-Nord et se lancer en affaires dans une ville importante.

Quelques mois après les deux enterrements, Florence Paquet, épouse de Mark Shaink, quittait Ham-Nord pour s'installer dans une jolie villa en banlieue de la métropole où son mari allait travailler chaque matin dans une entreprise nommée K-TRO qu'il venait de racheter; il se donnait vingt-cinq ans pour la transformer en multinationale.

Un seul regret, au fil de toutes ces années : Florence n'était jamais devenue enceinte et Mark avait toujours refusé d'envisager l'adoption. Cet incident de parcours excepté, les Shaink avaient été gâtés par la vie et Florence le savait. Elle le réalisait plus que Mark pour qui sa bonne étoile avait bon dos. Pour Florence, il fallait quelquefois orienter le hasard, lui montrer la voie, l'encourager, lui fournir les outils. Florence n'était pas fataliste.

Force est d'admettre cependant que Mark Shaink semblait avoir raison de se fier à sa bonne fortune. Son entreprise, surtout depuis les dernières années, avait littéralement explosé; Mark s'était fait d'excellents contacts à travers le monde et sa richesse commençait à devenir significative. Au début de la quarantaine, les deux voyaient le monde leur tendre les bras jusqu'à cette journée fatidique.

— Je ne suis pas au courant de tes affaires, Mark, mais ne trouves-tu pas qu'il serait temps que tu me dises ce qui se passe?

Mark était soucieux, mais n'avait pas le goût de se défiler, quoiqu'il ait souhaité que cette discussion n'ait pas lieu. Florence avait raison toutefois. Intelligente et ambitieuse, plus que lui-même, elle l'avait appuyé en toutes circonstances sans poser de questions. Aujourd'hui, était venu le jour des vérités.

— Qu'est-ce que tu veux savoir, ma chérie?

— C'est quoi cette histoire de fraude? Nos affaires vont bien comme jamais, tu n'arrêtes pas de me répéter combien tu te félicites de ton association avec la Banque Mont-Royal, que tu aimes bien travailler avec Samuel Roy, et puis, tout d'un coup, sans avertissement, une équipe de consultants de la Banque envahit les bureaux de l'entreprise, Couture et toi êtes arrêtés et détenus pendant quatre jours. Pour finir le plat, dès qu'il est relâché, Nil Couture se suicide chez lui. Il y a de quoi s'interroger, non?

— L'histoire de la fraude est une fantasmagorie de la Banque.

— Oh! rétorqua, incrédule, Florence.

— Laisse-moi finir. D'abord il faut que tu saches que je ne transige jamais avec la Banque personnellement et que je ne m'implique absolument pas dans la comptabilité de la compagnie. Tout ça était de la responsabilité de Couture. C'était Couture qui préparait les états financiers et j'en prenais connaissance en même temps que la Banque.

— Tu es quand même responsable de Couture, non?

— Oui, mais jusqu'à un certain point. Lorsque Sammy Roy m'a fait venir à son bureau il y a quelques jours, il m'a confronté avec de faux états financiers. J'étais aussi surpris que lui.

— Vraiment?

Florence avait l'impression que son mari était en train de faire injure sérieusement à son intelligence, ce qu'elle n'appréciait de personne, son mari y compris. Mark changea son approche.

— D'accord, je t'explique. Couture avait suggéré, il y a quelques années, alors qu'un manque de liquidités avait failli nous acculer à la ruine, de prévoir pour le futur un fonds de réserve. J'ai approuvé cette initiative, je l'avoue. Ma partie, dans l'application de ce plan, était de trouver les contacts pour mettre en lieu sûr ces réserves, et les faire travailler.

— Les faire travailler ou les faire disparaître?

— Écoute-moi au lieu de jouer au détective. C'est dans ce but, donc, que je me suis organisé pour rencontrer un certain Ostermeyer, que tu connais d'ailleurs puisque je te l'ai présenté à Venise.

— Quoi! Tu n'es pas en train de me dire que le voyage à Venise était un voyage d'affaires déguisé?

— Oui, et c'était surtout pour compromettre Sammy au cas où les choses tourneraient mal.

— Joli! Joli!

— Ce sont les affaires, ça, chérie, ce n'est rien de personnel. Je l'aime bien, Sammy, c'est un bon gars.

— Qu'est-ce que ça serait si tu ne l'aimais pas?

— Tu argumentes ou tu écoutes?

— Continue, c'est encore plus intéressant que je prévoyais.

— Une fois le contact établi entre Couture et Ostermeyer, et surtout à partir du moment où la Banque nous a fourni les moyens de dégager des réserves, c'était à Couture de jouer et je lui ai laissé pleine latitude.

— Vous avez donc escroqué la Banque avec de faux états financiers?

— Déjà les grands mots; dis tout de suite que je

suis un escroc, et pourquoi pas un assassin tant qu'à y être. C'est peut-être moi qui ai tué Couture?

Un silence plus lourd que l'acier s'installa dans la grande pièce richement décorée des Shaink. Des souvenirs de chasse, de voyage, quelques toiles de maîtres ornaient les murs, mais aucun diplôme ni aucune photo de famille. Mark se versa un scotch et remarqua le léger tremblement des mains de son épouse. Il eut un pincement au cœur. Florence était, dans toutes les situations, sûre d'elle et en possession de ses moyens; pour elle, il y avait toujours une solution. Cette fois, elle accusait sévèrement le coup. Il ne savait plus quoi dire, l'attitude de sa femme le désemparait.

— Est-ce que tu l'as tué, Mark? reprit lentement Florence en regardant son mari avec imploration et un sentiment de crainte incontrôlable vis-à-vis de la réponse anticipée.

— Il s'est suicidé, chérie, tu le sais, c'est ce qu'on a annoncé à la radio toute la journée.

— Encore une des coïncidences heureuses qui t'ont poursuivi toute ta vie, mon cher Mark.

— Coïncidence, chance, appelle ça comme tu le veux, je ne nie pas que la mort de Nil Couture m'arrange singulièrement.

— Une dernière question, Mark. Est-ce que l'argent disparu peut être récupéré d'une manière quelconque et servir à rembourser la Banque?

— Non, répondit Mark sans hésitation. Et pour ta propre sécurité, je ne peux t'en dire plus sur le sujet.

— Sans cet argent, est-ce que K-TRO peut demeurer en affaires?

— Je croyais qu'on en était à la dernière question; je vais répondre quand même. Non, et ça, c'est un coup de malchance. Juste au moment où nos réserves ne sont pas disponibles, nous nous retrouvons impliqués dans la faillite de quelques gros clients. C'est la catastrophe. Pas pour nous personnellement, mais pour la Banque.

Florence était affaissée et semblait, en quelques instants, avoir vieilli de dix ans.

— Peux-tu me dire où tu es allé hier soir, après avoir donné congé à tes gorilles?

— Est-ce que c'est elle, la dernière question? fit Mark qui se sentait acculé au mur.

Sa femme lui avait toujours été supérieure sur le plan de la dialectique et il était temps que cet interrogatoire finisse, pour tous les deux. Ils étaient à bout de forces.

— Réponds, Mark, je t'en prie.

— Je suis allé marcher. Après quatre jours de cellule, j'avais besoin de marcher.

— Tu prends toujours le 4X4 quand tu vas marcher?

— J'ai conduit jusqu'au parc et c'est à cet endroit que j'ai marché. La prochaine question, tu vas me demander si j'ai des témoins, je suppose?

Contrairement à son habitude en présence de sa femme, Mark avait élevé la voix. Florence sentit le danger.

— Mark, dans les jours qui viennent, nous n'allons devoir compter que sur nous-mêmes, que sur nous deux. Ne l'oublie pas. Je suis avec toi quoi qu'il arrive. Allons nous coucher.

5

La nuit fut courte, mais au réveil Florence était méconnaissable. On aurait dit qu'elle revenait d'une cure de repos de trois semaines. Poussée dans ses derniers retranchements, cette femme donnait toujours le meilleur d'elle-même et faisait appel à des ressources insoupçonnées.

Il était sept heures du matin lorsqu'elle fit son premier appel à un homme à qui elle n'avait jamais parlé et qui, quant à lui, avait de la difficulté à parler aux gens qu'il avait toujours fréquentés. Le professeur serait bien incapable de se rappeler les arguments que cette inconnue si convaincante lui avait débités si tôt le matin pour l'amener à lui promettre d'être chez elle à dix heures le même jour, alors qu'il fallait compter pour l'aller seulement une bonne heure de Greenbrooke à Sainte-Julie. Quant il raccrocha, le professeur n'en revenait pas. Il ignorait même comment cette femme déterminée avait pu avoir son numéro. « Quel culot », pensa-t-il.

Quand le timbre de la porte se fit entendre, le cœur de Florence se serra. Elle avait le sentiment, vague mais écrasant, que l'homme à qui elle allait ouvrir et qu'elle n'avait jamais vu auparavant était sur le point de jouer un rôle déterminant dans sa vie. Elle ne se trompait pas.

Le professeur avait une drôle d'allure, avec un heureux mélange d'une distinction tout en retenue à l'anglaise, assortie d'une touche à saveur bohémienne de bonhomme sympathique, sans que le tout dégageât une quelconque chaleur humaine. Le personnage était la représentation incarnée de la quadrature du cercle. Florence regardait cet homme vers qui l'on était naturellement porté tout en sachant d'instinct qu'on ne pouvait l'atteindre. Elle jaugeait son apparence, ni froide ni vraiment attirante, plutôt intrigante, provocante même. Le professeur, par sa façon d'être, mettait en appétit d'amitié, et laissait sur son appétit. Étrange dualité.

Durant cette réflexion introspective et cet examen à la limite de l'indécence – le professeur se sentant lentement déshabillé –, les parties étaient demeurées l'une en face de l'autre, sans parler, à se regarder comme deux boxeurs avant la cloche. Le professeur n'allait certes pas parler le premier.

— Monsieur Faggione, je présume? lança Florence qui avait quand même de la difficulté à cacher son trouble.

— Professeur François Faggione, précisa le visiteur comme pour établir dès le départ la hiérarchie qui s'imposait.

Il était le professeur, elle était celle qui appelait à l'aide. La relation entre ces individus venait de se voir estampiller du sceau de la distance.

François Faggione était canadien, bien sûr, d'origine italienne, né en Italie, comme il le soulignait fréquemment. Sa famille vivait encore à Campigo, un village à une demi-heure de Venise. Professeur retraité de droit criminel à l'Université de Greenbrooke, il fut mêlé au cours des dernières années à plusieurs affaires, comme disent les policiers, dont la plus célèbre a donné lieu à un livre écrit par son ami, l'avocat Lambert Fortin. Suite à la publication de cette histoire, François Faggione, que ses intimes, si on peut appeler ainsi les quelques fidèles gravitant autour de lui, avaient toujours affectueusement appelé « le Professeur », devint une célébrité, connue du grand public. Lors de ses premières expériences sur le terrain, le professeur avait été exclusivement consulté par des policiers ou des avocats, la plupart ses anciens élèves. Il prodiguait aux uns et aux autres, tout à fait bénévolement, des conseils qui souvent donnaient des résultats étonnants. Après le livre de Fortin, écrit malgré les efforts du professeur pour décourager une telle initiative, François Faggione commença à être consulté par la population. Des victimes, des suspects, des accusés même le sollicitaient en consultation, et à l'instigation de son égérie, Lambert Fortin, le professeur délaissa lentement le bénévolat pour s'habituer rapidement à monnayer un talent que tout le monde lui reconnaissait. Et, se conformant sans discuter à la logique et incontournable loi du capitalisme de l'offre et de la demande, le professeur devint de plus en plus dispendieux. Ce qui ne posait pas un problème pour Florence Shaink.

— Je suis Florence Shaink, professeur.
— Je m'en doutais.

Florence ne se laissa pas désarçonner par cette réflexion peu engageante et elle s'empressa d'installer le professeur confortablement au salon, dans le meilleur fauteuil disponible, et de lui offrir toute la gamme de boissons dont elle pouvait disposer à partir du café. Décidément, ce professeur avait le don de l'énerver. Malgré la richesse du décor, le professeur ne voyait et ne regardait rien. Ses yeux n'avaient pas lâché Florence depuis qu'elle avait ouvert la porte. Gênée au début, Florence s'était habituée au fil du récit qu'elle avait fait à son invité en essayant de cacher son désarroi. Le professeur l'avait écoutée sans l'interrompre une seule fois. Cet homme était un chaud partisan de l'économie de mots, pensait Florence qui aurait aimé se faire aiguiller à l'occasion, le temps de reprendre son souffle. C'était peine perdue. Le professeur écoutait et la regardait sans sourciller. Son masque était impénétrable. Florence, qui se targuait d'une certaine perspicacité additionnée à son intuition naturellement féminine, ne put jamais, durant tout le récit, même à l'évocation des événements les plus troublants, déceler chez son interlocuteur un signe d'approbation ou de désapprobation.

— C'est tout; j'ai fini. C'est mon histoire, c'est notre histoire, termina, enfin soulagée, Florence. Elle avait parlé à peine plus d'une heure et cela lui avait paru une éternité. Elle n'avait pas prévu se retrouver en situation de monologue et elle commençait sérieusement à se demander si elle avait bien fait de suivre le conseil de cette amie qui lui avait si fortement recommandé ce phénomène bourru, à peine poli, qui ressemblait à n'importe quoi sauf à un génie de l'investigation.

— Et qu'attendez-vous de moi, madame Shaink? demanda lentement le professeur, sans se soucier de l'impatience et de la fébrilité que son hôte ne faisait pas grands efforts pour dissimuler.

— Je vous demande de m'aider, professeur. J'ai une amie qui vit à Greenbrooke et qui, comme moi, vient de Ham-Nord. Elle est au courant de nos problèmes et c'est elle qui m'a conseillée de vous appeler, et qui m'a donné votre numéro d'ailleurs.

— J'entends bien, madame Shaink, mais vous aider en quoi, de quelle façon? C'est ça que j'aimerais entendre de votre bouche.

— Professeur, et cette fois Florence commençait sérieusement à s'échauffer, c'est vous le détective. J'ignore comment vous pouvez m'aider, mais je vous demande de m'aider. Je vous ai raconté tous nos problèmes, je vous ai tout dit, est-ce que vous pouvez faire quelque chose?

— Est-ce que votre mari est ici, madame Shaink?

— Non, il est sorti.

— Est-ce qu'il savait que je venais?

Florence hésita, puis décida de dire la vérité.

— Oui.

— Je comprends qu'il n'est pas partisan d'une intervention de ma part dans le dossier!

— Non, répondit sèchement Florence.

— Et si on demandait l'avis de l'inspecteur Kinkead et du lieutenant Larose, on peut raisonnablement supposer qu'ils ne seraient pas chauds eux non plus pour que je vienne jouer dans leurs plates-bandes. Je suis certain qu'ils se trouvent déjà trop à deux.

— Vous avez probablement raison, approuva Florence.

— Vous êtes donc la seule à vouloir que je mette mon nez dans cette affaire, madame Shaink, ça ne vous pose pas de problème?

— Absolument pas, répondit d'un ton assuré Florence Shaink, qui n'était pas de ces personnes à rechercher l'approbation des gens pour agir.

— Et votre mari?

— Mon mari subit une pression énorme, professeur; il n'est peut-être pas le meilleur juge pour décider de ce qui est bon pour lui.

« Décidément, réfléchit le professeur, cette femme ne manque pas d'aplomb. » Il comprenait un peu plus comment elle avait réussi, pratiquement à son corps défendant, à lui faire faire une heure de route, de bon matin, sur un simple appel, quasi anonyme. Avoir cette femme comme ennemie, songeait-il, ne devait pas être une sinécure.

— Madame Shaink, êtes-vous sûre que vous m'avez tout dit?

Certains auraient pu considérer la question comme insultante, mais Florence avait bien saisi que le tact n'était pas le point fort de son énergumène d'invité et qu'il lui faudrait subir les écrasements d'orteils de ce mauvais danseur si elle voulait s'en faire un allié. Elle répondit donc à la question, sans argumenter :

— Oui.

Et le professeur continua sur le même ton, comme pour tester sa partenaire.

— Mais, vous ne m'avez pas dit ce que vous ne savez pas?...

— C'est évident, coupa Florence, excédée.

— ... et que vous pensez.

— Qu'est-ce que vous voulez dire?

Le professeur eut ce que lui appelait un sourire. Lambert Fortin parlait d'un rictus, les plus malveillants, d'une grimace.

— Vous êtes convaincue, madame Shaink, que votre mari est coupable, n'est-ce pas?

Florence accusa le coup sans broncher et sans nier. Le professeur continua :

— Vous êtes convaincue que votre mari a fraudé la Banque et qu'il a tué Nil Couture. Je ne pense pas qu'on puisse vous le reprocher. Tout l'accuse. Kinkead et Larose sont certainement encore plus convaincus de sa culpabilité que vous ne l'êtes. Personnellement, je ne connais pas votre mari et la seule chose dont je suis sûr le concernant, c'est qu'il est chanceux d'avoir une femme comme vous.

Venant du professeur, une remarque de ce style tenait plus de l'apologie que du compliment.

— Cependant, malgré toute la sympathie que votre situation peut m'inspirer, chère madame (le professeur avait sans doute oublié sa misogynie légendaire à Greenbrooke ce matin-là), je ne peux voir en quoi je serais susceptible de vous aider. D'abord, ce n'est pas vous qui avez besoin d'aide, mais votre mari. (Le célibataire venait de parler.) Ensuite, en autant qu'il est concerné, il ne veut pas me voir au dossier, vous me l'avez poliment laissé entendre. De plus, normalement on me demande de retracer un coupable, vous, vous connaissez le coupable, alors qu'est-ce que vous me demandez, madame Shaink?

Cette fois Florence avait bien compris que de sa réponse dépendait l'implication du professeur dans la suite des événements. Le professeur était décidément plus coriace que l'allure faussement débonnaire qu'il s'efforçait d'afficher pouvait le laisser supposer. Il faudrait jouer serré.

— Je vous demande, professeur, de sauver mon mari. Vous n'êtes pas un policier, vous n'êtes pas payé pour trouver un coupable. Il m'importe peu de savoir ce que Mark a fait parce que je sais qu'il l'a fait pour moi, pour me protéger, pour me sécuriser. Je n'ai pas à le juger. Je me doute aujourd'hui des problèmes qui l'attendent et je ne le laisserai pas tomber. C'est pour ça que je vous ai appelé, professeur.

— Vous voulez que je sauve votre mari, malgré sa culpabilité?

— Qu'en savez-vous, de sa culpabilité?

— Votre conviction me suffit, madame. Vous êtes son alliée et vous le croyez coupable, vous ne pouvez pas me demander un acte de foi dont vous êtes vous-même incapable.

— Je suis surprise, professeur, que vous accordiez un tel crédit à ma perception des faits. N'est-ce pas vous l'expert? Si j'avais essayé de vous convaincre de l'innocence de Mark malgré tous les éléments du dossier qui concourent à l'accuser d'une façon si accablante, vous n'auriez pas hésité un seul instant à mettre mon jugement en doute, à mettre sur le compte de l'aveuglement amoureux des conclusions aussi partisanes. Pourquoi me faites-vous tellement confiance quand je vais dans le sens des apparences? Je suis pourtant toujours aussi néophyte en matière de crime et tout autant amoureuse. Est-ce parce que mon jugement concorde avec celui de vos collègues Larose et Kinkead qu'il est mieux fondé?

Cette tirade, débitée sur un ton péremptoire, n'avait pas été sans agacer le professeur qui n'aimait pas beaucoup, et c'est un euphémisme de le dire, se faire reprendre.

— Larose et Kinkead ne sont pas mes collègues, se contenta-t-il de préciser.

— Puis après? Si le verdict avait été prononcé par eux, vous n'auriez pas hésité à chercher la faille dans leur raisonnement qui vous aurait permis de leur démontrer leur erreur, voire leur incompétence. Pourquoi le même verdict venant de moi ne suscite-t-il pas chez vous la même suspicion? Est-ce que c'est découvrir la vérité qui vous fait vibrer, professeur, ou si c'est le fait de pouvoir prendre en défaut les gens de la profession?

Dire que le professeur était piqué au vif demeurait bien en deçà de la réalité. Florence Shaink avait mis son intégrité professionnelle en doute et elle l'avait fait très finement. Il ne s'était pas assez méfié de cette femelle; maintenant il était trop tard, il était coincé. Refuser le mandat aurait constitué une fuite que son orgueil refusait même d'envisager. Il lui fallait donc accepter le contrat et tenter de prouver que la police s'était trompée une fois de plus en concluant beaucoup trop vite à la culpabilité de Mark Shaink. Florence, en n'essayant pas de disculper son mari aux yeux du professeur, l'avait habilement piégé.

Sur le chemin du retour, François Faggione songeait qu'il venait de commettre le péché qui avait sorti l'humanité de l'Éden, le péché d'orgueil.

— Je suis sûr que je vais en payer le prix, se surprit-il à marmonner tout haut dans l'auto.

Cette enquête s'annonçait comme un chemin de croix, un long chemin de croix.

Chapitre 8

DANS LES FILS DE L'ARAIGNÉE

1

Le lieutenant Larose arriva pile à l'heure fixée. Sammy l'attendait sans appréhension et sans grande espérance. Il avait en mains les conclusions des consultants, et la situation de la Banque dans le dossier était désespérée. Les principaux points obscurs relatifs à l'exécution de la fraude avaient été éclaircis. On avait même retracé l'imprimeur chez qui Couture avait réussi à obtenir du papier à en-tête identique à celui du vérificateur. On avait également pu retracer le montant de la compensation exigée par l'imprimeur, accommodant mais pas fou pour ce travail un peu particulier. Les consultants parlaient d'opération illégale et de complicité; l'imprimeur parlait d'une commande inusitée dont il ignorait l'utilisation postérieure. Si Mark Shaink pouvait plaider l'ignorance de la fraude, on ne pouvait guère reprocher à ce petit imprimeur qui en arrachait pour gagner sa vie d'en faire autant.

Il était établi maintenant par une tonne de documents – les feux de la fameuse nuit n'avaient pas servi à faire disparaître cette partie du dossier – que Couture avait été le chef d'orchestre de la fraude. Il avait été le maître d'œuvre d'une action combinée génialement qui faisait à elle seule la démonstration d'une maîtrise des règles comptables peu commune chez un autodidacte. « Une telle maîtrise se retrouve même rarement chez les experts », pensait Sammy en complétant la lecture d'un des nombreux rapports soumis par lesdits experts. Le même genre d'expert que Couture avait si facilement abusé, lui y compris, se répétait Sammy, un brin masochiste.

Mais, si Couture avait dirigé l'orchestre, qui avait fait l'orchestration? Ce ne pouvait être personne d'autre que Mark Shaink; il était celui à qui le crime profitait et Couture travaillait pour lui. À ce niveau, les preuves manquaient, mais la police trouverait certainement le moyen de coincer cet escroc, espérait Sammy.

Un dernier élément du dossier demeurait obscur, et sur ce plan, il était plutôt présomptueux de seulement rêver que l'action de la police pourrait être concluante : la destination de l'argent. Sammy savait, à tout le moins se doutait qu'on n'arriverait pas à retracer tous ces millions disparus, envolés vers des cieux plus cléments, et cette situation de fait pouvait signifier pour lui la fin de sa carrière alors même qu'il n'avait strictement rien à se reprocher. Cette dernière réflexion le ragaillardit un peu.

— C'est vrai, songea-t-il, à partir du moment où je n'ai rien à me reprocher, que j'ai été simplement abusé comme tout le monde qui a touché de près ou de loin à ce dossier maudit, ni plus ni moins que les autres, j'ai peut-être une chance de m'en sortir.

La secrétaire tira Sammy de ses pensées quand

elle lui annonça sur un ton préremptoire l'arrivée du lieutenant Larose.

Larose n'aimait pas les banquiers. Il avait vécu, en début de carrière, une expérience difficile sur le plan personnel due à l'intransigeance d'un banquier et il avait gardé la conviction profonde que ces gens considéraient comme un honneur de boire dans la tasse sale des riches et de manger leurs miettes pendant qu'ils regardaient avec mépris les personnes moins fortunées, qui avaient la malchance d'être pauvres et d'avoir besoin d'argent. Il avait essuyé une fois un refus qu'il n'avait pas encore digéré et la journée lui semblait devoir être une belle journée.

— Vous souhaitez me voir, lieutenant. Vous avez de bonnes nouvelles, j'espère, parce que celles que nos consultants nous fournissent jour après jour sont toutes plus désastreuses les unes que les autres.

— Non, malheureusement, je n'ai pas de très bonnes nouvelles, mais ça ne concerne pas nécessairement la Banque.

Larose fit une pause pour bien ménager son effet. Il n'y a pas de mal à se faire du bien.

— Et ça concerne qui? reprit Sammy, intrigué.

— Vous, monsieur Roy.

— Moi?

— Vous.

Larose aurait répété ce mot toute la journée sans se fatiguer. Sammy n'avait pas beaucoup de difficulté à se rendre compte que le lieutenant ne paraissait pas beaucoup affecté par la situation. En tout cas, pas affecté dans le même sens que lui.

— Kinkead a trouvé une lettre chez Couture dans

laquelle Mark Shaink relate votre rencontre à Venise, il y a plus d'un an, avec les financiers qui, aujourd'hui, sont fortement soupçonnés d'avoir participé au complot pour dissimuler les millions appartenant à votre Banque.

— Shaink est un escroc et un fraudeur; peut-être même un meurtrier. Pourquoi accordez-vous tant d'importance à ces ragots, lieutenant? Cela semble vous faire plaisir, à tel point que vous n'êtes pas capable de réprimer ce sourire ridicule à vomir qui vous défigure.

— Est-ce que cette rencontre a eu lieu, oui ou non?

— Oui, mais de façon inopinée en ce qui me concerne. D'ailleurs, au début, Shaink a essayé de nous faire croire que la rencontre était fortuite. C'est moi qui l'ai confondu et qui ai exigé que l'on ne revoie plus ces deux gentlemen du reste du voyage.

— D'accord, monsieur Roy, Shaink peut vous avoir piégé, mais j'ai une autre question pour vous.

— Allez-y.

— Lors de ce voyage, Shaink vous a-t-il avoué avoir trafiqué ses chiffres pour jouir de plus de liquidités que ses besoins réels le nécessitaient?

Sammy encaissa le coup. C'était la question qu'il avait espéré ne jamais entendre. Il crâna pour la forme.

— Shaink a fait ce que la majorité des clients de toutes les Banques dans le monde font. Il a un peu arrangé ses chiffres pour obtenir de la Banque ce qu'il voulait.

— Oui, je suppose que vous êtes habitué à ce

que vos clients enjolivent leurs bilans, tellement habitué que vous devez vous garder une marge de manœuvre à cet effet.

— C'est exact. Nous observons un ratio de protection, même à l'encontre des états vérifiés.

— Mais dans le cas de K-TRO, Shaink était tellement sûr de vous, monsieur Roy, qu'il n'a pas enjolivé son bilan. Il l'a plutôt déprécié délibérément, sachant qu'il obtiendrait l'argent qu'il désirait. Et il a eu le front de vous l'avouer lors de ce fameux voyage.

Sammy attendait la suite sans parler, le lieutenant jouissait tellement de la situation qu'il aurait été indécent de couper court à son orgasme.

— Avez-vous avisé la Banque au sujet de cet aveu, monsieur Roy?

— Non.

— Avez-vous pris des mesures spéciales concernant ce compte, comme rappeler vos prêts ou ramener la marge de crédit à des proportions plus réalistes?

— Non.

— Pourquoi?

— Parce que je suis un prêteur, lieutenant, et si j'arrête de prêter, je perds mon emploi et la Banque ferme ses portes. C'est notre raison d'être. Shaink m'avait avoué avoir menti sur ses besoins, ce qui était décevant pour l'ami, mais payant pour le banquier. J'étais et je suis encore convaincu que mes prêts étaient bien garantis; si le client emprunte plus que ses besoins, ce sont ses problèmes, et c'est moi qui fais plus de bénéfices en fin de compte.

— À la condition que le client soit honnête?

— Effectivement. Si Shaink ne détourne pas les fonds de sa compagnie, nous n'avons aucun problème et ça, je n'avais aucun moyen de le prévoir.

— Sauf qu'il avait déjà admis vous avoir menti?

— Lieutenant, votre naïveté est belle à voir. Shaink n'est pas le premier ni le dernier client à mentir à son banquier. De plus, il n'est pas le seul dans son genre non plus; c'est un réflexe que l'on retrouve très souvent chez les Canadiens français, ce besoin de se constituer une réserve, même si cette réserve coûte cher et affecte les marges bénéficiaires. Vous n'avez pas le monopole de la crainte du méchant banquier, lieutenant.

Sammy se défendait de son mieux, mais le policier avait plusieurs alliés dans son camp et lui était seul dans le sien.

— L'avocat Wood soutient que votre attitude à son égard, quand il a dénoncé K-TRO, était plutôt étrange. Loin d'être reconnaissant, vous lui avez enlevé tous les dossiers dans lesquels il agissait pour la Banque. Pourquoi?

— Wood est un triste individu et une canaille, lieutenant, et vous le savez.

— Je ne vous demande pas de l'épouser, mais de m'expliquer pourquoi vous avez agi ainsi?

— Savez-vous, lieutenant, que nos consultants ont découvert que les fonds de la compagnie détournés vers le Luxembourg transitaient par le compte en fidéicommis de maître Wood?

— Nous le savons, monsieur Roy. Quoi que vous pensiez de l'efficacité de la police, nous faisons notre travail. J'ai questionné Wood moi-même à ce sujet et il a une défense qui se tient. Il dit qu'il n'a jamais vu les états financiers de K-TRO et que sa cliente lui avait demandé de faire transiter, par son compte en fidéicommis, des fonds excédentaires à même lesquels elle voulait se constituer une réserve dans une Banque européenne. La démarche lui a semblé relever d'une saine gestion et il n'a posé aucune question.

— Dans un premier temps, je ne crois pas que Wood ait jamais vu les états financiers de K-TRO. Il en traînait autant de versions que le catalogue Sears. C'est vrai que j'ai peut-être mal réagi suite à sa dénonciation qui est toujours demeurée anonyme, ne l'oublions pas, mais j'ai agi ainsi justement pour mettre de la pression sur lui et le forcer à me dire tout ce qu'il savait. Ça n'a pas marché et il a fallu que le vérificateur craque pour que l'abcès aboutisse.

— Selon ce que l'enquête a révélé jusqu'à maintenant, vous êtes la seule personne avec Shaink à connaître personnellement les banquiers Hoffman et Ostermeyer. Wood jure qu'il ne les connaît pas et Couture est mort.

— Je les ai rencontrés une seule et unique fois. Ce n'est pas vraiment ce qu'on appelle connaître quelqu'un, il me semble?

— Vous faites partie de la même confrérie; vous êtes aussi un banquier.

— Qu'est-ce que ça prouve? répliqua Sammy, excédé.

— Si on additionne la lettre trouvée par Kinkead, le témoignage de Wood, celui de Shaink, vos agissements suite à l'aveu fait à Venise et à la dénonciation que vous dites anonyme, votre connaissance des personnes vers qui les sommes ont transité, il faut se poser la question, monsieur Roy, à savoir si vous n'avez pas joué un rôle, même passif mais probablement rémunéré dans la fraude de K-TRO à l'encontre de votre Banque.

— Est-ce que vous êtes sérieux? demanda Sammy, atterré.

Il sentait des sueurs froides perler sur son front, et la sécheresse de sa gorge l'empêchait de respirer. Il croyait qu'il allait défaillir.

Le lieutenant paraissait un peu surpris par le désespoir du banquier, pas suffisamment cependant pour affecter sa bonne humeur. Il s'était imaginé que son interlocuteur aurait accueilli la menace avec superbe et dédain, ce n'était pas le cas, mais, s'excusait-il intérieurement, il ne faisait que son travail après tout.

— Oui, je suis sérieux. Naturellement, les plaintes ne relèvent pas de moi et je ne peux vous prédire ce que le procureur de la Couronne décidera. Quant à moi, ce sont les conclusions de mon enquête et, étant donné votre absence d'explication ou de justification, c'est le dossier que je lui transmettrai, dès demain.

2

Al Kinkead avait préparé toute la journée l'interrogatoire de Mark Shaink. D'abord, contrairement à son jeune collègue des fraudes économiques, il n'était pas partisan de l'improvisation; de plus, son patron lui avait administré le matin même un savon dont il avait seul la recette :

— Kinkead voulez-vous m'expliquer comment vous faites pour transformer en meurtre présumé un suicide certifié? Vous savez qu'on est débordés. Si j'avais la moitié des problèmes que Couture avait, je me suiciderais là, devant vous. Mais qu'est-ce que ça vous prend?

— Monsieur, il n'a pas laissé de lettre. C'est un comptable. Il écrivait tout, il notait tout. Pourquoi ne pas avoir laissé un mot?

— Un mot? Un mot à qui? Il n'avait pas de femme, pas d'enfants. À qui voulez-vous qu'il écrive? Au père Noël? Probablement qu'il n'y croyait plus, et probablement non plus qu'il n'était pas au courant de votre fameuse statistique que quatre-vingts pour cent des suicidés laissent une note? De toute façon, Kinkead, c'est clair que ce gars-là était un marginal et il aura voulu le rester jusqu'à la fin. Les marginaux ont aussi le droit de se suicider comme tout le monde, inspecteur, comme les illettrés, vous connaissez, ceux qui ne savent pas écrire.

— Je regrette, monsieur, mais je ne partage pas votre avis.

— Vous pensez qu'il faut savoir écrire pour se suicider?

— Non, mais je suis convaincu, et je ne suis pas le seul (Kinkead prit bien soin de ne pas identifier madame Leclerc), que Nil Couture ne s'est pas suicidé.

Et la conversation se termina sur cette note, le capitaine quittant le bureau découragé d'avoir affaire à un tel entêté et l'inspecteur déçu d'être un tel incompris.

***

Mark Shaink, confortablement assis en face de l'inspecteur, paraissait sûr de lui et le plus calme des deux. Kinkead attaqua doucement, très doucement.

— Vous savez pourquoi vous êtes ici, n'est-ce pas?

— Inspecteur, j'ai passé quatre jours dans vos cellules sans que vous m'interrogiez. Ni vous ni personne d'ailleurs. Je suis en liberté sous caution et j'essaie de sauver mon entreprise; et mon bras droit est mort. Alors j'apprécierais au plus haut point que vous arriviez au fait rapidement, je suis pressé.

Kinkead jeta un coup d'œil sur les feuilles pêlemêle empilées sur son bureau et en élimina quelques-unes. « On vient de sauter les préliminaires », pensa Mark.

— Pour être soupçonné d'un meurtre, monsieur Shaink, il faut trois éléments, à tout le moins selon ma méthode.

— Êtes-vous en train de me dire que vous me soupçonnez du meurtre de Couture en plus de la fraude contre la Banque? Qu'est-ce que vous fumez, inspecteur, si ce n'est pas indiscret?

— Pour la fraude, vous êtes effectivement soupçonné, mais ceci ne relève pas de mon département. Moi, je suis chargé de l'enquête sur la mort de Nil Couture.

— Est-ce que vous me questionnez à titre de témoin ou à titre de suspect? Si vous avez en tête la deuxième option, mon cher inspecteur, je ne répondrai à aucune de vos questions et je vais communiquer immédiatement avec mon avocat.

— Vous pouvez choisir d'agir ainsi, je ne peux pas vous en empêcher, comme j'aurais pu décider de procéder à votre arrestation purement et simplement. Si vous voulez qu'on en discute, comme j'avais prévu de le faire, on va en discuter, de façon informelle, sans arrière-pensée. Je vous donne le bénéfice du doute, monsieur Shaink, vous pouvez faire la même chose à mon endroit.

Mark avait compris : l'inspecteur, sous des dehors rustres et un style échevelé, se révélait à l'usage beaucoup plus articulé que prévu.

— Quels sont ces trois éléments? interrogea Mark poliment.

— D'abord, le mobile. Les résultats de l'enquête menée par mon collègue Larose et les consultants mandatés par la Banque ont révélé que Nil Couture, quant au chapitre des opérations financières de votre corporation, servait ni plus ni moins de courroie de transmission. Il était celui par qui les choses arrivaient. La Banque prenait ses informations de lui, de même que le vérificateur, ainsi que l'avocat. Il constituait le lien entre vous et ceux qui entraient en contact de près ou de loin avec votre entreprise, sauf pour l'aspect européen du dossier, dont je ne m'occupe pas d'ailleurs. Donc, si Couture disparaissait, la preuve de votre participation active à la fraude devenait d'autant plus difficile à faire.

— Et c'est mon mobile, je présume.

— Vous pourriez peut-être alors prétendre que vous êtes la « victime » du zèle d'un employé qui a voulu trop en faire, sans qu'on le lui demande.

— Ça marche, ces défenses-là ?

— Celles-là et des pires, monsieur Shaink, des pires. J'en viens ensuite à la partie de l'enquête que j'ai moi-même supervisée.

— On n'est jamais si bien servi que par soi-même, inspecteur.

— Comme vous dites, monsieur Shaink. Cette partie de l'enquête n'est pas terminée, je vous le dis tout de suite et c'est pourquoi j'ai voulu éclaircir certains détails avec vous dès à présent. Madame Leclerc a trouvé la porte verrouillée de l'intérieur lorsqu'elle est arrivée le matin où elle a découvert le corps. C'est du moins son premier témoignage. Nous l'avons ramenée à la maison et lui avons fait ouvrir la porte à plusieurs reprises en se servant de sa clef. Un agent à l'intérieur verrouillait ou ne verrouillait pas la porte. Il s'agit d'une serrure très douce et madame Leclerc s'est trompée une fois sur deux. Lorsqu'elle a affirmé qu'elle avait déverrouillé la porte pour pénétrer à l'intérieur, c'est une conclusion qu'elle tirait du fait qu'il n'y avait pas d'auto dans la cour et que la maison semblait inhabitée.

« Il n'y a pas de trace d'effraction ni de violence. Couture a donc ouvert à la personne qui l'a tué, personne que naturellement il connaissait et qui n'a pu verrouiller la porte en quittant. Or, on ne sait plus maintenant si la porte était verrouillée ou non.

« Quant à la personne qui se trouvait chez Couture au moment de sa mort, nous nous interrogeons à propos du moyen de transport utilisé pour se rendre à cet endroit, quand même assez retiré. Nous n'avons trouvé sur place que les empreintes d'un seul véhicule, votre 4X4. »

— Ma femme est allée le reconduire chez lui avec ce véhicule, le soir même.

— Nous savons, mais il y a plus qu'une empreinte de roues.

— J'ai envoyé un courrier porter un document quelques heures plus tard et l'on a encore utilisé le 4X4.

— Nous avons trouvé le document.

Mark ne put dissimuler l'émotion que venait de faire naître chez lui cette dernière révélation. Comment Couture avait-il pu commettre une telle erreur, une telle négligence, transgressant un ordre formel de sa part? Pourquoi? Avait-il des doutes sur lui, avait-il voulu se ménager une police d'assurance? L'inspecteur fit une pause pour permettre à Mark de se reprendre, sans que cela y paraisse, et il poursuivit :

— Le problème pour les empreintes, c'est de déterminer si le 4X4 est allé deux ou trois fois chez Couture. Les gens du labo travaillent là-dessus. Vous, qu'en pensez-vous, monsieur Shaink?

— À ma connaissance, le 4X4 s'est rendu deux fois chez Couture, ce soir-là.

— Vous êtes sûr? Il n'y a pas eu d'autres courriers et votre femme n'est pas retournée sur place, c'est ce que vous dites?

— Oui.

— Et vous, êtes-vous allé chez Couture ce soir-là?

— Non. Je venais de lui envoyer un courrier, pourquoi y serais-je allé?

— Très bien. Enfin, il y a le problème de l'arme. Il s'agit d'un vieux revolver qui n'était pas enregistré auprès de nos services comme le veut la loi. Il n'y a pas d'empreinte, sauf celles de Couture. À votre connaissance, est-ce que Couture possédait une arme?

— Je l'ignore.

— C'est ce que tous les gens que nous avons interrogés ont répondu. Et vous, est-ce que vous avez une arme?

— Oui, un fusil de chasse. Il est dans la vieille maison à Ham-Nord.

— Avant de conclure sur ce deuxième élément, monsieur Shaink, je dois d'abord vérifier le troisième. Où étiez-vous dans la soirée précédant la découverte du corps de monsieur Couture?

— J'étais chez moi, à la maison, avec ma femme.

— Toute la soirée?

— Non. Je suis sorti faire une marche. Je voulais décompresser.

— Avez-vous utilisé le 4X4 durant la journée ou, plus précisément, durant la soirée?

— ... Non.

— Combien de temps a duré cette marche?

— Environ deux heures, j'avais besoin de réfléchir. Et je n'ai rencontré personne susceptible de vous confirmer ce que je dis, puisque c'est bien ça le but de cet interrogatoire. De toute façon, je ne peux pas m'être rendu chez Couture à pied.

— Vous auriez pu prendre un taxi, plus loin de chez vous?

— Vous auriez relevé les empreintes de pneus d'un autre véhicule dans la cour de Couture.

— Vous auriez pu descendre un peu avant d'arriver?

— Vous auriez retracé le taxi.

— On y travaille, monsieur Shaink, on y travaille. Je vous ai dit que l'enquête n'était pas complétée.

Mark commençait à se sentir coincé et il regrettait d'avoir relevé le défi que lui avait lancé l'inspecteur. Il pouvait se lever et quitter les lieux, il n'était pas en état d'arrestation, du moins pas encore, ou exiger la présence de son avocat pour la suite, mais il décida qu'il était trop tard pour changer de stratégie. Il était innocent et n'avait rien à cacher à la police.

— Donc, monsieur Shaink, et c'est ma conclusion sur le troisième élément, vous n'avez pas d'alibi formel. Quant au deuxième élément, vous aviez la possibilité physique de commettre le crime. Vous étiez un ami de Couture, il n'avait aucune raison de ne pas vous ouvrir. Pour ce qui est de l'arme, elle était peut-être sur place à votre connaissance ou vous pouviez l'avoir apportée avec vous.

— Ce ne sont pas des preuves, ça, inspecteur, et vous le savez; on appelle cela, je crois, des présomptions.

— Vous avez raison, monsieur Shaink, entièrement raison. Cependant, quant il y a mobile et absence d'alibi, les présomptions dans un dossier en viennent à peser très lourd. Je suis sûr que vous comprenez ce que je dis.

Mark Shaink comprenait et sa décision était prise : il fallait qu'il sorte de ce commissariat au plus vite.

— Nous avons fait le tour du pot, inspecteur, est-ce que vous m'inculpez?

Kinkead réfléchissait et sa tête hochait dans un mouvement affirmatif. Mark était convaincu qu'il venait de ramasser un ticket pour une autre nuit, au moins une, aux frais des payeurs de taxes. Il avait pourtant tant à faire à l'extérieur.

— Non.

Alors qu'il indiquait oui de la tête, l'imprévisible inspecteur venait de prononcer non.

Mark ne rêvait pas, Kinkead avait dit non. Il n'avait jamais été aussi heureux de se faire dire non et il se retenait de toutes ses forces, serrant comme un étau les bras de son fauteuil, pour ne pas bondir et courir vers la sortie.

— Je vous l'ai dit, monsieur Shaink, mon enquête n'est pas complétée. J'avais espéré que vous auriez pu m'aider, mais...

— ... Je vous ai tout dit, inspecteur.

— ... Je vous demande seulement, monsieur Shaink, et je me permets d'insister, de ne pas quitter la ville. C'est d'ailleurs une des conditions de votre cautionnement.

— Ce n'est pas du tout dans mes intentions, soyez sans crainte.

Cette fois, Mark se leva, le plus lentement qu'il put, peut-être même un peu trop, et quitta le bureau de l'inspecteur Kinkead, sans le saluer. La porte venait à peine de claquer sur les talons de Shaink qu'on frappa trois fois.

3

Madame Bélair s'empressa vers la porte. Se tenait sous le porche un homme jeune et beau qu'elle voyait pour la première fois. Ce n'était certainement pas quelqu'un de Ham-Nord.

— Madame Maria Bélair? demanda l'inconnu, sans sourire, mais d'une voix agréable.

La gouvernante n'était plus jeune, mais elle n'était pas vieille non plus et les feux de la passion, selon l'expression de monsieur le curé, les effets de la libido, n'étaient pas complètement éteints chez elle.

— Oui, c'est à quel sujet?

— Je suis le caporal Grégoire Blanchet, de la Sûreté du Québec, section des enquêtes criminelles, répondit celui que la gouvernante trouvait soudainement beaucoup moins beau.

Maria se résigna à faire entrer l'importun et ne prit aucun détour pour lui signifier qu'il n'était pas le bienvenu.

— Vous devez savoir que nous sommes en deuil, je suppose, deux décès en moins d'une semaine.

— C'est justement à ce propos que je veux vous poser quelques questions, madame Bélair. Soyez sans crainte, ce ne sera pas long.

Le jeune caporal, devant la réticence affichée de la gouvernante, avait décidé qu'il valait mieux la jouer doucereuse. Il n'avait rien à gagner à confronter cette femme, encore jolie, mais aux allures de bouledogue.

— Depuis combien de temps travaillez-vous ici, madame Bélair?

— La petite avait onze ans lorsque monsieur m'a engagée comme gouvernante. Elle venait d'avoir dix-huit ans lorsque le drame est arrivé.

— Vous parlez de son décès?

— Oui, je parle de l'accident.

— Où étiez-vous quand c'est arrivé?

— Écoutez, inspecteur, pouvez-vous me dire à quoi riment vos questions? Mélanie s'est noyée, il y a un peu plus d'une semaine, dans le ruisseau au bout du Domaine. Elle était allée faire marcher les chiens, ce qu'elle faisait chaque jour. Elle connaissait chaque pierre de ce ruisseau. Pour l'avoir déjà accompagnée, je sais qu'elle aimait sauter d'un bord à l'autre du ruisseau et même, quelquefois, aux endroits où le ruisseau était peu profond, elle marchait carrément dedans. Mélanie avait dix-huit ans, inspecteur, mais c'était une enfant. Une femme sur le plan physique, mais une petite fille quand même, qu'il fallait surveiller continuellement; c'est pourquoi son père m'avait engagée.

— Mais cette journée-là, madame Bélair, Mélanie avait-elle été laissée sans surveillance? questionna doucement l'inspecteur Blanchet.

— C'était une enfant, pas un bébé. Elle allait presque toujours seule faire marcher les chiens.

Quelquefois, monsieur le vicaire l'accompagnait lorsqu'il venait la visiter. Il était très proche de la petite.

— Vous parlez du vicaire de la paroisse, le vicaire Leblanc?

— Oui, mais vous, vous ne m'avez toujours pas dit pourquoi toutes ces questions? insista la gouvernante qui avait de la suite dans les idées.

— Hier, après les funérailles de votre patron, s'est déroulée chez le notaire la lecture de son testament. Si monsieur Shaink était décédé il y a dix jours, la petite aurait hérité de toute la fortune ou presque, et Mark, son frère, aurait à toute fin pratique été déshérité. Cependant, étant donné que Mélanie est décédée quelques jours avant son père, c'est Mark qui hérite de tout. Le décès de Mélanie, qui avait semblé à tous accidentel sur le moment, prend maintenant une autre coloration. La sœur de Mark est tombée et s'est noyée dans un ruisseau qu'elle connaissait comme le fond de sa poche. Cette mort, conjuguée à celle de son père qui était déjà en phase terminale, nous amène à nous poser certaines questions.

Maria était estomaquée, et le ton détaché sur lequel le jeune inspecteur avait débité son boniment, n'avait rien pour la calmer. Comment pouvait-on soupçonner Mark d'avoir quoi que ce soit à voir avec la mort de sa sœur qu'il chérissait plus que tout! Il aurait donné sa vie pour Mélanie et cet inspecteur n'avait pas le droit de venir l'importuner ainsi et tenter de souiller sa douleur avec des soupçons contre nature.

— Inspecteur, la charité chrétienne m'empêche de dire ce que je pense de vous. Sachez que tout le monde que je connais, même les voisins, aimait Mélanie. Il n'y avait pas que le vicaire qui venait l'accompagner dans ses marches. Monsieur Marcotti, l'homme à tout faire qui demeure juste à côté, le faisait fréquemment. Mark, en apparence, semblait plus éloigné de sa sœur, plus distant. Il n'a jamais accepté son état et le simple fait de la voir, de la regarder lui faisait mal. Mais moi, je sais la profonde affection qui l'unissait à sa sœur. Il ne lui aurait pas fait mal pour tous les millions de la terre, inspecteur. Est-ce que c'est clair?

— Oui, effectivement, rétorqua le policier, très calmement, en essayant de trouver les mots pour faire baisser un peu la tension. Est-ce que Mélanie était seule à la maison cette journée-là? demanda-t-il délicatement et sans lever les yeux vers la gouvernante dont il sentait le regard lourd peser sur lui.

— Non, fit sèchement Maria. Florence, l'amie de Mark, se trouvait à la maison. J'étais allée faire des courses et on ne laissait jamais la petite toute seule.

— Mark n'était pas ici?

— Il était sorti. Il est revenu avant moi et c'est lui qui a découvert sa sœur.

— Madame Bélair, je comprends que la situation soit difficile pour vous et je ne vous embêterai pas plus longtemps.

La gouvernante prit l'inspecteur au mot et elle avait déjà commencé à le guider vers la sortie, quand il se retourna pour demander :

— Madame Bélair, de tous les événements qui se sont déroulés au cours des derniers jours ou des dernières semaines, est-ce qu'il y en a un ou plusieurs qui vous auraient paru étranges?

— Que voulez-vous dire?

— Un événement, anodin en apparence, mais quand on l'examine à tête reposée, on s'aperçoit qu'il ne cadre pas dans la chaîne des événements. C'est comme une verrue au bout d'un doigt; d'abord on ne la voit pas, puis on ne voit qu'elle.

Maria avait commencé à réfléchir bien avant que l'inspecteur ne finisse son histoire de verrue. Un fait anodin, pensa-t-elle, qui ne cadre pas, une verrue; il y avait bien cette réflexion faite devant elle, il y a quelques jours, mais pourquoi attiserait-elle la suspicion maladive de cet inspecteur trop jeune pour connaître seulement les bonnes manières. « On ne peut plus rien changer à ce qui est arrivé, songea-t-elle, et mon devoir est de protéger cette famille. » La voix de l'inspecteur la tira de son recueillement.

— Madame Bélair, êtes-vous encore avec moi?

— Non.

— Non quoi? reprit l'inspecteur, un peu surpris.

— Non, aucun fait anodin. Il y a eu l'accident de Mélanie et la mort de monsieur Shaink, mais aucun fait anodin. Je n'ai rien remarqué.

Elle s'arrêta, se rendant compte brusquement qu'elle risquait d'en faire trop. L'inspecteur stoppa, sourcilla légèrement en fixant pour la première fois depuis le début de l'entretien son interlocutrice droit dans les yeux. Maria soutint son regard sans broncher. Le policier s'excusa et quitta.

Chapitre 9

LE PROFESSEUR

1

J'arrivai chez le professeur à temps pour l'apéro. Ce rituel m'avait beaucoup manqué depuis un certain temps puisque le professeur s'était montré plutôt volatile dernièrement. Tous mes efforts pour le joindre s'étaient avérés vains et je commençais même à soupçonner une relation.

À la réflexion, la misogynie légendaire du professeur associée à sa misanthropie chronique m'avaient vite convaincu que je faisais obligatoirement fausse route. Cependant, je m'ennuyais de ces moments où nous nous retrouvions ensemble devant un bon feu, lui avec son scotch, moi avec mon gin, à discourir et à réfléchir. De fait, je discourais et il réfléchissait. Nous formions une bonne équipe, pensais-je, et plusieurs fois j'avais souhaité avoir la chance de participer de nouveau à une de ses enquêtes comme celle dont j'ai relaté les péripéties dans mon livre *Meurtre sur le Campus*; mais les mois passaient et je désespérais de pouvoir revivre une expérience semblable. D'ailleurs, depuis cette aventure, le professeur s'était transformé en une sorte de consultant auprès de divers corps policiers. Il prétendait que ce travail lui convenait mieux que d'avoir à supporter le fardeau de mener l'enquête lui-même. Je n'étais pas d'accord et, pour ma part, je soutenais que de toute façon c'était lui qui trouvait les solutions et les enquêteurs de police qui recueillaient le crédit.

Bien que je me flatte d'être très proche du professeur, je dois spécifier que mon avis est très rarement considéré. Le professeur prétend le contraire et argumente que c'est mon manque de perspicacité qui m'empêche de réaliser et d'apprécier toutes les fois où c'est mon avis qui l'a emporté. Lorsque je lui demande de me citer des exemples, nous changeons invariablement de sujet.

Ce trait de caractère ne m'empêche pas cependant d'apprécier cet homme qui m'honore de son amitié, quoique ce mot ait pour lui, comme tout ce qui concerne le côté affectif de l'être humain, une consonance étrange. Lui qui est d'origine italienne, on s'attendrait à retrouver chez cet homme la chaleur de son pays natal, alors qu'il est plutôt habité par une froideur toute britannique. Je n'ai, de toute ma vie, connu un Italien à l'allure et au comportement aussi *british*.

Curieusement, l'intérieur de sa maison à Greenbrooke est chaleureux, accueillant même; mais j'ai toujours soupçonné que la responsabilité de cet état de fait incombait entièrement à son domestique, Dominico, un vrai Italien, lui.

J'étais chez le professeur, à son invitation. Après des journées sans aucune nouvelle, sans un appel, j'avais trouvé la veille, en fin de soirée, ce message dans ma boîte vocale :

— Lambert, je vous attends chez moi demain, à dix-sept heures.

Nous étions là tous deux, avec notre verre en main, et Dominico venait tout juste de quitter la pièce. La bibliothèque du professeur, avec ses vieux livres et son foyer, donne aux occupants l'impression d'être dans un vieux manoir anglais, alors que la résidence du professeur est plutôt modeste. J'hésitais à attaquer avant le deuxième verre et j'avais renoncé, avant même mon arrivée et malgré un désir insoutenable, à interroger le professeur sur le black-out auquel il m'avait soumis ces derniers temps. Je tentais plutôt, en débitant les insanités d'usage, de jouer les indifférents, les lointains. Je ne suis pas sûr que j'aurais mérité un oscar dans ce rôle. Le professeur m'examinait, amusé, et donnait le change, comme un bon acteur de soutien. Je commençais à apprécier de moins en moins le ridicule de la situation quand arriva enfin le deuxième verre, celui par qui tout arrive, espérais-je. Je cessai donc d'enfiler les inepties les unes à la suite des autres pour faire silence. Quelquefois cette tactique fonctionnait. Ce fut le cas.

— Mon cher Lambert, j'ai quelque chose d'important à vous entretenir. J'ai accepté un mandat et je crois que je vais avoir besoin de votre aide.

Les paroles du professeur m'avaient transporté dans une euphorie qu'un gallon du meilleur gin ne m'aurait pas procurée. Que le professeur ait besoin de moi ne me surprenait pas tellement, ce n'était pas la première fois, mais qu'il le confesse si humblement me laissait perplexe et embarrassé à la fois.

Il n'était pas question que je l'interrompe sur une telle lancée et, même sous la torture, je n'aurais pas ouvert la bouche. Le professeur, visiblement, aurait souhaité une participation un peu plus active de ma part au dialogue, mais je persistais à refuser de collaborer. Il dut se résoudre à poursuivre :

— Je vais vous résumer la situation, Lambert, et j'aimerais que vous me donniez votre avis.

— À quel titre? C'est vous l'expert en criminologie.

— Vous êtes quand même avocat, Lambert, et vous avez l'expérience d'une enquête avec moi. Votre avis pourrait certainement m'être utile.

Sur ce, le professeur entama et compléta son résumé. Pour le commun des mortels, le verbe résumer signifie raconter en abrégeant. Le professeur Faggione, selon moi, a atteint la quintessence de l'art du résumé. On pourrait lui demander de résumer la Bible et il le ferait en moins de temps qu'il ne faut pour lire un conte pour enfant. Quand le professeur annonce qu'il s'apprête à résumer, il vaut mieux s'assurer de ne pas manquer un traître mot.

Par chance, j'avais eu l'occasion, grâce aux médias, de me familiariser avec ce que les journalistes avaient baptisé l'affaire K-TRO. J'étais déjà au fait de cette histoire d'une fraude de plusieurs millions de dollars dont la Banque Mont-Royal alléguait avoir été victime et j'avais même vu à la télévision la tête du contrôleur Couture qu'on avait retrouvé mort chez lui quelques jours après le dévoilement de la présumée fraude. Quant aux noms de Jeff Larose, d'Al Kinkead, ils me furent lancés à la tête par le professeur sans que je puisse vraiment réaliser qui était qui et faisait quoi. Les noms de Florence Shaink et Mark Shaink revenaient plus souvent dans la narration, surtout celui de Florence qui semblait avoir eu un sacré effet sur mon ami Faggione. Enfin, quand les mots Suisse et Luxembourg vinrent pimenter ce récit bâclé à saveur internationale, je n'y tenais plus. Comment deux avocats de Greenbrooke pouvaient être mêlés à une enquête aux dimensions cosmopolites? J'exultais. En fait, je me voyais déjà faire mes valises pour Zurich et cette brève rêverie me fit manquer la fin de l'exposé déjà trop court du professeur. Qu'à cela ne tienne, j'étais déjà convaincu de vivre l'un des moments les plus exaltants de ma morne vie, et je n'allais pas laisser l'attitude taciturne du professeur tempérer mon plaisir. Je me sentais en contrôle.

— Professeur, je n'ai pas tout saisi ce que vous m'avez si longuement relaté avec force détails, selon votre habitude, mais j'aimerais d'abord que l'on commence par les choses sérieuses. Je pense que deux autres verres s'imposent.

Le récit du professeur avait égalé le temps de consommation d'un gin nature. Cet étalon me servant de sablier, je notais le tout en cas d'argumentation ultérieure. Connaissant le professeur, je savais que, lorsqu'on reparlerait de sa description des faits, elle allait singulièrement s'étirer. Le fait de noter ce genre de détails peut participer au sauvetage d'un couple comme de celui d'une longue amitié. Dominico venait d'apporter deux nouveaux verres. Constatant sa générosité à l'égard de la rasade, j'en déduisis qu'il s'agissait d'un de ces soirs où son arthrite le faisait souffrir et l'obligeait à ménager ses pas. Il n'y a pas que le professeur qui peut jouer les détectives.

— Professeur, avec votre permission, malgré la clarté de votre exposé, j'aimerais quand même vous soumettre quelques questions.

— Le contraire m'aurait vivement étonné, se contenta de rétorquer mon sombre ami, avec son air faussement résigné.

— La première, pourquoi vous?

— Comment! pourquoi moi?

— Oui, pourquoi Florence Shaink a-t-elle pensé à vous et, surtout, pourquoi avez-vous accepté? Ça ne vous ressemble tout simplement pas.

Le professeur réfléchit un instant; il avait l'air de s'amuser. Décidément, ça allait être une belle soirée.

— Florence Shaink a fait appel à moi pour une raison bien simple : elle est convaincue que son mari est coupable, coupable de fraude vis-à-vis de la Banque et coupable du meurtre de son bras droit, Couture. Elle est encore plus convaincue de sa culpabilité que la police elle-même. À l'évidence, elle sait des choses que ces messieurs ignorent encore, et nous aussi, je tiens à le préciser.

« Pourquoi avoir accepté le mandat? Cette question est plus complexe et je comprends votre stupéfaction. Depuis l'affaire du campus, je n'ai rien accepté d'autre que des mandats de consultation. Je ne crois pas que nous disposions des ressources nécessaires, mon cher Lambert, pour nous lancer dans des enquêtes longues et complexes. Le travail de consultant nous sied à merveille, et je m'étais juré de m'y tenir, mais... »

— Mais?

— ... mais Florence Shaink est une personne supérieurement intelligente. Elle a retourné contre moi ma propre argumentation et j'étais piégé. J'ai accepté.

— Vous avez accepté quoi, professeur?

— Madame Shaink pense que je peux trouver les preuves qui innocenteront son mari.

— Elle vous demande de lui prouver qu'elle se trompe?

— Oui, je pense que c'est ça.

— Encore plus singulier que je ne croyais. Habituellement, les gens nous paient pour que nous les aidions à prouver qu'ils ont raison. Intéressant, le personnage de madame Shaink, très intéressant.

— C'est le moins qu'on puisse dire, approuva le professeur qui était définitivement sous le charme.

À moins d'atteindre l'âge du patriarche Mathusalem, je ne pensais pas vivre assez vieux pour voir ça un jour, mais je ne laissais rien paraître de mon ahurissement afin de ne pas rompre le sortilège.

— Et nous prenons l'enquête à quel stade, professeur?

— Un nommé Larose, des crimes économiques, s'occupe de la fraude. Je lui ai parlé et il est convaincu de la culpabilité de Mark Shaink qui devrait être inculpé dans les prochains jours. Il y a trois éléments qui bloquent l'enquête présentement et qui occasionnent le report de l'inculpation de Shaink.

Tant chez les policiers que chez les experts retenus par la Banque, personne n'a été en mesure d'identifier le motif de la fraude. Apparemment, la compagnie n'aurait pas eu besoin de trafiquer ses livres pour jouir de tout l'argent dont elle avait besoin. Deuxièmement, il y a la disparition des fonds. On parle de plusieurs millions qui ont transité via le Luxembourg vers une destination étrangère qu'on n'a pas encore réussi à identifier. Inutile de préciser que la Banque met toute la pression dont elle est capable pour que la police n'abandonne pas ses recherches. Enfin, Larose soupçonne fortement, outre la complicité des deux banquiers européens qui est bien établie mais que l'on ne peut toutefois pas toucher, celle de Samuel Roy, le responsable du compte K-TRO à la Banque Mont-Royal. C'est pourquoi il retarde l'arrestation de Shaink en espérant un faux pas de l'un ou l'autre des comparses qui permettrait de retracer le magot.

— Et pour la mort de Couture, qu'est-ce qui arrive?

— C'est un nommé Kinkead qui est en charge. C'est une mort qui a l'air d'un suicide et, pour autant que je sache, on pourrait difficilement blâmer l'inspecteur de conclure en ce sens. Sauf que Kinkead ne croit pas à la thèse du suicide. Il est de l'école des tenants que les suicidés sont des écrivains en puissance : pas de note, pas de suicide.

— Et Couture n'a pas jugé bon d'écrire, je présume.

— Non. Il faut dire que c'était un comptable, pas un poète. Cependant, à la décharge de Kinkead, je dois dire que m'être suicidé dans les mêmes circonstances que Couture, j'aurais laissé une note. Soit pour accuser, disculper ou bêtement expliquer, mais j'aurais laissé une note.

— L'inspecteur a un coupable en tête, je suppose?

— Shaink, Mark Shaink.

— Et vous, professeur, qu'est-ce que vous en pensez?

— Je ne connais pas beaucoup monsieur Shaink. Je l'ai rencontré brièvement et tout ce que je sais de lui, je l'ai appris par son épouse, Kinkead ou Larose. Je suis convaincu, néanmoins, que Kinkead n'est pas idiot, quoiqu'il travaille fort pour qu'on le croie. Et Florence Shaink penche du même côté.

— Ce qui signifie, pour monsieur Shaink, un avenir plutôt sombre, si je comprends bien, professeur.

— Plutôt, oui.

— Et c'est là que nous intervenons, je comprends. Je ne voudrais pas être pessimiste, professeur, mais il me semble, et je le dis en tout respect pour l'opinion contraire, que nous partons de loin, de très loin.

— Ce n'est rien, répliqua le professeur, en terminant un scotch qu'il semblait apprécier encore plus qu'à l'accoutumée, il nous faut encore nous éloigner.

— Nous allons en Suisse? Bravo! Je n'ai rien contre. Au contraire, je suis entièrement d'accord, c'est par là qu'il faut commencer, la Suisse. Quand une vie est en jeu, on n'a pas le droit d'hésiter devant les sacrifices que génère une mission. Quand partons-nous, professeur?

Je n'arrivais pas à cacher mon excitation, et d'ailleurs je n'essayais même pas. Le professeur venait de commander à Dominico une autre tournée et s'affairait à mettre une bûche dans le foyer. Les lampes éclairaient mal, et nos ombres meublaient la pièce de présences plus imposantes que nous-mêmes. Les lueurs rouges du feu irisaient doucement les plus vieux livres de la bibliothèque, ceux qui avaient perdu tout leur lustre, et les faisaient reluire. Je vivais une soirée à la limite du réel.

— Mais je ne sais pas, retorqua le professeur. Du moins pas tout de suite, et la Suisse n'est pas la destination, mon cher Lambert.

— Le Luxembourg? Les îles Caïmans? Je ne suis pas difficile. Dites-moi où, je suis partant.

— Ham-Nord.

Le professeur venait de prononcer un nom que je connaissais bien, étant originaire des Bois-Francs, mais dont je n'entendais pas parler deux fois par année. Et j'aurais souhaité, en fait je souhaitais, je priais le ciel d'avoir mal entendu. On ne peut quand même pas passer, en l'espace d'une fraction de seconde, de Montreux à Ham-Nord, sans ressentir la violence de l'onde de choc culturel. J'étais choqué au sens le plus péjoratif du terme.

— Oui, Ham-Nord. Avez-vous quelque chose contre Ham-Nord, maître Fortin?

Quand le professeur m'appelait maître Fortin, je savais que la suite de la conversation, délectable jusqu'alors, n'annonçait plus rien de bon me concernant. Je répétais Ham-Nord dans ma tête et je ressentais comme un écho s'harmonisant avec mes pulsations cardiaques.

— Je n'ai rien contre Ham-Nord.

Ce fut tout ce que je parvins à bougonner. Voyant que sa destination m'avait laissé sans voix et que je cherchais tout de même à comprendre, le professeur eut la charité de clarifier son orientation.

— Nous n'avons rien à faire en Suisse, Lambert, ni au Luxembourg. D'ailleurs, si je m'appelais Jeff Larose, je ne dépenserais pas l'argent des contribuables, ni même celui de la Banque, pour un périple en Europe. Je ne suis pas expert en droit bancaire international, mais j'ai appelé un de mes vieux amis qui a enseigné cette matière à l'Université de Poitiers, en plus d'agir comme avocat conseil auprès de la Cour de cassation en France. Il est formel : les gens qui s'occupent de ce genre de transactions sont des spécialistes de haut niveau et une enquête pour les coincer pourrait nécessiter des années et les résultats demeureraient, malgré tout, aléatoires. De plus, même si cette enquête produisait des fruits, elle ne ferait qu'apporter de l'eau au moulin à la Banque. Or, nos services ont été retenus par madame Shaink pour sauver son mari. Pour ce faire, je ne vois pas en quoi un voyage en Suisse pourrait nous aider.

J'écoutais le professeur, résigné, me rendant bien compte que sa logique implacable me rapprochait un peu plus à chaque mot de Ham-Nord.

— Personne ne nie la fraude dans ce dossier. Par contre, sauf pour les spéculations portant sur le

221

caractère vénal de la nature humaine, nul ne peut expliquer le motif de ladite fraude. Je pense, quant à moi, s'empressa de renchérir le professeur sans une once d'humilité dans la voix, que Mark Shaink, s'il a assassiné Couture, ce ne peut être que pour couvrir un ou des éléments de la fraude. Peut-être est-ce le motif, c'est difficile à dire, mais ce meurtre, si meurtre il y a eu, ne peut s'expliquer que par la fraude. Il est donc de toute importance d'analyser et de comprendre tout ce qui se rapporte de près ou de loin à cette fraude.

« Pour le présent, il y a la police qui s'en occupe et une batterie d'experts. Quand on veut connaître un homme, Lambert, il faut fouiller son passé. Et si nous apprenons à connaître Mark Shaink, nous allons sans doute le comprendre et découvrir pourquoi il a fraudé ou non, pourquoi il a tué ou non. »

— Et pour connaître Mark Shaink, il faut aller à Ham-Nord, répétai-je comme un automate.

— Oui. Mark est né et a vécu à Ham-Nord jusqu'à sa majorité. Son épouse vient également de Ham-Nord, ses père et mère ont vécu et sont morts à Ham-Nord, de même que sa jeune sœur, Mélanie. Après la mort de cette dernière, Mark n'est plus jamais retourné à Ham-Nord. Il y possède encore la demeure familiale, une sorte de manoir situé en bordure du village, dans un coin qu'on appelle « Les Chutes ». Une femme, Maria Bélair, l'ancienne gouvernante de Mélanie, habite encore la propriété des Shaink. Mark assume tous les frais et verse à Maria une rente confortable. Lambert, si on veut découvrir qui est Mark Shaink, il faut aller à Ham-Nord.

— Si c'est tellement important, professeur, pourquoi vous ne venez pas à Ham-Nord vous-même?

J'argumentais mollement et par dépit, sachant bien que mon ami avait raison. Ham-Nord péchait peut-être par manque d'exotisme, mais c'était une destination incontournable dans ce dossier. Malheureusement.

— Je vais aller vous rejoindre dans quelques jours, trois, maximum quatre. Vous partez seulement en éclaireur. Je compte sur vous, une fois sur place, pour me débroussailler le terrain. Je pense que de cette façon nous allons économiser un temps précieux, temps qui commence à jouer contre nous, j'en ai bien l'impression. Il ne faudrait pas que nous soyons confrontés avec une autre mort comme celle de Nil Couture, parce qu'alors la toile qui plane au-dessus de la tête de notre client commencerait à être tissée joliment serré.

« Pendant que vous serez là-bas, je vais en profiter pour cuisiner à nouveau Florence. Je sais qu'elle me cache des choses et elle n'ignore pas que je le sais, mais nous n'avançons pas. Je dois la convaincre de me faire confiance.

« Ensuite, je veux parler à Samuel Roy. D'après madame Shaink, lui et son mari ont été à une certaine époque très liés. Les deux couples ont même fait un voyage ensemble à Venise. Il semble que cette belle harmonie avait déjà pris fin bien avant la découverte de la fraude. Je veux savoir pourquoi.

« Enfin, j'ai planifié de rencontrer, à tour de rôle parce qu'il y a entre les deux hommes une compétition évidente, Larose et Kinkead. Ma relation est bonne avec les deux et je tiens à exploiter cette situation au maximum. Ça peut nous faire épargner des pas étant donné qu'ils ont des moyens que nous n'avons pas.

« J'aurai aussi besoin de quelques heures de méditation, Lambert, avant de vous rejoindre à Ham-Nord. J'ai le sentiment qu'avec tous les éléments que j'ai déjà en mains, je devrais être en mesure de comprendre ce dossier, et ce n'est pas le cas. J'avance à tâtons, me contentant de réagir au lieu d'agir. C'est une sensation très désagréable qu'une réflexion profonde devrait aider à faire disparaître. »

2

Je suis né à Ham-Nord. Je dis toujours que je suis originaire des Bois-Francs, mais j'ai vu le jour à Ham-Nord, tout comme mon père et ma mère. J'ai quitté le village encore enfant et j'ai pris l'habitude, le temps passant, de référer à Arthabaska comme lieu de ma naissance. Le Seigneur m'a puni pour ce mensonge historique puisque Arthabaska a maintenant disparu de la carte suite à une fusion avec Victoriaville. Je me retrouve donc sans lieu de naissance ou forcé de confesser la vérité historique que j'ai longtemps occultée.

Ham-Nord est un drôle de village. En fait c'est une petite ville d'environ quatre mille âmes où le mot chômage n'existe pas. D'ailleurs, Ham-Nord écume les villages voisins, pour fournir à ses usines de meubles ou de vêtements la main-d'œuvre nécessaire.

Moi qui souhaitais aller en Suisse, je pouvais difficilement me retrouver dans un décor plus semblable à la Suisse.

Blotti au pied du mont Ham Sud, le plus haut pic à la ronde, en plein cœur des Appalaches, à un jet de pierre du lac Nicolet, qui n'a absolument rien à envier au lac Léman, le décor de cette parcelle du comté de Wolfe rappelle définitivement certains des plus beaux cantons de la Suisse.

Le village est érigé en forme de croix. Lorsqu'on y entre, en provenance de Victoriaville par la route 34 en direction du lac Aylmer, on traverse une sorte de quartier industriel : usine de transformation de bois, scierie, garages, magasins et coopératives, jusqu'à l'embranchement qui détermine la fin de ce quartier. À droite, la route mène à Saint-Martyrs-Canadiens; à gauche, au chemin vers Saint-Fortunat. Tout droit, vous êtes dans le restaurant le plus huppé du village. Cette artère, qui forme la barre du T, est la rue principale. On y retrouve les plus belles maisons, l'hôtel de ville, l'église, quelques autres restaurants ou casse-croûte et deux hôtels, dont un pratiquement dans la cour de l'église comme c'était la tradition à une certaine époque au Québec. Pendant que les femmes bavardaient un peu sur le parvis de l'église, les hommes avaient le temps de se rincer le gosier. Sauf pour la période du carême, il existait entre l'hôtelier et le curé une règle non écrite que tous deux respectaient. Chacun avait droit à ses ouailles à son heure.

Bien que je sois pratiquant, je n'avais pas jugé utile de choisir l'hôtel voisin de l'église. J'optai donc en faveur de l'Hôtel des Cantons pour établir mon quartier général. Situé presque au centre du village, juste à côté de l'embranchement, il me semblait que c'était le meilleur endroit pour redécouvrir mon village natal. L'hôtelier, un monsieur Labrecque, m'avait assigné la chambre 9, au deuxième étage, à condition d'admettre que la réception ne se trouvait pas au rez-de-chaussée mais bien au premier étage, comme le prétendait monsieur Labrecque.

La chambre, décorée simplement, était plus grande et plus confortable que prévu. Je me rendais compte, en analysant ma situation, que je traînais dans mes bagages quelques préjugés défavorables à l'encontre de Ham-Nord qui n'avaient pas raison d'être. Après un examen des lieux et une toilette sommaire, je m'empressai de répondre à l'invitation de l'hôtelier qui m'offrait l'apéro en guise de bienvenue pour ma première visite dans son établissement. La politesse la plus élémentaire empêche de décliner ce genre d'invitation et monsieur Labrecque fut à même d'apprécier, avant la fin de la journée, l'étendue de ma politesse.

Le lendemain matin fut atroce. Je n'avais jamais eu mal à la tête à Ham-Nord. C'est comme ailleurs. J'étais allongé et je regardais la chambre tourner, en essayant de mettre en ordre, malgré le roulis, les renseignements que j'avais recueillis hier, en hypothéquant gravement mon foie.

Je regardais le téléphone sur la table à côté du lit et ma plus grande peur était qu'il se mette à sonner, avec à l'autre bout le professeur me mitraillant de questions sans aucun souci pour mon état de santé. Le professeur n'avait pour toute expérience de la maladie qu'une attaque de variole qu'il avait subie en très bas âge et qui lui avait laissé quelques marques sur le visage, rien pour altérer l'esthétique de son faciès de valeureux descendant romain. Comme il ne se préoccupait jamais de ce qu'il ne connaissait pas ou ne l'intéressait pas, la maladie, surtout chez les autres, ne faisait pas partie de ses priorités. Le professeur ne s'informait jamais de votre état de santé. Au début, j'attribuais à une pudeur excessive cette réserve exagérée, maintenant, je suis plutôt convaincu qu'elle relève plus simplement d'une absence de sensibilité caractérisée.

J'étais en train de faire une fixation sur le téléphone quand la solution s'imposa d'elle-même à mon esprit : combattre le feu par le feu, le téléphone par le fax. Il me suffisait de concocter au professeur un petit rapport sur les sagas explorées au péril de ma santé lors de ma nuit de beuverie communautaire, et le tour serait joué. Naturellement, cette stratégie exigeait de faire l'effort de composer un texte le moindrement articulé pour ne pas éveiller les soupçons de mon sceptique ami, mais ça valait mieux que le test oral que représentait une conversation téléphonique. J'étais prêt à subir un examen écrit, mais l'épreuve orale, pourtant si douce en d'autres circonstances, me rebutait suprêmement par ce froid matin.

au : professeur Faggione
de : Lambert
sujet : Shaink
MÉMO :
Professeur,

Voici un compte rendu de mon enquête. Jusqu'à maintenant, je me suis surtout attardé à prendre le pouls de l'opinion publique en regard de la famille Shaink et à recueillir des potins sur les principaux personnages locaux.

La famille Shaink n'a pas la cote en général, et c'est pire pour Mark en particulier. Le père de Mark était un être introverti, voire sauvage, sans ami et sans relation, qui n'avait qu'un seul rêve dans la vie : quitter Ham-Nord. La mère de ce dernier par contre était très attachée à ce coin de pays, mais ce sentiment ne l'empêchait pas de traiter la population comme les gens d'une cour qu'elle aurait présidée. Dure en affaires, elle avait amassé une fortune en spéculant sur les difficultés des producteurs de lait les plus pauvres, avec l'aide, si ce n'est la complicité, du gérant de Caisse de l'époque. D'ailleurs, personne dans le village ne se prive du plaisir, ô combien humain, de rappeler le caractère ambigu de la relation ayant existé entre madame Shaink et le gérant. Même si tous admettent qu'il n'y a aucune preuve au soutien d'une liaison d'une nature plus épicurienne que platoniquement commerciale, en parler semble de bon aloi dans le coin et même aider au réchauffement des cœurs. D'ailleurs, même si je ne suis ici que depuis peu, j'ai eu le temps d'apprendre qu'on se fait plus d'amis à Ham-Nord à parler contre les Shaink qu'en leur faveur.

Cependant, celui qui remporte la palme de l'ostracisme, c'est certainement Mark. Parvenu, héritier, expatrié, on ne lui pardonne rien, il a tous les défauts. Lorsque le bon peuple se met en frais d'épiloguer sur son parcours, les yeux brillent, la voix baisse d'un octave, l'écume apparaît à la commissure des lèvres, le spectacle est troublant.

Mark a hérité dans des circonstances étranges. Si son père était décédé deux jours plus tôt, il était déshérité au profit de sa sœur, Mélanie. D'ailleurs, souligne-t-on à satiété, on n'a jamais su comment était morte la petite. C'est curieux, cette mort dans un ruisseau qu'elle fréquentait tous les jours depuis sa naissance. Et certains ajoutent, le front plissé, ce n'est pas seulement curieux, c'est bizarre.

Et ce départ en catastrophe, immédiatement après les funérailles, pour ne plus jamais revenir, n'est-ce pas là un aveu? C'est clair, c'est plus clair que l'eau des chutes. Si Mark Shaink n'avait rien eu à se reprocher, on l'aurait revu. Or, lorsque j'ai interrogé habilement à la ronde pour savoir ce que Mark avait tant à se reprocher et ce qu'il avait avoué en quittant le village précipitamment, les langues se sont tues, les bouches se sont cousues. Il y a des vérités qui ne doivent pas dépasser les limites du sous-entendu, surtout quand on est en présence d'un étranger.

Mélanie, par contre, trouve grâce auprès de tous et chacun, et fait l'unanimité en sa faveur. On regrette son passage trop court dans la communauté et l'on semble avoir pratiquement occulté tout souvenir de son déficit intellectuel. L'épithète sainte a été quelquefois utilisée à son égard en ma présence, comme quoi la tradition populaire ne craint jamais la démesure.

Florence, la femme de Mark, loge à peu près à la même enseigne que son mari, ce jugement reposant sur le principe qui édicte si sagement que, qui se ressemble, s'assemble. Il y a toutefois un bémol à la vindicte publique la concernant. Elle n'a pas hérité, elle n'a rien eu à voir avec la disparition de Mélanie et elle revient à l'occasion au village visiter sa famille. Le verdict qui revient constamment la concernant est qu'elle est moins pire.

Quant aux autres personnages qui défraient la chronique du bouche à oreille à Ham-Nord, voici les principaux noms que j'ai retenus.

Le notaire Jacques Guertin. Comme le veut la tradition villageoise québécoise, dans la hiérarchie d'influence, le notaire vient immédiatement après le curé. Ici, cependant, on m'a décrit le notaire Guertin comme réservé, même effacé. Marié, père de famille, il est né et a toujours vécu à Ham-Nord où il exerce sa profession depuis plus de vingt ans maintenant. On ne lui connaît aucune aventure le moindrement épicée, si ce n'est une erreur de jeunesse, c'est ainsi qu'on qualifie une palpitante et furtive relation avec Florence Paquet, devenue madame Shaink depuis. Le jeune notaire était éperdument amoureux, alors qu'on s'interroge dans les chaumières sur les sentiments de Florence, froide, calculatrice, qui avait décidé de tout temps d'épouser un professionnel ou un homme riche. Les langues les plus acérées préten-dent que le notaire a été chanceux.

Sur le plan professionnel, maître Guertin a tou-jours été le notaire de la famille Shaink et c'est lui qui avait reçu les testaments des père et mère de Mark. Sur le plan social, il est marguillier et chante dans la chorale. On le dit très proche du curé.

Le curé Leblanc. Monsieur le curé a un parcours intéressant, si ce n'est intrigant, et je suis d'avis que seule sa soutane l'a protégé des réflexes inquisitoires de la populace. Il était jeune vicaire à l'époque du décès de Mélanie à qui il était très attaché, l'accom-pagnant même certains jours lorsqu'elle sortait faire marcher les chiens. La mort de la petite l'a affecté à un tel point qu'il n'a pu célébrer ses funérailles et qu'il a quitté le village presque immédiatement après.

Il a accepté de reprendre la cure de la paroisse Saints-Anges-de-Ham-Nord au décès du curé Pelle-tier il y a deux ans. Il semble que ce soit un nommé Marcotti qui a tiré les ficelles auprès de l'archevêché de Greenbrooke pour faire accréditer cette nomina-tion. Depuis son retour, le curé Leblanc, qui n'a plus rien du jeune vicaire flamboyant que tout le monde se rappelait, garde un profil bas et exerce son minis-tère de la façon la plus édulcorée possible. Ses rela-tions se limitent au notaire, au maire, Lionel Lehouillier, L.L. pour les intimes, et à Pierre Marcotti. Il visite aussi, à l'occasion, et il semble qu'il soit un des seuls à le faire, la vieille gouvernante de la famille Shaink, Ma-ria Bélair.

Maria Bélair. Je n'ai pas beaucoup de renseignements sur la gouvernante, quoique, d'instinct, je pense qu'elle mérite qu'on s'attarde à son personnage. Elle a vécu de l'intérieur tous les drames de la famille Shaink et je la soupçonne de savoir des choses qu'elle est seule à connaître. J'aurai sans doute le temps de la visiter avant votre arrivée, mais, en attendant, je vous sers à son sujet le seul potin que j'ai pu recueillir au passage, quoique je doute fortement de sa pertinence. Maria a fricoté avec Marcotti il y a plusieurs années et les mauvaises langues prétendent que ce dernier l'honore encore à l'occasion, bien qu'il soit plus jeune qu'elle.

Pierre Marcotti. C'est le personnage du village et je meurs de le rencontrer. Marcotti, dans l'atmosphère stéréotypée d'un village encore aux prises avec les relents d'une tradition politico-religieuse omniprésente, se situe aux frontières du surréalisme tant son ambivalence est déroutante. C'est un personnage amphibien.

On m'a décrit longuement et sous toutes les coutures son caractère frondeur, marginal, à la limite de l'anti-cléricalisme avoué. Célibataire non pratiquant, il n'a jamais fait aucun effort pour dissimuler son côté épicurien qui ferait normalement scandale s'il n'était pas compensé par sa générosité proverbiale, même un peu choquante.

Tenant d'un discours socialiste, presque communiste – certains n'hésitent même pas à parler d'anarchie – Marcotti dispose de la plus grosse fortune de la région, habite un château et se comporte en châtelain, fréquentant l'élite locale, tant les politiciens que les ecclésiastiques. Homme de paradoxe, il est *également homme de mystère. Nul ne connaît la provenance de sa fortune.*

Originaire de France, Marcotti s'est installé à Ham-Nord il y a à peu près vingt-cinq ans. À l'époque, ses moyens semblaient des plus modestes. Habile de ses mains et bon travaillant, il acceptait des travaux à gauche et à droite pour subvenir à ses besoins. Durant quelques années, il a été l'homme à tout faire de la famille Shaink et s'occupait de l'entretien de leur maison au rang des Chutes. Il aurait eu cet emploi grâce au patronage de la gouvernante.

Depuis le départ des Shaink, Marcotti paraît avoir découvert la recette des alchimistes et posséder le pouvoir de transformer en or tout ce qu'il touche. Sa fortune semble couler d'une source tout autant impossible à tarir qu'à découvrir. Un vrai personnage de roman.

Lambert

Chapitre 10

UNE JOURNÉE À HAM-NORD

1

Ma première journée complète à Ham-Nord avait été employée à récupérer de ma première nuit à Ham-Nord. Le professeur s'en venait et je savais que j'allais devoir accélérer le rythme si je voulais éviter ses foudres. J'avais donc planifié trois visites pour meubler ma seconde journée et étoffer un peu les résultats de mon enquête. Je ne pourrais pas refaire la passe du fax une deuxième fois.

C'est le curé Leblanc qui vint m'ouvrir la porte lui-même. J'étais à l'heure pile au rendez-vous, même un peu en avance, mais j'avais eu l'impression pendant un moment que le curé m'attendait derrière la porte.

L'homme était grand, même beau, quoique prématurément vieilli en autant que je puisse me fier à mes sources légèrement imbibées. Il marchait un peu voûté, mais il avait le port fier. Sa voix, douce et hésitante, ne rappelait en rien celle qu'on attribue normalement aux prédicateurs. Il savait sans doute convaincre autrement que par la force de sa voix, peut-être ses yeux. Le regard bleu du curé reflétait la plus immense tristesse que je n'avais jamais vue chez un être humain. Même lorsque le curé souriait, et il souriait souvent, de façon très attachante, ses yeux gardaient toujours le reflet d'une détresse presque palpable. Il devait être très difficile de refuser quelque chose à cet homme.

Malgré mon peu d'empressement, le curé m'entraîna dans l'église pour une courte visite guidée. Je trouvais cet exercice d'autant plus inutile que je n'avais aucun point de comparaison pour apprécier l'architecture de l'église Saints-Anges; ma dernière visite dans un temple remontant à plusieurs décennies, ma pratique se manifestait surtout, puisque je fais allègrement profession de pratiquant, par l'intériorité de ma démarche spirituelle. Je suis fermement convaincu que l'on peut pratiquer sa religion, comme le droit, sans mettre les pieds au palais de justice. Mais, étant donné la gentillesse désarmante de mon hôte, je fis contre mauvaise fortune bon cœur et me laissai guider docilement.

L'autel était décoré comme les autels que j'avais dans mon lointain souvenir, c'est-à-dire avant Vatican II. Et cet autel, au demeurant magnifique (je ne suis quand même pas un impie), était surmonté de quatre anges. Sans m'informer à mon guide, je présumai qu'il devait y avoir une relation de cause à effet entre la présence de ces anges et le nom de la paroisse. Je peux aussi être sagace à mes heures. Par contre, malgré mon enthousiasme plutôt réfractaire, je dois admettre que je fus impressionné par le jubé à l'arrière de l'église; il est soutenu par quatre colonnes dont deux se rendent jusqu'à la voûte, lesdites colonnes centrales encadrant de façon tout à fait symétrique un orgue merveilleux. Le curé remarqua mon étonnement face à cette vision et s'en amusa sans mot dire.

De retour au presbytère, après m'avoir offert un café que j'avais promptement refusé, le curé s'installa derrière son bureau et me fixa longuement. Dans ces cas-là, le professeur se contente de soutenir le regard de son interlocuteur en lui laissant l'initiative d'entamer le dialogue. J'ai toujours eu beaucoup de peine à maîtriser cette technique qui provoque chez moi un sentiment de gêne facilement perceptible, ce qui a comme conséquence que je me retrouve déstabilisé et en position d'infériorité face à celui que je veux interroger. Je préfère donc attaquer, habituellement, mais cette fois-ci j'avais décidé de tester une fois encore la manière du professeur. Heureusement, le curé, dont émanait tant de bonté et tant de souffrance, eut la délicatesse de ne pas prolonger notre confrontation silencieuse.

— Je n'ai pas très bien compris, au téléphone, le but de votre visite, monsieur Fortin.

— Je ne vous l'ai pas dit, monsieur le curé, en tout cas, je ne m'en souviens pas. J'ai simplement demandé à vous voir et vous m'avez gentiment fixé un rendez-vous.

— En toute honnêteté, monsieur Fortin, Ham-Nord est une toute petite agglomération où tout le monde se connaît, à tout le moins pense se connaître. Nous n'avons pas de journal local et nous n'en avons pas besoin. Je sais à quel hôtel vous êtes descendu et à quoi vous avez employé votre première soirée parmi nous. Le Christ, pour son premier miracle, a choisi de changer l'eau en vin, mais ce n'était peut-être pas le signal pour que tous nous nous transformions en disciples de Bacchus. Monsieur

Labrecque est bon aubergiste et il sait garder son monde, d'autant plus que l'endroit est le lieu idéal pour se renseigner sur les gens du village, même sur ceux qui ont quitté, n'est-ce pas, monsieur Fortin?

— J'ignore si vous avez appris tout ça en confession, monsieur le curé, mais vous semblez en savoir plus sur mes faits d'armes que moi-même.

— Je sais que vous posez beaucoup de questions sur la famille Shaink. On me dit que vous êtes un avocat de Greenbrooke, alors j'ai de la difficulté à faire le lien entre vous et cette famille qui ne compte plus qu'un seul représentant d'ailleurs, et qui vit dans la métropole, pas à Greenbrooke.

— Mark Shaink a des problèmes, monsieur le curé, dont vous êtes certainement au courant puisque *La Presse* en a abondamment parlé.

— En effet, approuva le curé, que la situation de Mark ne laissait de toute évidence pas indifférent.

— Je travaille avec un professeur de droit à la retraite qui conseille la police sur certaines enquêtes et en mène lui-même à l'occasion. L'épouse de Mark, Florence, a retenu nos services, au professeur et à moi, dans cette affaire.

— Je connais aussi Florence, précisa tout doucement le curé. Mais vous savez sans aucun doute que Mark Shaink a quitté Ham-Nord depuis plus de vingt ans et qu'il n'y est jamais revenu. Alors pourquoi cette enquête dans nos murs?

— Je n'enquête pas sur Mark, monsieur le curé, mais sur Mélanie.

J'avais prononcé cette dernière phrase en prenant bien la précaution d'y mettre le plus de pesanteur possible. Le curé accusa le coup. Ses yeux se fermèrent puis s'ouvrirent, plein d'humidité et d'angoisse. Un lourd et nécessaire silence fut respecté de part et d'autre. Du coup, mes mains devinrent moites. Je venais de réaliser que le curé savait ce que je cherchais et que pendant des années il avait vécu dans la peur, dans l'épouvante même, d'avoir un jour à répondre à la question qu'il était convaincu que j'étais sur le point de lui poser. Mais voilà, je ne connaissais pas cette question. Tout ce qu'il me fallait éviter, c'était que le curé ne s'en rende compte.

— Mélanie est décédée depuis vingt ans, de mort naturelle, monsieur Fortin, en quoi ce drame peut-il vous intéresser?

C'était le test et je le savais. Si je n'avais pas la bonne réponse, le curé découvrirait que j'allais à la pêche. Je me sentais ridicule d'avoir joué effrontément celui qui savait tout et d'être maintenant pris en flagrant délit d'ignorance. Le vin était tiré, il fallait le boire, et je décidai contre toute logique de continuer à crâner:

— La mort de Mélanie, monsieur le curé, est à l'origine des problèmes de son frère.

Cette fois-ci, la surprise avait remplacé la tristesse sur les traits du curé Leblanc. C'était raté. L'homme d'Église reprit contenance et retrouva vite toute sa foi en la miséricorde divine qui lui avait envoyé un incompétent pour s'attaquer à un nœud gordien. Il ne me servait à rien de m'apitoyer sur mon sort et de gémir sur l'absence du professeur; je repris la balle au bond comme si je n'avais rien remarqué de la nouvelle assurance manifestée par mon interlocuteur.

— Vous la connaissiez bien, je crois, monsieur le curé?

— Oui. À l'époque, j'étais vicaire et j'allais fréquemment chez les Shaink pour m'entretenir avec la jeune fille. Sa mère m'avait demandé ce service parce qu'elle redoutait les effets de son départ – elle était atteinte du cancer – chez sa fille qui avait déjà certains problèmes sur le plan intellectuel.

— On m'a dit, monsieur le curé, que vous avez été très affecté par le décès de Mélanie Shaink, au point de ne pouvoir présider à son service et de demander un transfert de paroisse peu de temps après.

Le curé, malgré sa propension à la charité et à la compassion, voyait son empire sur ses sens mis à rude épreuve. Son visage devint écarlate et ses mains se crispèrent sur les bras de son fauteuil. Je crois qu'il résista très difficilement à une effroyable envie de me mettre à la porte. Cependant, il reprit sans même élever la voix, quoique son articulation fût beaucoup plus tranchée :

— Je vous ai mentionné à l'instant, maître Fortin, que je connaissais vos sources. Sans me laisser aller à des jugements téméraires, vous ne devriez peut-être pas perdre de vue que les gens que vous avez rencontrés l'autre soir à l'Hôtel des Cantons étaient sous l'influence de l'alcool et donnaient leur avis sur des événements remontant à plusieurs années. Vous êtes un avocat qui mène une enquête, un étranger en plus, et c'est sans doute vous qui avez payé les consommations; ils ont été assez intelligents pour vous dire ce que vous souhaitiez entendre. Vos questions, vu votre expérience, ne pouvaient manquer d'être suggestives, n'est-ce pas, maître Fortin?

Le moins que l'on puisse dire, c'est que le curé avait toute une faculté de récupération. Ce mouvement d'humeur passé cependant, et me voyant pantois, il continua en évitant d'abuser d'une situation qui le favorisait de plus en plus.

— Oui, j'ai été choqué par la mort de Mélanie. J'aimais beaucoup cette enfant. C'est vrai que je n'ai pu assister à son service et que c'est moi qui avais demandé au curé de l'époque de m'en dispenser. Quant à mon transfert dans une autre paroisse, il ne regarde que moi et mon évêque. D'ailleurs, quand l'archevêché m'a offert de prendre la cure de la paroisse Saints-Anges il y a deux ans, j'ai accepté et je suis revenu.

— Dix-huit ans plus tard?

— Oui, comme vous jugez bon de le préciser, maître Fortin, dix-huit ans plus tard.

J'avais perdu tout ascendant sur le sujet, si tant est que j'en avais déjà eu un semblant, et il valait mieux effectuer une retraite stratégique.

— Je vous remercie, monsieur le curé, pour votre patience, mais je suis attendu ailleurs. Vous m'avez beaucoup aidé.

Le charitable curé ferma les yeux sur ces pieux mensonges et nous nous quittâmes. J'espérais avoir plus de chance à ma prochaine étape, et je me disais que la vieille dame ne serait certainement pas aussi coriace que s'était révélé mon tout doucereux curé de campagne. J'avais au moins appris, en cette journée que je n'espérais pas complètement perdue, qu'il ne fallait pas confondre grandeur d'âme et crétinisme.

2

Le manoir des Shaink dans le rang des Chutes, en banlieue de Ham-Nord, ne manquait pas d'allure. Si l'édifice reflétait l'âme de celui qui avait édifié le bâtiment, les termes qui venaient à l'esprit étaient austérité et sévérité. L'ensemble, le manoir et les dépendances ne dégageaient aucune chaleur et ne recelaient pas de beauté non plus. D'ailleurs, l'appellation manoir attribuable aux contemporains de Gérard Shaink laissait soupçonner un brin de jalousie de la part de ses concitoyens suscitant un certain réflexe de dérision. La maison était impressionnante, certes, et son style victorien jurait avec le voisinage, mais la qualification de manoir témoignait d'un abus de langage pouvant peut-être plus s'expliquer par le mystère dont aimait s'entourer la famille Shaink que par l'architecture de la construction.

Le Manoir, puisqu'il faut le nommer ainsi, était habité depuis vingt ans par une seule et unique occupante, l'ancienne gouvernante de la famille, Maria Bélair. Engagée à la mort de sa femme par le veuf Gérard Shaink, Maria avait vécu huit ans avec toute la famille, soit le père, Mélanie et Mark, quoique ce dernier fût peu présent étant donné qu'il étudiait loin de Ham-Nord. Il revenait cependant pour la période estivale au Manoir. Veuve elle-même et sans enfant, Maria s'était consacrée à la famille Shaink avec un dévouement et une loyauté sans faille, sa principale préoccupation étant surtout la jeune Mélanie.

Mélanie avait onze ans quand Maria est entrée dans sa vie, et le courant avait immédiatement passé entre ces deux êtres. Francine Shaink était une femme d'affaires, essentiellement pragmatique, qui ne s'abandonnait jamais à des effusions émotives qu'elle considérait comme des démonstrations de faiblesse. La mère de Mélanie était une bonne personne qui aimait ses enfants, mais, étant froide et calculatrice de nature, elle avait de la difficulté à manifester son affection. Même un simple baiser lui coûtait. Mélanie, qui était comme une petite bête, avait souffert beaucoup de ce manque de chaleur chez sa mère et Maria vint combler dans sa vie ce vide affectif.

Femme mûre et légèrement enveloppée, Maria Bélair était jolie sans être belle. Elle dégageait surtout une sensualité animale qui irradiait de son être et provoquait des effets troublants chez la gent masculine. Au début de son veuvage, plusieurs ménagères du village n'avaient pas vu d'un très bon œil le retour à la disponibilité de cette concurrente en puissance qui ne pouvait, selon la rumeur populaire, se passer d'un homme très longtemps. Aussi, l'installation de Maria au Manoir contribua à faire diminuer les tensions dans tout le village, mais surtout chez les mâles.

Maria entra au manoir comme on entre en congrégation, et si ce n'est pour les ragots concernant

Marcotti, il semble qu'elle respecta même le vœu de chasteté. Tout son amour, son trop-plein d'affection, se déversa donc dans le cœur de la petite Mélanie qui en avait justement un besoin criant. Ce fut entre ces deux êtres l'application du système des vases communicants.

Mélanie, quant à elle, même dans son jeune âge, était d'une beauté exceptionnelle, et ses traits allaient encore s'affiner avec la maturité physique. À dix-huit ans, la jeune fille avait un corps de déesse surmonté d'un visage qu'illuminaient deux grands yeux verts à faire fondre un iceberg. Les hommes, jeunes ou vieux, et en parfaite santé, avaient un soudain problème d'arythmie en la regardant. Et Mélanie faisait l'unanimité autour d'elle puisqu'elle ne constituait pas une menace pour les autres femelles du village. Elle était belle, mais lorsqu'elle parlait, le charme était rompu. Une petite fille, douce et naïve, vivait dans ce corps de femme magnifique. Mélanie, enfant, se contentait de l'amour de Maria et l'inverse était tout aussi vrai.

J'épiais cette femme depuis un moment déjà, attendant qu'elle termine une conversation téléphonique qu'elle avait interrompue pour venir me répondre à la porte. Après m'avoir rapidement installé au salon, elle s'était excusée et m'avait laissé en plan.

De l'autre pièce, j'entendais des bribes d'une conversation qui générait chez moi un sentiment ambigu de gêne et de curiosité. Je me sentais dans la peau d'un voyeur poussé par un besoin irrésistible de savoir. J'étais convaincu qu'on était en train de parler de moi, que j'étais le sujet de cette conversation et que la discrétion la plus élémentaire me commandait de ne pas écouter, mais en vain. Sous prétexte de me dégourdir les jambes, je fis quelques pas dans le salon en me rapprochant de l'endroit d'où émanait la conversation. Je n'entendis clairement qu'une seule phrase : « Merci d'avoir appelé, monsieur le curé. » J'eus le temps de regagner mon fauteuil avant que la gouvernante ne réapparaisse.

Elle était comme mes compagnons de libations me l'avaient décrite. Pour moi qui avais toujours été amateur de femme en chair, cette personne, malgré l'âge qu'elle avait sans le faire, exhalait encore ce relent de sexualité inassouvie qui avait dû la rendre d'une attirance troublante dans la plénitude de sa maturité. Malgré mon inspection à caractère un tantinet lubrique, Maria ne s'en formalisa pas. Elle me regardait, quant à elle, sans m'examiner, avec les yeux d'une femme qui a vu neiger. Je pensais intérieurement que l'entretien ne s'annonçait pas facile. La gouvernante était à l'évidence une personne intelligente et sûre d'elle-même. Je commençais à penser qu'il y avait décidément beaucoup de monde intelligent à Ham-Nord.

— Madame Bélair, vous vous demandez sans doute pourquoi je suis ici.

— Non.

La réponse avait ricoché comme un galet sur le miroir d'un étang.

— Monsieur Fortin, ou peut-être préférez-vous, maître, vous êtes l'homme le plus populaire en ville pour le moment. On ne parle que de vous. Même moi, qui sors très peu, je n'entends parler que de l'avocat de Greenbrooke de la part des mêmes âmes charitables qui, j'en suis sûre, vous ont abondamment entretenu à mon sujet.

— Et pourquoi m'auraient-ils parlé de vous, ces âmes charitables, chère madame?

— Parce que vous leur posez des questions, et à la campagne, c'est le sport national de parler des autres, ce qui n'empêche personne d'aller à la messe tous les dimanches que Dieu apporte. Vous êtes un homme de la ville, monsieur Fortin, vous allez apprendre, si vous restez quelque temps parmi nous, que vous n'avez pas besoin de saouler les gens pour les faire causer. Vous n'avez qu'à les écouter. Ils cherchent tous une oreille attentive et vous êtes une bénédiction pour eux. D'autant plus que vous n'êtes pas d'ici, ça leur permet d'enjoliver un peu la réalité, d'imager leurs propos.

— Vous ne semblez pas avoir une très haute opinion de vos concitoyens, madame Bélair?

— Au contraire. Sauf quelques exceptions, je m'entends très bien avec eux, mais je les vois comme ils sont. Ils s'appliquent toute la journée à discourir sur le fait qu'il ne se passe rien à Ham-Nord, jamais rien. Arrive un étranger, ils manquent de temps pour tout raconter ce qui est arrivé dans un village où il ne se produit jamais rien. Est-ce que c'est ça qu'on appelle un paradoxe, monsieur Fortin?

C'était elle qui posait les questions maintenant. J'en venais à douter sérieusement de mes qualités pour mener un interrogatoire. Je m'ennuyais du professeur.

— Oui, je suppose. Vous allez au moins me donner le crédit de venir vérifier auprès de vous tous les racontars que j'ai pu avoir entendus.

— Je vous écoute, cher monsieur.

— J'enquête sur les circonstances de la mort de Mélanie Shaink. Nous pensons, mon associé et moi, que les circonstances entourant sa mort pourraient avoir eu une influence sur les événements qui ont provoqué les ennuis que traverse présentement notre client, monsieur Mark Shaink.

— Je suis effectivement au courant des ennuis de Mark. Je lui parle rarement, mais j'ai des nouvelles par son épouse, Florence. Je pense que Mark est innocent des crimes dont on l'accuse, et surtout, je ne peux en aucune manière imaginer qu'il y ait une relation quelconque avec les ennuis de Mark et la mort accidentelle de Mélanie. Mélanie est morte il y a vingt ans.

— Je sais, mais convenez que les circonstances de sa mort sont quand même troublantes.

— Mélanie avait dix-huit ans au moment de sa mort, mais elle n'était qu'une enfant. Elle est allée au bois faire marcher les chiens et elle a décidé de marcher dans le ruisseau, ce qu'elle faisait souvent parce qu'elle adorait ça. Comme tous les enfants qui font une chose qu'ils aiment, elle a sans doute manqué de prudence, a glissé, sa tête a heurté une pierre et elle s'est noyée. C'était un accident. D'ailleurs, la police a enquêté, je me rappelle, un jeune inspecteur est venu me rencontrer à l'époque, et l'enquête n'a rien révélé d'anormal pour la bonne raison qu'il n'y avait rien d'anormal. Mélanie avait parcouru son bout de chemin sur la terre, elle est donc partie. C'est la vie, ça, monsieur Fortin.

— Si la police a enquêté, madame Bélair, c'est qu'il y avait forcément des éléments suspects entourant le décès, sinon il n'y aurait pas eu d'enquête.

— Le père de Mélanie est décédé quelques jours après elle des suites d'un cancer qu'il combattait depuis plus d'un an. L'ouverture du testament a révélé alors que Mark, seul héritier de la fortune familiale, aurait été déshérité si Mélanie avait survécu à son père. D'où l'enquête de la police si j'en crois l'inspecteur qui est venu ici. Cependant, Mark aimait sa sœur plus que tout au monde, plus que sa fiancée même, et ignorait la teneur du testament, selon ce qu'a affirmé le notaire Guertin et malgré l'épouvantable rumeur qui s'est ensuite colportée dans tout le village. Je présume que le témoignage du notaire a été suffisamment convaincant pour mettre fin à l'enquête puisque je n'en ai plus jamais entendu parler jusqu'à ce jour, alors que vous vous présentez avec les mêmes questions après plus de vingt ans. C'est incroyable.

— Madame Bélair, vous semblez beaucoup aimer Mark et j'essaie d'aider Mark. Si on le met hors de cause, est-ce qu'une autre personne aurait pu avoir un intérêt dans la mort de l'enfant?

Cette fois, la gouvernante prit le temps de réfléchir avant de répondre, et pour des raisons complètement inexplicables, j'eus au fond de moi-même, pendant un instant, l'intime conviction que cette femme savait quelque chose. J'ignorais ce qu'elle savait et je n'avais rien pour me guider, mais la sensation était d'une telle acuité que je ne pouvais me laisser distraire par le fait qu'elle ne reposait sur rien de tangible. Je ne savais pas en fait, je sentais.

— Non, personne. Au contraire tout le monde adorait la petite.

— Même monsieur le vicaire?

— Oui, même monsieur le vicaire.

Maria avait répondu à l'attaque sans sourciller et sans manifester le moindre émoi.

— Et le testament? demandai-je tout doucement, presque en sourdine.

— Le testament, personne n'en connaissait la teneur. C'est ce qu'a toujours affirmé le notaire, et personne n'a jamais mis sa parole en doute. À partir de là, pour employer votre jargon, il n'y a plus de mobile, n'est-ce pas, monsieur Fortin?

L'aplomb de cette femme me décontenançait et j'en vins sagement à la conclusion qu'il ne me restait rien d'autre à faire que partir, ce que je fis sans regret. Si mon analyse de Maria était bonne quant à sa chaude sensualité, force était d'admettre que mon charme, souventes fois qualifié de dévastateur par diverses connaissances, n'agissait pas sur elle. Mieux valait battre en retraite et laisser la chance au professeur. De toute façon, j'étais déjà en retard à mon rendez-vous avec Marcotti.

3

Si à certains égards le manoir des Shaink pouvait s'avérer décevant, Pierre Marcotti n'habitait rien de moins qu'un château. Il avait acheté, il y a déjà plusieurs années, directement de l'évêché, l'église désaffectée de la paroisse des Saints-Martyrs-Canadiens, toujours dans la banlieue de Ham-Nord. Il avait fait ériger à côté de l'église déjà existante un bâtiment semblable au premier qui formait une deuxième aile reliée à la première par le jubé. Ledit jubé, rallongé dans la deuxième aile nouvellement construite, formait une mezzanine qui valait, à elle seule, le voyage. L'autel avait été remplacé par un énorme foyer dont l'âtre pouvait avaler des traverses de chemin de fer. L'aspect général de l'ensemble faisait plutôt baroque à cause du mélange de différents styles et comportait un étrange relent d'une religiosité presque hérétique. Marcotti avait conservé, tout autour d'une immense salle à manger, le chemin de croix original. Définitivement inclassable sur le plan de l'architecture, qu'elle soit historique ou moderne, religieuse ou profane, le château de Marcotti dégageait une allure peut-être plus pompeuse que grandiose, mais le tout était imposant et son seul entretien devait représenter une fortune.

Grand seigneur, Marcotti avait à son service à plein temps un chef cuisinier, deux femmes de chambre et un jardinier. De plus, un nombre variable de personnes constituait le personnel de soutien qui assurait la logistique de cette demeure princière.

La cour intérieure, limitée par les deux ailes, occupait à elle seule le jardinier qui n'était autre qu'un architecte paysager. Marcotti s'entourait de ce qu'il y avait de mieux, qu'il s'agisse des choses ou des personnes.

Je fus accueilli par le maître de céans en personne qui accepta de bonne grâce mes excuses pour mon retard. J'essayais d'emprunter l'air le plus blasé possible, mais j'avais quand même toutes les difficultés du monde à masquer soit ma surprise, soit mon admiration, les deux états se succédant sans cesse hors de mon contrôle. Ce que Marcotti me faisait découvrir, avec un orgueil non dissimulé, n'était pas toujours beau où même agréable à regarder, mais c'était presque toujours fascinant et certaines fois j'avais peine à réprimer un cri admiratif. Et, tout comme un homme de théâtre sachant ménager ses effets, mon hôte avait gardé le meilleur pour la fin.

Attenant à l'aile la plus récente, on trouvait un garage avec quatre portes dissimulé à la vue des passants par une immense haie de cèdres. L'hiver, un passage souterrain permettait d'atteindre l'endroit sans se soucier de la température extérieure, prit la peine de préciser Marcotti alors que nous atteignions la première porte qu'il activa électroniquement, comme par magie. Je supposai que la manette était dans l'une de ses poches, mais j'oubliai rapidement ce tour que le propriétaire voulait le plus théâtral possible à la vue de ce que révélaient les quatre portes qui s'élevaient lentement à tour de rôle sans que personne fasse aucun mouvement apparent.

Prenant le temps de bien jouir pendant un long moment de mon air ahuri, Marcotti entreprit lentement la description de ce que mes yeux amateurs ne se lassaient de contempler.

— À la première porte, monsieur Fortin, vous avez une Porsche 911 coupé, H-6, 3,4 litres; à la deuxième, il s'agit d'une Mercedes-Benz Classe S600, V-12, 6,0 litres. C'est le véhicule dont je me sers quand je n'utilise pas le 4X4. À la troisième porte, une merveille, la Ferrari Maranello, V-12, 5,5 litres, cuvée 1997. Je l'ai conduite quelquefois, c'est mieux que faire l'amour; enfin, à la quatrième porte, le joyau de ma collection, une Lamborghini Diablo, V-12, 5,7 litres, cuvée 1996, une rareté.

J'en bavais au sens le plus littéral du terme, à en oublier complètement ce pour quoi j'étais venu. J'étais là, momifié, statufié devant ces portes de garage ouvertes, le cœur battant, réalisant peut-être pour la première fois de ma vie que l'argent, même s'il peut souvent être source de malheur, peut permettre la réalisation de certains rêves, même de certains fantasmes que l'on avait toujours cru hors d'atteinte. Là, devant mes yeux, se trouvaient des carrosseries, de la mécanique, des moteurs pour un minimum de un million. Monsieur Marcotti avait les moyens de ses rêves; heureux homme. Le bruit des portes qui commençaient à redescendre me sortit de mon nirvana euphorique et me replongea dans la brutale réalité. En regagnant l'intérieur du château, la conversation porta sur les banalités d'usage jusqu'à ce que nous nous retrouvions dans une bibliothèque à faire pâlir un moine, devant un bar style pub anglais, époque Sherlock Holmes. Je bénissais le professeur de m'avoir expédié à Ham-Nord. Une seule ombre au tableau : malgré que le bar fût plus garni que celui de l'Hôtel des Cantons, ma sorte préférée n'était pas disponible. Mais comment se plaindre lorsque votre hôte vous offre un Bombay Sapphire?

— Eh bien! monsieur Fortin, si le gin est à votre goût, je suggère que l'on passe au but de votre visite. À ce qu'on raconte, à gauche et à droite, vous vous intéressez à ma personne, vous interrogez les gens à mon sujet et je me demande pourquoi.

— Monsieur Marcotti, nous travaillons, mon associé et moi, pour Mark Shaink que vous connaissez.

— Oui, très bien.

— Monsieur Shaink est aux prises présentement avec de sérieux problèmes, et mon associé, le professeur Faggione, pense que les problèmes de notre client trouvent leur source à Ham-Nord. Il est d'avis que quelqu'un ici pourrait en vouloir à Mark Shaink et être à l'origine de ses ennuis.

— Il pense ça, votre professeur? Et pourquoi?

— Je ne sais pas; il ne me dit pas tout, mais il m'a envoyé en éclaireur pour rencontrer le plus de monde possible et poser des questions.

— Poser des questions sur quoi?

Cet interrogatoire était mal parti, mais je persistai, pensant que, le gin aidant, je retrouverais la forme.

— Je pose des questions sur la mort de Mélanie Shaink. Il semble que tous les problèmes de Mark Shaink partent de là.

— Et qu'est-ce que vous voulez savoir de moi?

— Tout, enfin tout ce que vous savez.

— Dieu. Je ne sais rien; c'est-à-dire rien d'autre que ce que tout le monde sait et qu'on a dû vous raconter cent fois plutôt qu'une depuis votre arrivée.

— Oui, je comprends, monsieur Marcotti, mais ce n'est pas tout le monde qui accompagnait la jeune Shaink à l'occasion, quand elle allait faire marcher ses chiens.

— Cela m'est arrivé à quelques reprises, mais moins souvent que le vicaire, et je ne vois pas ce qu'il y a de mal à ce fait banal.

— Là n'est pas la question, monsieur Marcotti, mais ce n'est pas tout le monde non plus qui avait une relation suivie avec la personne en charge de la petite.

— Et voilà que circule encore ce cancan. Je connais Maria Bélair depuis des années, je la connaissais même avant qu'elle n'entre au service des Shaink. C'est elle qui m'a fait avoir la place d'homme à tout faire chez eux. Je venais d'immigrer au pays et j'avais besoin d'aide. Maria est une des seules personnes à m'avoir aidé. Pour les autres, j'étais le maudit Français.

« Que certains liens aient existé entre moi et

Maria ne regarde personne, et n'a certainement rien à voir avec la mort de l'enfant, ni ne peut en aucune façon constituer un motif d'enquête justifiant votre présence dans notre beau coin de pays. Je ne comprends pas, monsieur Fortin. »

— Monsieur Marcotti, tout le monde parle dans le village de votre générosité, de votre implication dans les différentes œuvres de la paroisse, du fait que vous semblez depuis quelques années disposer de moyens inépuisables alors que vous êtes arrivé au pays sans le sou. Je sais que ce n'est pas de mes affaires, et que c'est sans aucun doute sans rapport avec les affaires de mon client, cependant, uniquement pour satisfaire ma curiosité, pourriez-vous m'expliquer votre recette? On rêve tous d'être riche un jour, vous savez.

— Vous ne trouverez jamais une personne fortunée pour vous expliquer sa recette, monsieur Fortin, et je n'ai pas l'intention de vous donner des éclaircissements sur la mienne non plus. Les gens s'interrogent sur l'origine de ma fortune, comme ils se sont interrogés longtemps sur la fortune des Shaink. Parce qu'ils sont pauvres, la richesse leur est suspecte. Je peux vous dire que, lorsque je suis arrivé au pays, il est vrai que je manquais de liquidité, j'ai même dû emprunter de l'argent de certains particuliers, dont Maria Bélair justement. Cependant, j'avais en Europe des placements importants qui ont commencé à porter leurs fruits quelques années après mon installation ici et qui n'ont pas cessé de produire depuis. Ma fortune a un cachet de mystère, monsieur Fortin, et j'aime plutôt ça.

« D'ailleurs, je suis surpris que l'on ne vous ait pas mentionné que j'entretenais d'étranges relations avec le clergé en général et l'évêché en particulier, moi, un hérétique. »

— Justement, il en a été fait mention devant moi, à quelques reprises, je ne me souviens plus par qui.

— Ce n'est pas important, monsieur Fortin, qui parle de moi et ce qu'on dit. J'ai cultivé avec délectation le caractère énigmatique que je projette dans le village, et je serais l'homme le plus déçu de ne pas animer encore longtemps les conversations. Votre visite, monsieur Fortin, est plutôt rafraîchissante.

La seule chose que j'avais trouvée rafraîchissante dans cette visite, c'était le gin de Marcotti. Pour le reste, j'anticipais avec appréhension le compte rendu que j'allais devoir faire au professeur. La petite enquête facile par le brillant procureur chez les aborigènes demeurés fonctionnait au neutre pour l'instant et risquait, à brève échéance, de tourner carrément au vinaigre. Le climat de Ham-Nord n'émoustillait guère mes facultés déductives.

Chapitre 11

LA MORT DU PÊCHEUR

1

— Quelqu'un vous attend dans votre chambre.

Je ruminais un résumé de ma journée tout en faisant des plans pour une soirée que j'espérais plus divertissante que les heures que je venais de vivre quand l'aubergiste me reçut avec cette phrase, dès mon retour à l'hôtel, sans même me dire bonjour. J'entrai dans la chambre et le professeur était là, penché au-dessus du bureau qui me servait de table de travail, à griffonner sur des bouts de papier des notes qu'il était seul à pouvoir relire.

— Vous en êtes rendu où, Lambert?

Comme formule de salutation, cela peut sans doute servir à l'occasion, mais ce n'est peut-être pas la plus usitée.

— Ça va très bien, merci, et vous-même?

Le professeur avait posé sa question en pensant à autre chose et n'avait absolument rien entendu de ma réponse. Je le regardais, concentré, macérant tous les renseignements qu'il possédait déjà pour essayer d'en découvrir la trame, et l'effort fourni était presque physique. Ces périodes de concentration intense et de cogitation extrême étaient généralement suivies d'une fatigue généralisée occasionnant un lourd silence. Je réalisais bien que ma soirée était foutue. Le professeur était déchaîné et cet état chez lui se traduisait par une sorte d'inertie. Il produisait évidemment, mais, de l'extérieur, on l'aurait cru en hibernation et ce n'est jamais réjouissant de passer une soirée avec un ours, encore moins s'il est en état d'hibernation. J'avais reconnu tous les symptômes et je savais le professeur au bord de la crise apathique.

— J'ai une chose à vous demander, Lambert, une seule : il faut que vous me preniez un rendez-vous avec le curé demain matin à la première heure. Dites-lui bien que c'est urgent.

— Je suis déjà passé le voir aujourd'hui, professeur, et je ne crois pas que vous en tirerez quoi que ce soit.

— Je sais que vous l'avez vu aujourd'hui, de même que la gouvernante et un certain Marcotti.

— Et comment savez-vous tout ça? répliquai-je, autant éberlué que vexé.

— C'est monsieur Labrecque, le propriétaire. On a pris un verre ensemble tout à l'heure et il semblait très au fait de votre journée.

— Qu'est-ce la Russie, quand on a vécu à Ham-Nord, je vous le demande?

— Ne vous formalisez pas, mon cher Lambert, tout ça nous fait gagner du temps. D'ailleurs, Labrecque m'a dit deux ou trois choses sur le curé que j'aimerais vérifier par moi-même.

— La confiance règne.

— Vous devenez susceptible en vieillissant, Lambert. Prenez-moi ce rendez-vous, c'est très important. Il vous connaît, vous, ça passera mieux.

— Est-ce que je lui précise que c'est vous qui souhaitez le voir?

— Absolument, insistez sur ce point.

Le rendez-vous fut pris, malgré les réticences du curé qui invoqua maladroitement un horaire trop chargé pour éviter une rencontre qui semblait lui peser. Personnellement, j'étais mal à l'aise dans cette démarche. Ce curé m'était apparu éminemment sympathique et, même si je ne connaissais pas les desseins précis du professeur, j'anticipais tout de même une rencontre difficile pour le curé, et cette conclusion me déchirait. Contrairement au professeur, je demeurais convaincu de l'inutilité de notre présence à Ham-Nord et j'étais, en conséquence, certain que notre démarche ne pouvait que blesser des gens et raviver de vieilles douleurs. Je ne me considère pas du type fleur bleue, mais surtout, en ce qui concerne le curé, lequel je sentais moins apte à se défendre que la gouvernante et Marcotti parce que plus affecté, un malaise inconfortable m'envahissait à la pensée de cette rencontre. Mais le professeur m'avait fait la preuve plusieurs fois dans le passé de la justesse de sa pensée déductive et je n'avais osé le contredire. J'avais même lourdement insisté.

On frappa à la porte de la chambre à sept heures du matin, malgré ma demande formelle, adressée au propriétaire lui-même, d'un réveil à sept heures trente. J'avais très mal dormi et cette demi-heure ne me semblait absolument pas négociable. J'avais déjà commencé à préparer ma remontrance à ce voleur anonyme de sommeil qui se trouvait derrière la porte quand je me rendis compte que le professeur était déjà levé et qu'il ouvrait à l'intrus. C'était monsieur Labrecque.

— Professeur Faggione, le curé Leblanc est mort.

J'avais entendu les mots derrière la porte et heureusement que j'étais encore couché parce que je me serais affalé. Le professeur recula de quelques pas et je pouvais maintenant l'apercevoir. Il était blanc comme jamais un Italien n'avait osé être blanc. Aucun mot n'était sorti de sa bouche. Le propriétaire continua :

— Sa ménagère l'a trouvé pendu ce matin à six heures, dans l'arrière-chapelle.

— Qui est au courant? bredouilla courageusement le professeur.

— À cette heure-ci, tout le village à mon avis. Je n'ai pas voulu vous lever plus tôt, monsieur Fortin avait parlé de sept heures trente.

— Est-ce qu'il y a d'autres choses que vous savez, monsieur Labrecque?

Le professeur, qui connaissait cet homme depuis moins longtemps que moi, avait tout de suite détecté que l'aubergiste était un homme de ressource. Labrecque prit le temps de réfléchir avant de répondre, mais lui aussi avait apprécié ce professeur dès les premiers instants – un homme qui boit son scotch sec ne peut être entièrement mauvais – et décida de lui faire confiance.

— On a trouvé une lettre; c'est la ménagère qui l'a trouvée dans le presbytère quand elle est revenue appeler la police, après avoir trouvé monsieur le curé.

— Et cette ménagère, monsieur Labrecque, est-ce qu'on peut lui parler?

— C'est ma nièce et elle est bouleversée, je ne crois pas que ce soit possible.

On sentait que l'aubergiste hésitait. Il parlait à deux étrangers et la crainte de l'inconnu confrontait son désir de connaître la vérité. Le curé était son ami, même si quelquefois il se permettait quelques flèches à son endroit. Le professeur l'encouragea habilement.

— Nous sommes ici pour aider, monsieur Labrecque, et il est de plus en plus évident que quelqu'un a besoin d'aide dans ce village. Vous ne pouvez pas rester à rien faire dans les circonstances, vous devez prendre vos responsabilités.

L'aubergiste tiqua un peu à ce qui ressemblait à un commandement, mais s'exécuta.

— Après avoir appelé la police, ma nièce m'a appelé. Je suis comme son père, mon frère est mort et je suis son parrain. Elle m'a parlé de la lettre. Je ne sais pas si j'ai bien fait, mais je lui ai demandé d'en prendre une photocopie. Il y a une photocopieuse au presbytère. La petite s'est exécutée et j'ai envoyé quelqu'un chercher la lettre.

Après un long moment, il ajouta fièrement :

— Je pense que je l'ai eue avant la police.

— Vous avez cette lettre avec vous? interrogea poliment le professeur qui sentait le besoin de témoigner le plus grand des respects à cet allié providentiel.

— La voilà, professeur.

— Merci, monsieur Labrecque. Seriez-vous assez bon de nous faire porter le déjeuner ici, nous ne descendrons pas avant un moment.

— Il y a autre chose, professeur.

— Vraiment? fit le professeur en me jetant un coup d'œil sévère.

Pour un instant, un court instant, j'ai cru que mon ami Faggione appréciait l'efficacité de l'aubergiste au point de la comparer à la mienne, mais je chassai vite cette pensée négative de mon esprit. Qu'est-ce qu'un coup de fatigue peut faire?

— Monsieur le curé a reçu un visiteur hier, tard en soirée, ma nièce l'a aperçu. J'ai pensé que ça vous intéresserait de savoir qui, demanda Labrecque en faisant prolonger le plaisir.

— Je le sais, rétorqua sèchement le professeur, c'est Marcotti.

Je m'étais levé à temps pour apercevoir la tête de l'aubergiste quand le professeur lui souffla son scoop. Il quitta sans demander son reste et sans saluer.

J'examinais mon ami du coin de l'œil et je me rendais bien compte qu'il faisait tout pour ne pas croiser mon regard. Aucune parole ne fut prononcée. Le professeur prit une des deux chaises disponibles et s'installa de l'autre côté du bureau. Je pris la chaise restante, juste en face de lui. Il regarda l'enveloppe durant environ cinq minutes, c'est du moins ce qu'il me sembla, puis, lentement, il l'ouvrit, saisit la lettre, la déplia et entama la lecture d'une voix légèrement saccadée.

La mort d'un pécheur

Il y a un temps pour tout, un temps pour engendrer, un temps pour mourir; un temps pour détruire, un temps pour construire; un temps pour aimer, un temps pour haïr, nous enseigne le Livre de l'ecclésiaste. Le misérable pécheur que je suis est rendu au temps de mourir.

J'ai beaucoup aimé dans ma vie et je regrette ne pas avoir aimé plus. Je réalise être en train de commettre cette nuit le pire de tous les péchés, mais cette fois-ci, et je le dis pour réconforter ceux qui vont me survivre, ce n'est pas par manque d'amour. Au contraire. Si je reste, des gens vont souffrir inutilement pour des fautes dont je suis seul responsable. Il me faut avoir assez d'amour en moi pour expier moi-même mes péchés. Le Christ a accepté de mourir pour racheter nos fautes, il est normal que je meure et paye pour les miennes.

Mon geste n'est pas un acte de désespoir et n'est pas motivé par une crise de foi. C'est un geste d'amour que, je suis sûr, Dieu me pardonnera puisqu'il est tout amour.

La vie est un chemin de croix, rien d'autre qu'un chemin de croix, et dans le chemin de croix on retrouve la description du plus grand crime de l'humanité. J'étais au courant de cet enseignement et pourtant je n'ai pas su éviter le piège de la quatrième station.

Je demande à Dieu et à vous tous de me pardonner et j'espère que ma mort signifiera la fin de cette spirale anéantissante qui a déjà irrémédiablement brisé trop de vies.

À trop chercher à connaître, l'homme commet souvent le péché d'orgueil et son action répétitive à l'absurde le transforme en une sorte de Sisyphe.

Il faut accepter de ne pas tout savoir et de ne pas tout expliquer. Les choses sont ce qu'elles sont parce que Dieu l'a voulu ainsi.

Il y a bien sûr des coupables, mais il y a surtout des malheureux et des malheureuses qu'il faut protéger et réconforter bien avant de rechercher les coupables.

Je vous demande à tous, mes paroissiens, mes amis, mes parents, de prier pour moi et surtout de vivre dans le présent.

Votre dévoué curé,

(Signé) Albert Leblanc

Une fois la lecture à haute voix complétée par le professeur, je lui pris la lettre des mains pour la relire pour moi-même. Malheureusement, la seconde lecture me laissa aussi perplexe que la première. Le professeur réfléchissait et paraissait abattu comme s'il venait de perdre un ami, ce qui me semblait bizarre puisque les deux hommes ne s'étaient jamais rencontrés ni même parlé. Dans ces circonstances, je ne peux demeurer dans le silence, je suffoque.

— Qu'est-ce que vous en pensez, professeur?

— Je pense que nous avons tué cet homme, Lambert, me répondit-il après une longue hésitation et un soupir tout aussi long.

— Pourquoi une telle affirmation? Ce n'est pas nous qui avons mis de la pression sur lui jusqu'à ce qu'il craque, si je ne m'abuse.

— Non, ce n'est pas nous qui l'avons fait chanter, Lambert, mais en entrant en scène, nous avons fourni des munitions aux ennemis du curé en faisant la preuve que son secret intéressait beaucoup de monde. Il n'a pu résister à cette dernière offensive. C'est pourquoi je dis que nous l'avons tué aussi sûrement que si nous avions donné le coup de pied sur la chaise qui le supportait ultimement.

— Vous y allez fort, professeur. Vous parlez de secret et de chantage, et, nous ne savons rien ni de l'un ni de l'autre. Il ne faudrait peut-être pas sombrer dans le délire de l'auto-incrimination punitive quand même. Inutile de préciser que ce genre de sentence me fait suer quand ce n'est pas moi qui la prononce.

— Vous savez aussi bien que moi, Lambert, que le curé Leblanc vivait avec le poids d'un secret terrible, secret qui a modifié sa vie durant les vingt derniè-res années. Le village était au courant de ce fait et nous l'étions; c'était patent. Ce que nous ignorons, cependant, de même que tout le village ou presque, c'est la teneur de ce secret maudit. Je pense que, dans sa lettre, le curé nous livre ledit secret tout en prenant des précautions pour ne pas embarrasser d'autres per-sonnes, comme le clergé par exemple. C'est pour ça qu'il nous reste à décoder son message.

— Et qui vous a dit qu'on faisait chanter le curé?

— C'est évident, Lambert. Le secret du curé était difficile à porter parce qu'il concernait au moins une autre personne que lui. Ceci étant, son désir de pro-téger la ou les autres personnes en cause le rendait excessivement vulnérable, et c'est de cette vulnéra-bilité dont le maître chanteur a abusé.

— Et vous savez qui, je suppose.

— Marcotti, qui voulez-vous que ce soit?

— Pourquoi Marcotti? Il est riche et le curé est pauvre.

— Dans le cas du curé, l'argent n'est pas en cause. Marcotti avait besoin du curé pour d'autres raisons que j'ignore encore pour le moment.

— Et qu'est-ce qui arrive à notre enquête à ce stade-ci?

J'avais risqué cette question parce qu'il m'apparaissait que nous étions carrément dépassés par les événements et que la suite s'annonçait bien plus comme un jeu de devinettes qu'une enquête sérieuse, menée selon les règles de l'art. Le professeur, quant à lui, demeurait imperturbable et se remettait rapidement, du moins c'était mon impression, du choc occasionné par l'annonce du décès du curé.

— Nous continuons, Lambert, enfin, quand je dis que nous continuons, je devrais dire que nous terminons. Encore quelques énigmes à résoudre, pas beaucoup, et nous tiendrons le fin mot de l'affaire. J'ai commis une grave erreur toutefois en commençant par le curé, Lambert, j'ai péché par où pèchent tous les lâches, les paresseux, je me suis laissé attirer par la facilité, j'ai fait comme le maître chanteur. Je savais que le curé était le maillon le plus faible de la chaîne, je me suis donc acharné sur lui avec le résultat que vous savez.

— Et pendant ce temps-là, notre enquête n'a pas progressé d'un iota.

— Au contraire, Lambert. C'est dommage qu'il y ait eu mort d'homme, mais au moins nous savons maintenant où nous allons.

— Parlez pour vous, professeur, moi, j'avoue humblement que je suis encore un petit peu perdu.

— Ce n'est pas grave, mon cher Lambert, vous aurez probablement tout compris dans quarante-huit heures.

— Dans deux dodos, j'ai bien hâte de voir ça.

— Voici le plan, Lambert, prenez des notes, je n'aurai pas le temps de répéter. Premièrement, vous allez fouiller le passé du curé, ses études, son noviciat, son arbre généalogique, son dossier à l'évêché, enfin tout. Je veux connaître ce curé sur le bout de mes doigts.

— Pourquoi le curé? Il est mort. Pourquoi pas Marcotti?

— On commence par le curé justement parce qu'il est mort. Moi je vais m'occuper de sa lettre. Vous, par contre, j'aimerais que vous me trouviez ce que représente la quatrième station du chemin de croix. Commencez par ça, c'est important, à moins que vous ne le sachiez d'office, vous, un pratiquant.

Ce genre de remarque émise par un athée avoué ne justifiant aucun commentaire, j'enchaînai en m'enquérant de Marcotti.

— Vous faites une fixation, mon pauvre Lambert.

— Je suis sûr que c'est l'âme damnée de toute cette affaire et vous ne mentionnez même pas son nom dans votre plan. C'est agaçant à la fin.

— Ne perdez pas votre temps à revoir Marcotti. Il va vous répéter la même explication sur sa fortune, explication que tout le village connaît. Si vous voulez vous intéresser à Marcotti, allez au bureau de la publicité foncière et sortez-moi les contrats des propriétés enregistrées à son nom, surtout le contrat concernant l'église des Saints-Martyrs-Canadiens. Ensuite, essayez de vous mettre copain avec la nouvelle gérante de la Caisse, cela devrait être dans vos cordes, et tentez de découvrir comment s'approvisionnent les différents comptes de Marcotti. Son argent ne lui tombe certainement pas du ciel, même s'il a d'excellents contacts avec l'évêché.

— On ne sait jamais, si c'est vrai qu'il faisait chanter le curé.

— Ramassez-moi ces renseignements au plus vite, Lambert, il ne faut plus qu'il y ait de mort dans ce dossier.

— Et vous, professeur, puisque vous me confiez les tâches importantes, serait-il indiscret de vous demander à quoi vous allez employer votre temps?

— Il n'y a aucune indiscrétion, nous faisons équipe. Je vais d'abord réfléchir sur la lettre du curé; ensuite, je vais visiter les lieux où ça s'est passé. En plus de nous écrire, le curé a peut-être laissé sur place des indices physiques susceptibles de nous guider dans nos recherches. Puis, je vais faire un compte rendu à Larose, à Kinkead et à notre cliente. Après, je retournerai à Greenbrooke pour rencontrer Mark à la première heure demain matin. Quant à vous, vous viendrez me rejoindre dès que vous le pourrez. En passant, faites-vous aider par l'aubergiste, je le soupçonne d'être à la tête d'un réseau d'information très efficace. Probablement que la gérante de la Caisse est parente avec lui, de même que le secrétaire de l'évêché. C'est un homme aux multiples aptitudes et qui gagne à être connu, lui aussi.

2

La conversation avec l'inspecteur Kinkead fut plutôt brève. Déjà peu loquace en face de son interlocuteur, le professeur perdait pratiquement tous ses moyens d'élocution quand il lui fallait utiliser un moyen mécanique de communication.

— Kinkead, c'est Faggione.

— Oui, professeur.

— Je suis en train d'enquêter à Ham-Nord et le curé de la paroisse s'est suicidé.

Kinkead attendait la suite, convaincu qu'il s'agissait d'une charade, mais le professeur demeurait obstinément silencieux.

— Vous m'appelez à quel propos, professeur?

— Où en êtes-vous avec votre enquête sur la mort de Nil Couture? Est-ce que Mark Shaink a été inculpé?

— Non, pas encore, mais ça ne saurait tarder, le dossier est sur le bureau du procureur. C'est une question d'heures.

— Shaink est donc toujours en liberté?

— Oui, en liberté sous caution suite à son inculpation dans le dossier de fraude.

— Je vous appelle, inspecteur, parce que ça presse.

— Qu'est-ce qui presse tant, professeur?

— Il faut que Mark Shaink soit arrêté et incarcéré au plus vite.

— Vous voulez que je mette votre client en prison?

— Oui.

— Est-ce que vous m'autorisez à dire ça au procureur?

— Oui.

— Eh bien! je vais voir ce que je peux faire, mais ce ne sera certainement pas avant demain, en fin de journée; nous avons d'autres urgences en avant-midi.

— En tout cas, faites pour le mieux.

— Est-ce que je peux vous demander où vous voulez en venir, professeur, avec votre demande pour le moins inhabituelle et de quoi il s'agit à propos de votre histoire de curé suicidé?

— Non.

Et l'inspecteur entendit le timbre devenir continu.

***

La sonnerie eut le temps de retentir trois fois avant que Jeff Larose puisse saisir l'appareil. Son bureau, ce matin-là, s'était transformé en quai de gare. Le patron avait fixé des échéances précises et non révisables, pour reprendre son expression, et la Banque mettait une pression indécente dans le dossier, usant fréquemment et abondamment de menaces peu voilées et très peu subtiles, du genre : des têtes vont tomber bientôt si cette enquête n'aboutit pas.

— Lieutenant, c'est Faggione.

— Je m'excuse, professeur, mais je suis un peu pressé.

— C'est pour savoir où en est rendue votre enquête?

— Ce serait trop long, professeur, il faudrait qu'on en discute une autre fois.

— Dites-moi une seule chose : avez-vous découvert le mobile de la fraude?

— Rien d'autre que le bon vieux motif de vouloir être toujours plus riche.

— Et vous n'avez rien pu tirer de Wood?

— Wood? c'est tout juste s'il connaît l'existence de la compagnie K-TRO, c'est de toute beauté. Mais avec Couture qui est mort et Shaink qui nie tout, nous n'avons pas beaucoup de marge de manœuvre.

— Qu'est-ce qui arrive avec Sammy Roy?

— Avec Roy, j'hésite. C'est la plus habile crapule que je n'ai jamais vue ou le crétin le plus malchanceux. Quant à moi, c'est cinquante-cinquante; le dossier est sur le bureau du procureur et je le laisse décider.

— Je pense que vous devriez inculper Roy au plus vite, lieutenant, et l'incarcérer.

— Ah! oui? Et pourquoi?

— Je suis à Ham-Nord et ici le curé vient de se suicider.

Cet argument n'avait pas semblé ébranler outre mesure le lieutenant Larose qui se contenta de répliquer sèchement :

— Je verrai ce que je peux faire, professeur.

Et cette fois-ci, c'est le professeur qui eut l'honneur d'entendre la ligne être coupée. Larose, déjà tendu comme une corde de violon, ne se sentait pas d'humeur à décrypter les élucubrations de cet amateur qui se prenait pour un émule de Conan Doyle.

***

Florence se sentit transportée de joie quand elle entendit la voix du professeur au téléphone.

— Je suis tellement heureuse de vous entendre, professeur.

— Est-ce que votre mari est là, madame Shaink?

— Non, il est sorti. Où êtes-vous, professeur?

— Je suis toujours à Ham-Nord, mais je rentre à Greenbrooke ce soir et j'aimerais rencontrer votre mari demain matin.

— D'accord, je vais l'avertir et il sera chez vous demain avant-midi, à l'heure que vous souhaitez.

— Disons dix heures.

Pressentant que le professeur allait raccrocher, Florence, déjà familière avec le *modus operandi* téléphonique de ce dernier, s'empressa d'enchaîner.

— Est-ce qu'il y a quelques chose de neuf à Ham-Nord?

— Oui, répondit sèchement le professeur qui n'éprouvait guère de sentiments bienveillants à l'égard de sa cliente. Le curé Leblanc est mort.

— Ah! mon Dieu!

C'est tout ce qu'elle eut le temps de dire avant que son interlocuteur raccroche.

Le professeur entama alors, seul dans une chambre d'hôtel à Ham-Nord, sa réflexion sur la lettre du curé, lettre dont il avait la conviction qu'elle lui était adressée. Le curé, homme de parole, n'avait pas voulu court-cicuiter complètement l'entrevue du lendemain. Il s'y était soumis en s'astreignant à un monologue qui avait dû terriblement lui coûter et cet effort ultime justifiait à lui seul que l'on consacre le temps nécessaire à l'examen de son message posthume.

Le professeur procéda à la lecture et à la relecture du document des dizaines de fois, et il butait toujours sur les mêmes mots.

D'abord, le message était titré, ce qui, vu les circonstances, était exceptionnel. Et le titre ne parlait pas de la mort d'un curé ni de la mort d'un prêtre, mais de la mort d'un pécheur. Puisque nous sommes tous pécheurs, le choix de ce qualificatif en ce moment extrême devait obligatoirement faire référence à un péché précis, hors du commun, et non pas à une vie de péchés qui est le lot de tout mortel.

Le passage choisi dans le Livre de l'écclésiaste donnait aussi à réfléchir, puisqu'il s'agissait de la mort d'un prêtre :

« Un temps pour engendrer... un temps pour mourir. »

Enfin, il y avait cette référence à la quatrième station du chemin de croix qui devait receler la clé de l'énigme. Le professeur avait beau faire des efforts pour se rappeler les chemins de croix qu'il avait faits dans son jeune temps en accomplissement des pénitences données à confesse, la quatrième station gardait son mystère. De guerre lasse, il se décida à faire appel à son plus fidèle et efficace allié depuis son arrivée à Ham-Nord : l'aubergiste.

L'homme sursauta légèrement d'incrédulité quand le professeur lui demanda si quelqu'un à l'hôtel connaissait son chemin de croix par cœur, mais il ne désarma pas.

— Je vais appeler la mère supérieure du couvent des Sœurs de la Congrégation de Notre-Dame, c'est ma cousine. Je vous reviens dans un instant.

Effectivement, l'aubergiste revint quelques minutes plus tard, avec un étrange sourire intrigué en travers de la face.

— Jésus rencontre sa mère.

— Quoi? demanda le professeur, désagréablement surpris.

— Elle me dit, la révérende mère, que la quatrième station, c'est la station où Jésus rencontre sa mère.

Le mystère, contrairement à ce que le professeur avait anticipé, loin de s'éclaircir, venait de s'épaissir. Et cette lettre, sur laquelle il fondait tant d'espoir, compliquait, en les multipliant, toutes les hypothèses. Le professeur avait d'abord cru que le curé avait voulu profiter de sa mort pour livrer des réponses que, vivant, il ne pouvait se permettre de fournir, mais au contraire, tout indiquait plutôt qu'il avait choisi d'apporter avec lui son secret et qu'il avait pris la précaution de brouiller les pistes de manière à décourager l'enquêteur le plus tenace. C'était très mal connaître François Faggione.

Chapitre 12

L'AUTOROUTE DE LA MORT

1

Dominico venait de réveiller son patron, il était huit heures. À cette heure, le professeur était habituellement levé. Cependant, il était rentré tard la veille et avait expérimenté pour la première fois de sa vie un mélange dont son ami Lambert faisait usage quelquefois. Fatigué et stressé, il s'en était d'abord remis à une recette éprouvée, le scotch écossais, single malt, dix ans d'âge. Lorsque la prescription est renouvelée quelques fois dans la même heure, une douce et envahissante somnolence s'installe, suivie presque immédiatement par un sommeil réparateur.

Cette fois-là, la recette n'avait pas fonctionné, et malgré plusieurs renouvellements de prescription avec une posologie très généreuse, le sommeil s'était refusé carrément et même la somnolence avait rechigné à être de la partie. Ce fut alors que le professeur se souvint du conseil de son bon ami et ajouta au liquide inefficace déjà ingurgité quelques barbituriques bien tassés.

Le résultat avait été instantané, mais le sommeil accompagnateur fut tout, sauf réparateur. Le professeur regardait Dominico et se demandait comment il faisait pour demeurer debout dans une pièce qui tanguait autant.

— C'est un appel pour vous, professeur. C'est madame Florence Shaink.

Tenir les yeux ouverts était pénible et douloureux; respirer monopolisait tout ce qui lui restait d'énergie, et on lui demandait de parler au téléphone! C'est à ce moment que le professeur se remémora certains matins laborieux de son compagnon d'armes et du manque de compassion qu'il avait jadis manifesté à son égard. Mais l'heure n'était pas aux regrets, le devoir l'appelait.

— C'est bien, Dominico, je le prends. Allô!

— C'est Florence Shaink, professeur. Madame Bélair, Maria Bélair, l'ancienne gouvernante, a appelé Mark à sept heures ce matin en lui disant qu'elle devait le voir de toute urgence...

Le professeur ménageait ses forces pour écouter, tentant péniblement de se concentrer.

— ... Mark est parti pour Ham-Nord. Il m'a demandé de reporter son rendez-vous avec vous. J'étais contre ce voyage, professeur, mais je n'ai pas pu l'empêcher. J'ai un mauvais pressentiment parce qu'il y a des années que Maria n'avait pas parlé à Mark; elle s'en remettait toujours à moi. Qu'est-ce que vous en pensez, professeur?

— Je n'aime pas ça plus que vous, madame. Votre mari a pris la pire décision qu'il pouvait prendre. Néanmoins, vous avez bien fait de me prévenir. Mon associé est encore à Ham-Nord; je vais l'appeler immédiatement et lui demander de se rendre au Manoir et d'y attendre Mark. Il ne faut pas que Mark reste seul une minute à Ham-Nord; on s'en occupe, ne vous inquiétez pas, et je vous tiendrai au courant.

Le professeur rappela Florence à dix heures pour s'informer si elle avait reçu des nouvelles de son mari. Lambert venait de lui téléphoner du Manoir et Mark n'était pas encore arrivé. Florence répondit qu'elle était morte d'angoisse et qu'elle envisageait de lancer un avis de recherche à la police. Selon elle, lorsque Mark avait quitté la maison, il était défait. À la question du professeur à savoir si elle était au courant de la teneur de la conversation entre la gouvernante et son mari, Florence répondit par la négative. Elle soupçonnait qu'il y eût peut-être une relation entre la mort du curé et le coup de téléphone de Maria, mais elle n'en était pas certaine. De toute façon, elle avait mis Mark au courant du triste événement la veille, ce n'était donc pas cette nouvelle que Maria lui aurait annoncée et qui l'aurait bouleversé au point de le faire décamper pour Ham-Nord sans avertir personne ni même ses gardes du corps, sans compter qu'il ne respectait pas sa probation.

— Vous savez qu'il n'est pas censé quitter la ville sans prévenir la police.

Le professeur tournait en rond depuis une heure maintenant, soit le temps du dernier appel de Lambert et du sien à Florence. Il aurait eu besoin de ce temps si précieux pour réfléchir, mais il en était incapable. Il n'était pas hanté par la même peur morbide que sa cliente, cependant il percevait confusément que quelque chose lui échappait dans toute cette histoire. Maintenant, il avait en main toutes les données ou presque. Il avait reçu l'aide de Kinkead, de Larose, de Lambert, il était allé jusqu'à Ham-Nord où un certain aubergiste lui avait donné un fier coup de main et, malgré tout, il ne parvenait pas à isoler l'élément conducteur. Dans cette enquête, il n'agissait pas, il réagissait. Les événements se succédaient, s'enchaînaient et le ballottaient au passage sans qu'il puisse jamais s'agripper à du solide, imposer son rythme. Pour que la solution lui échappât ainsi, il fallait donc que le fil d'Ariane fût microscopique ou bien l'explication résidait dans l'orientation erronée de sa démarche intellectuelle qui l'entraînait irrémédiablement dans la direction opposée à la résolution du problème. Comme si chacun de ses pas péniblement franchis l'éloignait un peu plus du but visé. Enfin, et cette pensée s'avérait insupportable pour le professeur, il y avait toujours l'infime possibilité que se cachât parmi tous les personnages de cette trame un acteur supérieur à lui, plus fort, qui s'amusait à lui tendre des pièges qu'il ne pouvait résoudre, même pas déceler.

Le professeur avait beau analyser et psychanalyser chaque personnage du drame, aucun n'avait le profil pour jouer ce méphisto nouveau genre. Non, la solution se trouvait forcément au niveau de la recherche du grain de sable que personne ne voyait et qui bloquait tout l'engrenage. Et le professeur songea : « La prochaine fois que l'engrenage va bloquer sera la dernière parce que je vais trouver ce maudit grain de sable. »

Le téléphone sonna à midi. Le professeur laissa Dominico répondre; il espérait qu'il s'agisse de Lambert ou de Mark. Il prit l'appareil que lui tendait le valet et ne le porta pas tout de suite à son oreille. Ce n'était pas utile; il avait reconnu la voix et les larmes de sa cliente, celle qui avait retenu ses services il y a quelques jours en lui demandant de sauver son mari.

— François Faggione.

— Professeur, la police vient de m'appeler. Mark est mort.

La suite fut une cascade de sons inaudibles, entrecoupés de cris stridents et accompagnés de pleurs à fendre l'âme. Florence Shaink était au bord de la crise d'hystérie. Le professeur raccrocha et composa immédiatement le numéro de l'inspecteur Kinkead. Seul moment de chance de la journée, c'est lui qui répondit.

— Kinkead, c'est Faggione. Florence Shaink vient de m'appeler et elle hurle que son mari est mort. C'est tout ce que j'ai pu en tirer, je crois qu'elle est hystérique. Pouvez-vous envoyer quelqu'un immédiatement chez elle, ainsi que du personnel médical, et me rappeler dès que vous saurez ce qui se passe? Je suis chez moi à Greenbrooke.

— Ça va, professeur. Je ne comprends rien à tout ça, mais je vais y aller moi-même, à tout hasard. Je vous rappellerai.

Le professeur n'eut pas le temps de digérer le pavé que Florence lui avait lancé en pleine figure que le téléphone retentit à nouveau. Il espérait un faux numéro. C'était Lambert.

— Professeur, il est plus de midi et je n'ai toujours pas de nouvelle de Mark Shaink. Êtes-vous bien sûr qu'il s'en vient ici?

— Vous pouvez quitter votre poste, Lambert. J'avoue que pendant un instant je vous avais oublié. Shaink ne se rendra pas au village des Chutes ni ailleurs. Il est mort.

Lambert vacilla. Il était dépassé. Une petite enquête toute simple, un crime de col blanc, une fraude bancaire classique, une bande d'inspecteurs chevronnés au dossier, avec le professeur en arrière-garde, et voilà que les morts s'accumulaient, des hommes dans la force de l'âge : Couture, le curé Leblanc, Shaink. Mais que se passait-il donc? Ce cauchemar allait-il finir?

— Êtes-vous là, Lambert?

— Oui, professeur. Il n'y a pas d'autres morts, j'espère? Samuel Roy peut-être, vous ne me cachez rien?

— Non, je ne vous cache rien et, à propos de Sammy Roy, aux dernières nouvelles, il était encore des nôtres.

— Shaink est mort de quoi? Quand?

— Lambert, je ne sais rien. Avez-vous complété les recherches que je vous avais demandées hier matin?

— Oui; il me reste quelques documents à ramasser, mais ils doivent être à l'hôtel à cette heure. Labrecque m'a donné un sacré coup de main.

— Eh bien! ramassez ces documents et venez-vous-en à Greenbrooke. Lorsque vous serez ici, je devrais être en mesure de vous dire ce qui est arrivé à Mark Shaink.

Le pauvre Dominico ne comprenait rien à ce qui se passait. Il était en train de faire son jogging à prévenir le professeur des appels qui se succédaient. Sauf exception, le professeur ne prenait jamais un appel directement, il voulait savoir en premier à qui il avait affaire et ne voulait pas s'encombrer d'un afficheur. Cette fois-ci, c'était l'inspecteur Kinkead.

— Voici les nouvelles, professeur. Premièrement, madame Shaink. Nous avons fait venir un médecin qui lui a administré un puissant sédatif. Elle se repose présentement au deuxième et une infirmière veille sur elle. Il semble que l'orage soit passé. Pour ce qui est de monsieur Shaink, il s'est tué ce matin sur l'autoroute 55, l'Autoroute de la mort comme les gens de la région l'appellent. Il a embouti un lourd camion remorque de face; il n'y a aucune trace de freins, la chaussée était parfaite. La mort a été instantanée, c'est la gendarmerie qui a prévenu madame Shaink après avoir inspecté les papiers du conducteur. J'ai parlé longuement avec l'officier de la gendarmerie en charge du dossier et voici ce qu'il en est. Au moment où l'on se parle, trois possibilités sont envisagées : a) L'accident. Shaink avait le soleil de face et il a pu s'endormir. b) La défectuosité mécanique. Un bris mécanique peut avoir causé la perte de contrôle du véhicule et quelqu'un aurait pu occasionner ce bris mécanique. Dans cette dernière hypothèse, on parle d'un meurtre. Avec les ennemis puissants que Shaink s'est tricotés dernièrement, j'ai demandé aux spécialistes de la gendarmerie de passer à la loupe le véhicule de ce dernier. Ils ont déjà commencé, on devrait pouvoir obtenir un rapport demain. c) Le geste volontaire. C'est la thèse que privilégie le chauffeur du camion, malgré son choc nerveux. Il dit qu'il a bien vu le conducteur le regarder avant de faire le geste qui a provoqué son changement de voie. Il jure qu'il n'oubliera jamais ce regard.

« En résumé, ce sont les trois options : l'accident, le meurtre et le suicide. Présentement, tout est examiné sur le même pied. »

— Qu'est-ce qu'on a dit à madame Shaink?

— Simplement que son mari avait eu un accident suite à la perte de contrôle de son véhicule. Elle n'a pas semblé gober cette histoire plus qu'elle ne croit au père Noël.

— Avez-vous averti Larose?

— Oui, quelqu'un de mon équipe s'en est occupé; je ne peux pas vous parler de sa réaction.

— Inspecteur, j'ai une suggestion à vous faire. Il est évident que cette enquête est en train de nous échapper, tous tant que nous sommes. J'aimerais qu'on se réunisse ce soir chez moi pour faire le point. Vous n'aimez pas aller dans les bureaux de Larose et ce dernier déteste aller chez vous. Chez moi, vous serez en terrain neutre et Greenbrooke n'est jamais qu'à une heure d'auto, ce n'est pas la Papouasie.

— J'ai bien peur que vous n'ayez raison, professeur, il faut qu'on se réunisse pour faire le point. Appelez Larose et, s'il est d'accord, qu'il passe me prendre au bureau et nous serons chez vous à dix-neuf heures.

***

J'arrivai chez le professeur vers dix-sept heures.

Il était tout aussi fourbu émotionnellement que physiquement. Tous les atomes de mon corps me faisaient mal et mon âme également. J'aurais souhaité n'avoir jamais entendu parler de Florence Shaink de ma vie, mais cette éventualité n'était pas facultative. Depuis quelques heures, je ramassais à la pelle des souvenirs que j'allais par la suite travailler très fort à oublier, exigeant de mon foie une sévère mise à contribution, sans y parvenir et sans même pouvoir empêcher que ces mauvais souvenirs, accumulés par accident, ne viennent dissimuler les bons souvenirs, pourtant pas si nombreux, déjà stockés. Je comparais ma mémoire à un disque dur : quand il est trop plein, il faut effacer, et les bons souvenirs s'effaçant plus facilement que les mauvais, j'étais en train de ruiner le disque dur de ma mémoire. Et ça me jetait par terre.

Comme toujours, dans ses moments de grand apitoiement, Dominico apparaissait, tel un saint-bernard loyal et serviable.

— Pour monsieur, la même chose que d'habitude?

Je n'eus même pas le temps de songer à répondre que le professeur statua :

— Non, il est trop tôt.

— Il est passé cinq heures, professeur, répliqua étonnamment le domestique.

C'était la première fois que j'étais témoin d'une scène où Dominico reprenait son maître. Quelle journée!

— Je sais, fit le professeur, plus calme que d'habitude, à tout le moins plus calme que je l'avais anticipé, mais ce soir nous avons des visiteurs; nous attendrons donc à dix-neuf heures.

— Des visiteurs, professeur?

— Oui. L'inspecteur Kinkead et le lieutenant Larose.

— Ah! bien, là! professeur, vous m'en bouchez un sacré coin. C'est vous qui faites déplacer deux officiers seniors de la métropole jusqu'ici! Et qu'est-ce qu'ils viennent faire?

— Ils viennent faire le point, à ma demande. La mort de Mark Shaink chambarde tout ce dossier et c'est le temps de se parler. D'ailleurs, peut-être que nous aurions dû le faire bien avant, mais il est trop tard pour les regrets.

Je n'avais pas perdu de l'œil Dominico qui n'avait pas encore quitté la pièce et j'espérais toujours que le professeur change d'idée pour l'apéritif.

— Et nous, qu'est-ce que nous allons faire en les attendant?

— Ce n'est pas le travail qui manque. Nous allons en profiter pour examiner et classer les documents que vous avez recueillis à Ham-Nord. Ça nous fera gagner du temps.

— Vous croyez que c'est encore utile de faire ce travail?

— Plus que jamais, mon cher Lambert, plus que jamais.

— Vous pensez toujours que la solution à toute cette affaire qui n'arrête pas de s'embrouiller un peu plus de minute en minute se trouve à Ham-Nord?

— Naturellement. Où voulez-vous qu'elle soit, en Suisse?

2

À la surprise du professeur, les deux visiteurs étaient trois. C'était du moins le chiffre que venait d'annoncer le fidèle Dominico qui ne remarqua pas ou feignit de ne pas remarquer la surprise affichée par son patron. Il répéta sur le même ton :

— Il y a trois personnes au vestibule pour vous, professeur.

Le professeur m'interrogea une fois de plus du regard, mais je calculai mon haussement d'épaules assez disculpatoire pour m'innocenter et je restai coi. Finalement, Dominico tourna les talons sans que nous lui en donnions l'ordre et revint dans la bibliothèque en précédant nos deux visiteurs attendus et notre invité mystère. Jeff Larose s'occupa des présentations.

— Professeur, je vous présente l'avocat Jonathan Wood. Vous en avez sûrement entendu parler?

Wood était un grand sec, à fière allure, avec un sourire aussi engageant qu'un avis de cotisation. L'homme, au premier abord, semblait froid, hautain même, et sa façon de toiser ses interlocuteurs comme s'il faisait lui-même partie d'une race supérieure ne devait pas contribuer pour beaucoup à l'agrandissement de son cercle d'amis. La chimie entre Wood et le professeur se résuma en une réaction en chaîne de type nucléaire dont le résultat ne pouvait être rien d'autre qu'une explosion à brève échéance. Wood se comportait comme en pays conquis, alors que le professeur était très pointilleux sur le respect de ses prérogatives quand il se trouvait sur ses terres. L'ambiance était aussi acide qu'un citron et Larose sentit que le moment était venu de fournir des explications :

— C'est moi qui ai demandé à maître Wood de nous accompagner, professeur; il m'a appelé à mon bureau, à la fin de l'après-midi, pour me communiquer des renseignements tellement importants que j'ai refusé de l'entendre et de servir d'intermédiaire ensuite. Je lui ai plutôt demandé de venir avec nous à Greenbrooke, ce que maître Wood a obligeamment accepté.

Le professeur ne paraissait pas autrement impressionné par l'obligeance de Wood, cependant, sa curiosité viscérale l'empêchait de trouver à redire sur la présence du troisième visiteur. Il prit une profonde inspiration et réussit, tant bien que mal, à dissimuler comment il détestait être mis devant le fait accompli. Pour mon ami Faggione, la vie ne pouvait être vécue sans un plan bien arrêté, et seuls les imbéciles ou les artistes pouvaient avoir l'outrecuidance de vanter les vertus de l'improvisation. J'essayais quelquefois d'imaginer le professeur en train de faire l'amour, domaine réservé à l'assouvissement d'un besoin instinctif s'il en est, et je ne pouvais m'empêcher de sourire. Il y a quand même des circonstances où il vaut mieux ne pas compter ni planifier ses efforts, mais enfin, je n'avais pas à m'immiscer dans la mécanique sexuelle du professeur.

— Vous avez bien fait, Larose, sanctionna enfin le professeur du bout des lèvres. Messieurs, avec votre permission, je vais résumer la situation et, ensuite, nous écouterons maître Wood.

C'est à ce moment-là que j'intervins pour rappeler que les meilleures réunions s'accompagnent normalement de certains liquides dont la dégustation contribue souvent à donner aux choses de la vie une perspective agréable. Je ne crois pas être alcoolique, en tout cas certainement pas plus que les gens que je côtoie chaque jour, mais je suis définitivement plus soucieux de l'observance de tous ces rites qui rendent la vie en société un peu moins pénible. De toute façon, ma proposition reçut l'agrément unanime de l'assemblée, et Dominico s'exécuta, rapidement, selon les vœux de chacun. Larose, peut-être un peu intimidé par le professeur, opta pour un scotch; Kinkead risqua un cognac en sentant le besoin de spécifier que c'était bon pour son cœur. Je m'en tins à mon gin, héritage anglais qui m'aide à oublier le caractère impérialiste des Britanniques, et Wood se démarqua en sollicitant obséquieusement un porto. Le verre de chacun trahissait bien son caractère.

— Depuis le début de toute cette aventure, Mark Shaink apparaissait comme le coupable désigné. Vous, Larose, dans votre enquête sur la fraude à l'encontre de la Banque Mont-Royal, vous n'avez jamais cherché sérieusement à prouver autre chose que la culpabilité de Shaink. Vous, Kinkead, concernant la mort de Nil Couture, d'abord vous avez toujours été convaincu qu'il s'agissait d'un meurtre et pas d'un suicide, ensuite, votre principal suspect, sinon le seul, a toujours été Mark Shaink. Quant à moi, mes recherches pour mieux connaître Mark Shaink m'ont conduit jusqu'à Ham-Nord, son pays d'origine, où la rumeur locale le désigne comme le meurtrier de sa jeune sœur handicapée dans une sombre affaire pour s'approprier un héritage important. D'ailleurs, notre enquête, qui n'est pas encore complétée, apporte beaucoup d'eau au moulin de cette rumeur. Or, aujourd'hui, ce suspect qu'il ne restait qu'à accuser, ce coupable qui faisait l'unanimité contre lui est mort. Et la police, chargée de l'enquête, retient trois hypothèses : il s'agit d'une mort accidentelle ou d'un suicide ou d'un meurtre parce qu'on aurait trafiqué l'auto de Shaink. C'est là où nous en sommes, messieurs, et c'est pourquoi je vous ai réunis ici ce soir pour que nous précisions la situation, en tenant compte des diverses hypothèses que soulève la mort de Shaink.

— Messieurs, à ce stade-ci, je crois qu'il me faut intervenir afin de bien circonscrire les paramètres du problème qui nous occupe et qui amène chacun de nous à profiter de la généreuse hospitalité de notre hôte, le professeur Faggione.

Wood avait déclamé sa sentence comme une réplique au théâtre, joignant le geste à la parole, ménageant ses effets en modulant le ton de sa voix et en contrôlant sa respiration. Artiste du prétoire, l'avocat savourait jusqu'à l'orgasme la situation dans laquelle il se trouvait et personne n'allait le court-circuiter. Il était habitué à jouer les vedettes, il aimait être la vedette, et prit le plancher sans demander l'avis à qui que ce soit et sans se soucier des orteils écrasés. Délicat comme un phacochère en rut, Wood requit qu'on rafraîchisse son porto et attaqua son monologue :

— Je suis depuis plusieurs années l'ami de Mark Shaink et de son épouse, Florence. J'ai toujours été et je suis encore l'avocat de K-TRO. En fait, j'étais et je suis l'avocat de la famille Shaink.

Wood ne détestait pas utiliser un ton pompeux, presque shakespearien, et ne redoutait pas non plus la répétition. Il donnait l'impression, tant son élocution était détachée et accentuée, de s'adresser à une classe du cour primaire. J'évitais de chercher le regard du professeur afin de ne pas envenimer la situation.

— Avec respect, je tiens à m'ériger en faux contre l'assertion mal fondée, à mon sens, du professeur quant à la culpabilité de Mark présumément admise par tous et chacun. Pour ma part, j'ai toujours clamé son innocence jusqu'à aujourd'hui.

Après un regard inquisiteur jeté à la ronde sur son public et une longue gorgée de porto, ce qui occasionnait le délai nécessaire au développement du suspense, le savant disciple de Thémis reprit :

— Aujourd'hui, dis-je, il me faut révéler des faits que je connaissais mais à l'égard desquels j'étais condamné au silence de par la portée de mon secret professionnel. La mort de mon ami et client me délivre de cette obligation au secret, me commandant même de parler.

Alors que j'écoutais Wood en faisant des efforts surhumains de concentration pour ne pas perdre le fil, je pensais pour moi-même que, s'il avait épousé la vocation sacerdotale, il serait certainement devenu cardinal. Prononcer tant de mots sans rien dire relevait tout simplement de l'exploit.

— Lorsque la Cour a autorisé la remise en liberté de Mark moyennant caution, ce dernier est venu à mon bureau dès le lendemain et là, en ma présence, il a dicté à ma secrétaire une lettre qu'il me faut maintenant vous lire pour des raisons que vous allez aisément saisir.

Se faire soupçonner d'intelligence par maître Wood lui-même, voilà qui était susceptible de remonter le moral au plus chronique des dépressifs. *Pour ma part*, pour utiliser l'expression de mon illustre confrère, cela me portait à boire et je m'empressai de récidiver dans le gin avant que ce cher Wood entame la lecture d'une lettre qu'il voulait tellement nous servir à voix haute qu'il en bavait tout en étant incapable de se priver de la jouissance égoïste que lui procurait le plaisir de nous faire languir.

À qui de droit.

L'expérience que j'ai vécue durant ces derniers jours me force à réfléchir sur la poursuite de mon existence. J'ignore si je serai amené à faire des gestes irrémédiables et définitifs, j'ignore même si, le cas échéant, j'aurai le courage de franchir volontairement le seuil de l'au-delà. Cependant, les événements des dernières journées m'ont pris par surprise et je ne veux plus que pareilles choses se reproduisent pour le temps qu'il me reste à vivre. En conséquence, j'ai décidé d'anticiper ma mort éventuelle afin de prévenir les injustices que cette mort pourrait générer si je ne prends pas la précaution de mettre par écrit certaines révélations qu'il m'est impossible de faire de mon vivant.

Dans ma jeunesse, j'ai mis fin aux jours de ma petite sœur, Mélanie. Ce geste, contrairement à ce que les ragots ont bassement véhiculé par la suite, m'empêchant à tout jamais de revenir à Ham-Nord, n'a pas été motivé par la soif de la richesse. J'aimais plus que tout ma petite sœur. Ma mère était déjà morte et mon père était à quelques jours de la rejoindre. Moi, je ne voulais pas vivre à Ham-Nord et Mélanie se serait retrouvée seule. Il valait mieux que se termine rapidement un voyage sur terre dont Mélanie n'avait même pas conscience. Ce fut ma décision et ce secret n'a jamais été révélé à personne.

Durant ma vie professionnelle, j'ai été mal conseillé et je me suis rendu coupable d'une fraude pour laquelle je ne peux même pas plaider la nécessité dans le but de sauver mon entreprise ou un goût immodéré de la richesse, confinant presque à la folie. Non, je l'ai fait comme pour relever un défi et je n'ai aucune explication ni aucune justification.

En fin de parcours, l'engrenage infernal m'entraînant, j'ai aidé mon ami Couture à en finir. Il était sévèrement déprimé, sans famille, je crois que je lui ai rendu service.

Qu'il s'agisse de Mélanie, de la fraude ou de Nil Couture, je tiens à préciser que personne d'autre que moi n'a été impliqué dans ces actions.

Je regrette mes gestes, mais je ne peux revenir en

arrière. Je demande pardon à ma femme, Florence, et l'assure de mon amour éternel.

Quant à ma mort, si elle devait survenir précipitamment dans des circonstances que je ne connais pas moi-même au moment d'écrire cette lettre, je tiens à ce qu'il soit clair que mon départ aura été volontaire, peu importe les apparences et ne devra mettre en cause personne d'autre que moi.

Le présent document est confié à maître Jonathan Wood, mon avocat, à qui je donne le mandat express de garder sous la plus stricte confidentialité mes propos jusqu'à mon décès. Dès que maître Wood apprendra ma mort, je lui commande formellement de faire en sorte que les autorités soient saisies de la présente sans délai.

Et j'ai signé à Montréal, ce
Mark Shaink

— J'ai appris par la radio cet après-midi la fin tragique de Mark et je me suis immédiatement mis en contact avec le lieutenant Larose. À tout hasard, j'ai fait faire des copies pour tout le monde.

Le silence s'installa confortablement dans la pièce, troublé par le crépitement des bûches dans le foyer et le bruit des glaçons s'entrechoquant dans les verres. L'instant était à désespérer de la nature humaine, si bonne soit-elle. Personne dans cette pièce n'avait jamais connu Mélanie Shaink et, Wood excepté, les autres connaissaient très peu Nil Couture et Mark Shaink. Pourtant, il y avait cette douleur qui traversait l'âme de chacun en la déchirant profondément. Tous ces morts, toute cette misère égarée dans le luxe et la richesse, le calvaire imposé à ceux qui restaient, par conviction ou manque de courage, cet instant maudit ne voulait plus finir.

Plusieurs longues minutes s'étaient déjà écoulées et personne ne s'était risqué à prononcer une parole de peur sans doute que sa voix ne trahisse son émotion. Certains yeux roulaient, certaines jointures craquaient et le silence continuait. Même Wood faisait une pause et paraissait avoir perdu un peu de sa superbe. L'inspecteur Kinkead, qu'un quart de siècle à la criminelle avait formé à ignorer ses émotions, risqua le premier commentaire :

— Je le savais.

La remarque de l'inspecteur, chef-d'œuvre de concision, péchait singulièrement sur le plan de l'éloquence et de la pertinence. Kinkead était bien le seul à savoir ce qu'il savait, ce qui n'était rien pour relancer le dialogue. J'en conclus que c'était à moi d'agir, étant donné que je faisais un peu partie de la maison et que le professeur avait sombré dans un état neurasthénique absolument désolant à voir.

— Est-ce que Florence Shaink est au courant de cette lettre?

— Non, répondit Wood. Mark parlait d'avertir les autorités, ce que j'ai fait. Quant à sa femme, je n'ai pas d'instructions et je dois avouer ne pas trop savoir quoi faire.

Venant de Jonathan Wood, cet aveu d'indécision, aussi imprévisible que surprenant, eut l'heur de remettre le professeur en contact avec la réalité.

— Il n'y a pas d'urgence, quant à moi, et je me demande même s'il y a nécessité. De toute façon, il nous faut d'abord tirer les conclusions qui s'imposent de la lettre qui vient de nous être communiquée et prendre une décision en conséquence. Je ne voudrais pas avoir l'air trop terre à terre, mais l'ambiance de mort qui règne dans cette affaire n'est pas nouvelle et elle ne devrait pas nous empêcher de réfléchir.

La sortie du professeur avait eu sur l'assemblée le même effet que l'apparition soudaine de deux Témoins de Jéhovah arrivant à l'improviste. Tous les interlocuteurs demeurèrent interloqués, mais le professeur ne s'en fit pas pour autant.

— Eh bien! messieurs, quels sont vos projets suite aux derniers événements et à la lumière surtout de ce que vient de nous révéler maître Wood?

— Pour moi, c'est assez simple, commença le jeune lieutenant qui paraissait de loin le plus affecté par le caractère morbide de cette affaire.

Spécialiste des crimes économiques, il n'était pas habitué à se retrouver au beau milieu de tant de cadavres et de mariner dans tant de sang. Il avait la nausée au bout des lèvres.

— Je n'ai plus de dossier. Le crime de fraude sur lequel mon équipe enquêtait avait dans sa mire deux suspects principaux, en fait, un suspect principal et un premier complice, Nil Couture. Nous avons entretenu, depuis le début, et nous entretenons encore de sérieux soupçons à l'égard des vérificateurs et du banquier Samuel Roy. Mais nos investigations ne nous ont jamais permis de transformer ces soupçons en éléments de preuve. Si Couture et Shaink étaient demeurés dans le décor, nous y serions sans doute parvenus, à tout le moins, c'est mon intime conviction. Je ne peux imaginer qu'une fraude d'une telle envergure ait pu se mettre en place et s'opérer sans la complicité, passive peut-être, mais complicité tout de même, du vérificateur et du banquier. Maintenant que les deux acteurs clés de la fraude ont disparu et considérant de surcroît les aveux écrits de Shaink, le procureur va certainement refuser de nous suivre et, je pense, avec raison.

« Il y a aussi la possibilité de complices européens, mais à ce niveau-là, nous sommes confrontés avec les difficultés que posent les règles du droit international et bafoués par le sacro-saint secret bancaire que les Européens ont érigé en dogme.

« Enfin, il nous reste à analyser le rôle possible, peut-être même probable, de Florence Shaink dans toute cette histoire; cherchez à qui le crime profite. Les adages alimentent les ragots, mais pour la preuve en matière criminelle, ce n'est pas riche.

« Je vais dormir là-dessus, c'est évident, mais je pense que je serai en mesure de soumettre à mes supérieurs et au procureur mon rapport définitif dès demain. Nous avons identifié les auteurs de la fraude, l'auteur principal a même avoué à titre posthume, le dossier me semble à fermer. »

Sans préparation et sous le coup d'une forte émotion, le lieutenant Larose avait livré sa pensée d'une façon articulée et éloquente. Ce jeune homme était promis à un brillant avenir dans la police, et le dossier Shaink, où tous les présumés coupables lui avaient échappé, ne serait certainement pas son dernier. Il aurait l'occasion de se reprendre.

— Je le dis depuis le début, je l'ai toujours su.

Efficace sur le terrain, l'inspecteur Kinkead était moins familier avec les finesses de la dialectique que son jeune collègue, mais son discours reflétait le gros bon sens et témoignait d'un bon jugement.

— Nil Couture a été tué, ce n'était pas un suicide, il manquait un élément essentiel. Pour ce qui est du meurtrier, j'hésitais entre quelques candidats que je m'abstiendrai de nommer vu les circonstances, cependant, mon préféré a toujours été Mark Shaink. Maintenant que j'ai ses aveux écrits, rédigés devant un témoin qui est avocat, je n'ai pas l'intention de chercher midi à quatorze heures. D'ailleurs, mon capitaine me mène le diable depuis le début de cette affaire pour que j'arrive à une conclusion au plus vite, et là, je crois bien que je suis arrivé. Pour ma part, je n'ai même pas besoin de dormir là-dessus, mon dossier se ferme ici, ce soir.

— Eh bien! messieurs, je vous remercie de vous être déplacés et j'espère que nous aurons l'occasion de collaborer encore, dans le futur.

Le professeur, fervent partisan d'une politesse froide à l'anglaise, n'avait pas participé à l'écriture du traité sur l'art de l'hospitalité. Encore un peu et il faisait quelques pas vers la porte. Cette attitude distante ne faisait cependant pas perdre ses moyens à maître Wood. Même si ce dernier n'avait pas de problème avec l'obséquiosité, étant rempli de lui-même jusqu'à ras bord, il fallait quand même lui concéder une intelligence vive qu'il était le tout premier à apprécier.

— Et vous, professeur? questionna-t-il sur un ton faussement révérencieux.

— Quoi, moi?

— Oui, vous; que faites-vous avec votre dossier? Vous avez créé toute une onde de choc à Ham-Nord, on en parlera encore dans vingt-cinq ans, j'en suis sûr.

— Ah oui! et comment êtes-vous au courant de tout ça, maître Wood? Un homme occupé comme vous.

— J'ai de la parenté à Ham-Nord. Alors, professeur, vous n'avez toujours pas répondu à ma question.

Le professeur se retrouva un peu déstabilisé. Selon sa méthode, quand il réunissait des intervenants pour faire le point sur un sujet quelconque, il entendait que tous fassent le point devant lui, pas nécessairement avec lui. Il se gardait toujours en réserve de la république. Là, Wood le poussait dans ses retranchements poliment mais fermement et l'obligeait à se commettre. La moustache du professeur oscillait de gauche à droite dans un mouvement frénétique qui, contrairement au balancement de la queue du chien, n'annonçait rien de bon.

— Maître Wood, je n'ai plus de mandat. Votre cliente, puisque vous êtes l'avocat de la famille Shaink, avait retenu mes services pour que je l'aide à établir l'innocence de son mari. Celui-ci étant mort et ayant signé des aveux, mon enquête devient donc sans objet.

— Messieurs, reprit l'avocat ostensiblement satisfait, je vais communiquer le résultat de nos délibérés à Madame Shaink dès demain matin.

3

Quand tous les invités eurent quitté, je m'autorisai un dernier verre pour la route. Le professeur, aplati dans son fauteuil le plus confortable, méditait. Dominico avait débuté la cueillette des verres et je regrettais presque ce dernier gin que j'étais condamné à boire seul. Dominico allait sortir de la pièce dans un instant et le professeur était déjà « parti ». Je n'avais pas le goût de ruminer, j'avais le goût de parler, de dialoguer surtout. Quitte à me faire rabrouer, j'étais prêt à courir le risque de sortir le professeur de sa torpeur, le meilleur moyen étant la surprise.

— Professeur, sauf pour y avoir admiré le paysage, je ne vois pas très bien ce que nous a rapporté notre enquête à Ham-Nord. Pour ma part, je pense que ce fut une perte de temps qui nous a peut-être coûté cher.

Cette ineptie prononcée, je me fermai les yeux et baissai la tête afin d'éviter le plus gros de l'orage d'injures qui ne manquerait pas de s'abattre sur moi. Étonnamment, ce sombre pronostic météorologique ne se matérialisa pas. Au contraire, j'entendis une voix douce me répondre, à telle enseigne que je m'empressai d'ouvrir les yeux pour vérifier la présence du professeur. Sa voix m'apparaissait aussi étrange que son attitude.

— Non, Lambert, nous n'avons pas perdu notre temps en allant à Ham-Nord et vous le savez. Votre affirmation n'est faite que pour me provoquer et forcer la discussion; vous manquez d'imagination, mon cher Lambert, vous utilisez toujours la même tactique.

— Ça marche, en tout cas.

— Peut-être, mais ce soir ce n'est pas utile, parce que je suis d'avis qu'il faut que nous parlions.

J'étais au huitième ciel, celui après le septième.

— Que pensez-vous de la lettre de Mark Shaink, Lambert?

— Elle me laisse mal à l'aise, je dirais même perplexe. Elle ne m'inspire pas les mêmes sentiments que celle du curé, c'est sûr, et je suis bien incapable de dire pourquoi.

— C'est bien ça, Lambert. Continuez à réfléchir et vous allez trouver. Est-ce qu'il y a autre chose dans ce dossier qui vous gêne?

— Oui. La culpabilité de Mark. Un peu plus, il s'accusait du meurtre d'Abraham Lincoln. Ce désir de prendre la responsabilité de toute l'affaire à l'exclusion de qui que ce soit m'apparaît généreux et courageux, mais ne justifie guère qu'il soit si discret sur les causes et le *modus operandi* de la fraude.

— Effectivement, Lambert. Si nous voulons décortiquer cette affaire, il nous faut comprendre la fraude; c'est la proposition majeure de notre syllogisme.

— Et la fraude, pour la décoder, il faut aller en Suisse. Je vous le chante depuis le début, professeur.

— Non, il faut aller à Ham-Nord.

— Ham-Nord? Mais vous faites une fixation, ma parole! Qu'est-ce qu'on va aller faire à Ham-Nord, à moins qu'il y ait une femme là-dessous?

— Oui, il y a une femme là-dessous, la gouvernante des Shaink. Je suis sûr qu'elle a la clé de l'énigme, et si nous lui demandons de la bonne manière, elle va nous dire ce qu'elle sait. C'est une femme qui vit avec des secrets terribles depuis vingt ans, elle ne demande pas mieux que de tout nous dire, j'en suis convaincu.

— J'ai bien hâte de voir ça, moi. Elle a refusé de parler à la police et elle a refusé de me parler. Je ne suis pas aussi sûr que vous, professeur, qu'elle rêve de se confesser tous les jours de la semaine.

— La situation a changé depuis votre dernière visite, Lambert. Maintenant, elle parlera. Ensuite, il y a l'indice du chemin de croix que nous a laissé le curé Leblanc et que nous n'avons pas encore exploité.

— Le curé fait référence à la quatrième station qui commémore la rencontre de Jésus avec sa mère. Ce n'est pas demain que l'on va décoder ce message.

— Sur ce point, je suis d'accord, sauf que j'ai eu le temps de fouiller l'histoire des chemins de croix pour découvrir que celui qui est le plus fréquemment utilisé de nos jours comprend des stations qui sont conformes à la dénomination existant avant le concile Vatican II.

« Il y a cependant un deuxième chemin de croix, selon saint Luc, où la quatrième station est consacrée au crime de Judas livrant son maître, le crime de trahison.

« Cette station se marie beaucoup mieux à notre entreprise et il me semble évident que le curé a voulu nous livrer un message sans compromettre d'autres instances, comme l'évêché. Or, si nous voulons déchiffrer le mystère de la quatrième station, il nous faut, à mon avis, chercher un traître.

« Il y a encore autre chose. J'ai analysé les documents que vous m'avez emportés, Lambert, avant que nos invités arrivent, et je les ai trouvés très intéressants, très instructifs. C'est dommage que vous ayez dû vous absenter pour un autre rendez-vous, nous aurions pu faire ce travail ensemble. En tout cas, il nous manque des éléments de l'arbre généalogique du curé Leblanc et ce sera votre mission de compléter cet arbre dès notre retour à Ham-Nord. »

— Nous y retournons?

— Oui, demain.

— Et après quoi courons-nous, professeur, si ce n'est trop vous demander? Un coupable? Nous en avons un qui est incontournable et qui solutionne tous les crimes du dossier. Normalement notre mandat est justement de trouver le coupable, ce qui, dans le présent dossier, est un fait accompli. Quand bien même j'en saurais un peu plus sur le chemin de croix selon saint Luc ou sur l'arbre généalogique d'un pauvre curé mort à Ham-Nord, je me demande pourquoi nous faisons tout cela? Je me demande également pour qui nous le faisons, ce que nous cherchons et qui va nous payer. Il faut quand même garder un certain sens pratique, l'aventure pour l'aventure, je ne suis pas contre, mais je ne choisirai pas Ham-Nord.

— Nous continuons, Lambert, à chercher dans ce dossier le ou les coupables. Il ne sert à rien de vous énerver. Mark Shaink, à l'évidence, a voulu protéger quelqu'un, tout comme le curé. Nous voulons connaître la vérité, découvrir les motivations des auteurs, les comprendre. C'est ça que nous allons faire à Ham-Nord, payés ou pas. Ce n'est pas l'aventure pour l'aventure, c'est bêtement le travail et nous allons le faire proprement, foi de François Faggione.

Chapitre 13

LE PROFESSEUR RETOURNE À HAM-NORD

1

Nous avions décidé de rouler dans nos propres autos afin de conserver notre liberté d'action une fois rendus sur place. J'avais suggéré au professeur que notre point de ralliement pourrait être l'Hôtel des Cantons, ce qui avait été accepté sans problème.

Quant à moi, j'avais prévu de rayonner à partir de mon quartier général en mettant à contribution les nombreux contacts de l'aubergiste. J'allais être plus efficace de cette façon et je n'avais pas à m'éloigner trop de mon poste de ravitaillement. En pays inconnu, il est toujours sage d'aménager une retraite bien garnie pour prévenir le risque de se retrouver dans l'obligation de soutenir un siège. Après avoir fait un inventaire sommaire des liquidités de l'hôtel de mon ami Labrecque, j'en vins à la conclusion qu'il serait difficile à l'ennemi de nous déloger de notre place forte. Nous avions effectivement de quoi tenir longtemps.

La femme qui invitait le professeur à entrer au Manoir était moins jolie et moins jeune que celle décrite par Lambert. Il s'agissait d'une personne à l'allure accablée, voire résignée, voûtée sous le poids de la douleur, plus que sous celui des ans. Elle avait les joues enflées et les yeux rougis de chagrin.

— Je suis le professeur François Faggione ; je vous ai appelée tôt ce matin de Greenbrooke pour prendre rendez-vous.

— Maria Bélair, professeur. Excusez mon état, mais je traverse une période très difficile, comme vous le savez.

— Je sais, madame, et j'ai hésité avant de venir vous voir, mais, à la réflexion, j'ai pensé qu'il ne servait plus à rien de remettre quoi que ce soit à plus tard dans ce dossier. Nous avons sans doute déjà trop attendu et des êtres chers ont payé pour notre inaction, notre inertie, notre silence.

Maria se sentit piquée par la dernière allusion du professeur, aussi subtile qu'un réveille-matin. Sans se départir de sa tristesse, elle regroupa ses forces pour affronter cet Italien de la ville qui entrait chez elle avec ses gros sabots et tentait d'imposer sa loi.

— Mon silence n'a tué personne, professeur. Il a protégé des gens pendant des années et, tout à coup, pour des raisons que j'ignore, ce silence a perdu toute sa vertu.

— C'est parce qu'il avait atteint sa finalité, madame Bélair. Au-delà de cette finalité, ce silence, protecteur durant toutes ces années, a commencé à tuer et s'est transformé en source de mort. Vous avez déjà été assez éprouvée, il faut que cette machine dont le mécanisme est déréglé s'arrête avant qu'une autre mort ne survienne.

— Une autre mort ? Je me demande bien qui, tout le monde est mort.

— Non, pas tout le monde. Il reste Florence et d'autres qu'il n'est peut-être pas utile de nommer. Si vous ne vous décidez pas à parler, madame, vous allez continuer à recevoir des appels téléphoniques de même nature que celui que vous avez reçu hier vous annonçant la mort d'un être cher. Madame Bélair, vous avez vécu depuis plus de vingt ans avec un terrible secret que vous avez gardé pour vous-même par sens du devoir et de l'abnégation. Maintenant, ce même devoir vous commande de parler avant qu'on manque de place au cimetière.

La gouvernante toisait de haut en bas le professeur et cherchait vainement à percer sa carapace. Elle en avait vu, des hommes, de toutes les tailles et de toutes les allégeances, et elle en avait connu plusieurs au sens de la Bible. Celui-là représentait un cas pour elle; elle n'arrivait pas à le cataloguer, même pas à cerner de quel côté il était. Avec elle ou contre elle.

— Vous ne me connaissez pas, professeur, vous me voyez pour la première fois et, sans dire bonjour, vous affirmez que je garde dans le fond de mon cœur un lourd secret depuis vingt ans. Qu'est-ce que vous en savez de ce que je garde dans mon cœur?

« Et même, à supposer que ce fût vrai, vous n'êtes pas ici à titre officiel et vous n'êtes pas un ami. Alors pourquoi est-ce que c'est vous que je choisirais pour faire des confidences que j'ai gardées secrètes jusqu'à aujourd'hui? »

— Peut-être pas secrètes pour tout le monde et c'est là le malheur.

— Qu'est-ce que vous voulez dire? Je commence

à être fatiguée de vos accusations et de vos insinuations, cher monsieur.

— Ne vous emportez pas, madame, je n'ai pas voulu vous insulter. Depuis qu'on m'a confié ce dossier, j'ai beaucoup réfléchi, c'est ma méthode de travail. D'autres se tuent à chercher des indices, moi, je réfléchis. Or, voici le scénario qui a pris forme dans ma tête suite à mes réflexions sur la mort de Mélanie.

— Mais pourquoi, Dieu du ciel, réfléchir sur la mort de cette pauvre petite?

— Parce que j'ai le profond sentiment que tout part de là. Suite à la mort de Mélanie, Mark a abandonné ses études, a quitté Ham-Nord définitivement et s'est lancé en affaires. Le vicaire, incapable même de chanter le service de la petite, a quitté précipitamment la paroisse pour n'y revenir que dix-huit ans plus tard. Marcotti, qui vivotait jusqu'alors d'expédients, s'est transformé du jour au lendemain en châtelain, rentier et mystérieusement riche. Il acheta même une église de l'évêché pour construire son château. Il était devenu puissant et plus rien dans le village ne lui résistait, même pas le clergé.

« Or, madame Bélair, savez-vous ce qu'est le pouvoir? C'est écrit dans la Bible, c'est le savoir. Au paradis terrestre, ce qui distingue Dieu de l'homme, c'est que le Créateur contrôle l'arbre du savoir. J'en ai donc conclu que Marcotti était devenu l'homme le plus puissant et le plus riche de la région parce qu'il savait des choses que les autres ne savaient pas. Je pense que ces choses sont directement reliées à la mort de Mélanie, et Marcotti n'avait qu'une seule personne ressource dans la place, c'était vous. Vous avez été la maîtresse de Marcotti, n'est-ce pas, madame Bélair? »

La question n'était pas un modèle de subtilité, mais elle avait le mérite d'être directe. Ce professeur n'était pas du genre à se repaître des ragots colportés dans le dos des gens, il posait les questions directement et en face. La gouvernante venait de se trouver un motif pour apprécier ce personnage grincheux qui essayait de mettre ses tripes à nu sans même penser à enlever son chapeau. Par contre, les allusions à Marcotti la heurtaient, mais elle essaya de n'en laisser rien paraître.

— Oui, j'ai été la maîtresse de Pierre Marcotti. Ça ne vous regarde strictement en rien et je ne vois pas en quoi cela peut faire avancer votre enquête.

— Il s'agit d'une enquête complexe, chère madame, une des plus compliquées qu'il m'ait été donné de mener. C'est pourquoi je dois progresser pas à pas, chaque étape contribuant à l'avancement de l'investigation et quelquefois de façon bien modeste.

— Je comprends de votre exposé que la mort de Mélanie ayant coïncidé avec des changements draconiens dans la vie de certains individus, vous pensez que l'explication à ces changements se trouve inexorablement dans cette tragédie?

— C'est exact.

— Et vous n'avez aucune preuve soutenant ce raisonnement?

— Non, malheureusement.

— C'est pourquoi vous comptez sur moi pour vous aider, moi qui ne vous connais ni d'Ève ni d'Adam?

— Oui, mais vous connaissiez très bien le curé Leblanc, et très bien Mark Shaink; vous connaissiez encore mieux Mélanie Shaink, et ces trois personnes ont une chose en commun : elles sont mortes. Si vous continuez dans votre politique du silence, il y aura d'autres morts, madame Bélair, des morts que vous avez, seule, le pouvoir d'empêcher.

— Dites-vous que j'ai tué ces gens que j'aimais, professeur, particulièrement la petite Mélanie?

— Non, mais la mort de Mélanie a généré une réaction en chaîne dont vous connaissez les phénomènes déclencheurs, et ce sont ces éléments réactifs qu'il faut maîtriser à tout prix pour détraquer l'engrenage infernal, et vous êtes capable de m'aider. Je ne vous demande pas de le faire pour moi, je vous prie de le faire pour Mélanie. Il n'est pas normal que sa mort ait entraîné dans son sillage d'autres pertes de vie et, tant et aussi longtemps que cette situation perdure, c'est la mémoire de la petite qui en est entachée.

La gouvernante réfléchissait, son front se plissait de plus en plus, tout son corps – ses mains surtout – voulait parler, mais elle combattait encore une résistance intrinsèque qu'elle était incapable de surmonter seule. Le professeur avait déjà décodé le langage corporel de son interlocutrice, et jugé qu'un coup de pouce de sa part s'imposait.

— Maria, si vous permettez que je vous appelle Maria, de toute façon vous êtes plus jeune que moi et je ne suis pas un policier. Dans ce dossier, je cherche la vérité pour ma satisfaction personnelle et aussi parce que je crois fermement que cette vérité va sauver une ou deux vies. Je ne travaille pas pour faire mettre en prison qui que ce soit, peu importe l'opinion que je peux avoir des gens concernés. Dans le dossier de la fraude, l'enquêteur m'a confirmé hier à mon domicile que l'enquête était complétée et qu'il n'y aurait pas d'accusation. Je ne me suis pas lancé à la poursuite de Marcotti, madame Bélair, est-ce qu'on se comprend bien? Si j'avais été saisi du dossier il y a vingt ans, la situation aurait été différente et j'aurais certainement employé tout mon talent à mettre cet individu hors d'état de nuire. Mais les années ont passé et les gens à protéger nous ont quittés. Il ne reste donc qu'un seul défi à relever et c'est celui de la vérité. Celui-là, je ne le lâcherai pas, avec ou sans votre aide. Naturellement, si c'est sans votre aide, il risque d'y avoir beaucoup plus de pression sur les épaules de monsieur Marcotti, c'est facile à comprendre. Donc la balle est dans votre camp, madame Bélair.

Cette fois, sa décision était prise et elle n'hésita plus une seconde.

— Que voulez-vous savoir au juste?

— Je ne le sais pas, madame Bélair. Vous avez un secret en relation avec la mort de Mélanie et je veux le connaître.

— D'abord, je n'ai pas un secret, mais bien deux. Le premier, je sais comment est morte l'enfant et qui l'a tuée.

Le professeur s'accrocha à sa pipe pour éviter

de perdre contenance. Il regardait fixement la gouvernante, les yeux rivés sur ses lèvres comme un sourd.

— Mélanie souffrait d'épilepsie, une forme d'épilepsie propre à l'enfance et qui se traduit par de brèves suspensions de la conscience qu'on nomme des *absences*. Ce type d'épilepsie est appelé le *petit mal* alors que l'épilepsie qui cause des crises sévères marquées par des convulsions et de l'écume aux commissures des lèvres est appelée le *grand mal*. Si Mélanie était confrontée à une *absence* dans la maison, milieu favorable, il n'y avait pas grand danger. Si le même malaise se produisait à l'extérieur, en milieu hostile, soit en haut d'une échelle ou au beau milieu d'une rue, la situation pouvait s'avérer critique, même fatale.

« Pour contrer les effets du *petit mal*, Mélanie devait prendre chaque jour deux pilules d'acide valproïque au moment du dîner. Ces pilules étaient d'une couleur orange unie. De plus, la petite, pour plus de précaution, était constamment gardée en milieu favorable. Le seul passe-droit qu'on lui permettait était la marche avec ses chiens en forêt où elle en profitait quelquefois pour courir sur les roches jonchant le ruisseau à l'extrémité du domaine. Mais l'acide valproïque contrôlait bien le petit mal à la condition de ne pas oublier la prise du médicament, surtout pas deux jours de suite. En respectant ce scénario, il n'était pas censé survenir de problème.

« La semaine de l'accident à Mélanie, je passais mes journées entières à m'occuper de son père qui était en phase terminale. J'avais chargé spécifiquement la personne qui s'occupait d'elle en mon absence de voir à ce que Mélanie prenne son médicament tel que prescrit. Après l'accident, j'ai vérifié machinalement auprès de la gardienne pour savoir si la petite avait bien pris ses cachets durant les deux journées où je n'avais pu être auprès d'elle comme à l'habitude. Il me fut répondu par l'affirmative, ce qui ne me surprit pas puisque cette personne avait toute ma confiance. Je n'aurais laissé Mélanie sous la garde de personne d'autre.

« Quand le caporal Blanchet vint m'interroger sur la mort de Mélanie quelques jours plus tard, soit après qu'on eut procédé à la lecture du testament de monsieur Shaink, il me demanda avec insistance si je n'avais pas remarqué quelque chose d'inhabituel dans l'entourage de l'enfant au cours des jours ayant précédé son décès. À l'époque, j'avais répondu non, ce qui était la vérité. Cependant, cette question s'installa insidieusement dans mon subconscient et me hanta.

« Au hasard d'une rencontre, je me décidai à passer outre la gêne que suscitait chez moi une situation toute nouvelle pour m'enquérir à nouveau – d'une façon très malhabile, j'en conviens aujourd'hui – au sujet de l'administration du médicament à la petite. Même si je risquais beaucoup en m'obstinant ainsi, il me fallait absolument savoir. Cette fois la réponse fut sèche et le ton, agressif : "Comptez-les si vous ne me croyez pas."

« Comme vous devez vous en douter, je ne pus résister à l'invitation et, dès mon retour au Manoir, je procédai à la vérification qu'on m'avait mise au défi de faire, malgré toute l'appréhension que m'occasionnait le risque de découvrir une vérité que j'anticipais terrible. Malheureusement pour moi, la réalité dépassa la fiction et je constatai avec horreur l'effroyable bêtise dont je m'étais rendue coupable des semaines auparavant et que mon esprit, sans doute par un réflexe d'autodéfense, avait complètement occultée.

« Je prenais à l'époque de la clonidine pour contrer les effets de la ménopause. Il s'agit d'une pilule jaune et noir, à prendre deux fois par jour. Une bonne fois, j'ai échappé et cassé la bouteille des clonidines, ce qui m'a obligé à mettre mes pilules dans un autre flacon, et j'ai pris le premier que j'avais sous la main, un contenant vide de valproïques. De sorte qu'à partir de ce moment, il y avait dans la pharmacie deux contenants pareillement identifiés dont l'un seulement renfermait les pilules de Mélanie. J'étais la seule à le savoir et j'avoue que, dans l'énervement provoqué par l'agonie de mon patron, j'ai complètement oublié d'aviser la gardienne du piège que recelaient les deux bouteilles. »

— C'est très grave ce que vous me dites, madame Bélair, ne put s'empêcher de commenter le professeur.

— Plus que vous pouvez le penser, monsieur le professeur, beaucoup plus. En effet, le décompte des pilules qui auraient dû être administrées à Mélanie révéla que la petite n'avait pas reçu son médicament pour les deux jours précédant l'accident. La réalité m'apparaissait autant incroyable qu'inimaginable. C'est alors que j'eus l'idée de compter les clonidines dans l'autre fiole : il en manquait quatre.

— Donc, s'empressa de conclure le professeur, à cause de votre insouciance qui vous a fait transférer d'un contenant à un autre des pilules différentes, associée à votre oubli impardonnable d'avertir la gardienne de ce fait, Mélanie a été privée de son médicament durant les deux jours ayant précédé son décès.

— Et ceci autorise le brillant détective que vous prétendez être à disculper la gardienne, je suppose.

— Effectivement, ma pauvre dame. Vous êtes ce qu'on appelle dans notre jargon la cause efficiente de la mort de l'enfant dont vous aviez la responsabilité. C'est triste, il s'agit à n'en pas douter d'une erreur tristement humaine, mais le geste de la gardienne résulte de votre unique faute et on ne peut lui en tenir rigueur.

— Mon pauvre professeur, vous êtes peut-être fort en matière de psychologie chez les criminels, mais pour ce qui est de la psychologie chez les enfants, je pense que je peux vous en remontrer. Mélanie, à dix-huit ans, n'était rien d'autre qu'une enfant, avec des caprices d'enfant. Je me demande si vous avez déjà vécu l'expérience d'obliger un enfant à prendre une pilule qu'il refuse d'avaler. C'est une guerre, professeur, ni plus ni moins qu'une bataille rangée. Habituellement, l'opération nécessite du sirop, du miel, du sucre, un art consommé de la conviction auquel il ne faut pas hésiter à joindre parfois une bonne dose de menace ou de chantage. Toutes les mères ont vécu cette expérience. Or,

Mélanie refusait systématiquement toute pilule, sauf celles de couleur orange unie. J'étais parvenue à la convaincre, à force de patience et avec l'aide de Ramy, son ami imaginaire avec qui elle s'entretenait à longueur de journée, de prendre cette pilule parce que cette pilule aidait à Ramy à l'empêcher de tomber et de se faire mal.

« Si la gardienne avait réellement tenté de faire avaler des pilules jaune et noir à Mélanie, l'enfant aurait refusé obstinément et réclamé ses pilules orange pour ne pas déplaire à Ramy. La gardienne aurait alors réalisé l'erreur et cherché le bon médicament. Cependant, si le plan de cette dernière était de priver Mélanie de son médicament à l'insu de tout le monde, il lui suffisait de prendre les pilules dans le contenant identifié acide valproïque et de jeter lesdites pilules dans la toilette pour faire croire que l'enfant avait eu sa dose alors que ce n'était pas le cas. Si les contenants avaient été correctement identifiés, la gardienne se serait débarrassée des bonnes pilules et il n'y aurait eu aucun moyen de s'apercevoir de sa supercherie. Mais, à cause de mon erreur, de ma faute comme vous dites, la gardienne a été abusée par les contenants et s'est débarrassée des clonidines.

— Quels étaient les effets que pouvait causer l'absence de médicaments pendant deux jours consécutifs? demanda le professeur très intéressé par le récit de la gouvernante.

— Deux jours consécutifs sans médicament rendaient Mélanie hautement propice à subir une *absence*. Et si l'on ajoutait à l'omission des médicaments un effort physique et une période de stress comme celle que lui occasionnait une marche dans le ruisseau avec ses chiens, alors les chances étaient pratiquement de cent pour cent contre la pauvre enfant. L'*absence* s'est sans doute produite alors qu'elle était dans le ruisseau, elle est tombée, s'est assommée et s'est noyée. C'est pour cette raison que je pense qu'on l'a tuée et qu'il s'agit d'un meurtre prémédité.

— Et pourquoi n'avez-vous pas raconté cette histoire à la police? Pourquoi vous êtes-vous imposé ce silence?

— C'est parce que la gardienne faisait déjà partie de la famille et que, quelque temps plus tard, elle devenait ma patronne.

— Florence?

— Oui, Florence.

— Avez-vous rediscuté avec elle de ces faits par la suite?

— Jamais.

— Avez-vous une idée pourquoi elle a fait ça?

— Aucune.

— Madame Bélair, vous m'avez parlé d'un deuxième secret?

— Oui. J'ai commencé à prendre soin de Mélanie lorsqu'elle avait onze ans et, déjà à l'époque, elle était une grande fille sur le plan sexuel. C'est donc moi qui, durant toutes ces années, me suis occupée d'approvisionner l'enfant en serviettes hygiéniques. Elle savait ce qu'il fallait faire, mais je veillais à ce qu'elle ne manque jamais de rien. Comme pour ses pilules, j'étais en charge de l'inventaire. Cependant, au cours des trois derniers mois avant sa mort, la petite n'avait plus utilisé de serviettes et j'avais pris la décision de la conduire chez le médecin aussitôt après la mort de son père.

— Il n'y a pas eu d'autopsie du corps de Mélanie, je présume.

— Non, tous ont conclu à une mort accidentelle, la police en tête, et il n'y a pas eu d'autopsie. Moi, je sais, pour l'avoir examinée, que son bassin avait déjà commencé à se transformer. Mélanie était enceinte.

— Je comprends, madame Bélair, que vous avez décidé alors de taire également cette situation malgré la gravité des conséquences que risquait d'occasionner votre silence. Mélanie aurait pu avoir été tuée par le père de l'enfant qu'elle portait. Réalisezvous aujourd'hui, alors que toute enquête est pratiquement impossible, l'irresponsabilité de votre décision?

— Je n'ai pas réellement décidé quoi que ce soit au moment des événements puisque j'ignorais qu'elle avait été tuée. Comme tout le monde, j'ai d'abord cru à l'accident.

— Évidemment. Et, selon vous, est-ce que quelqu'un d'autre connaissait l'état de la petite?

— Non, personne, même pas la petite.

— Mais ces deux secrets, madame Bélair, vous en avez parlé à quelqu'un, n'est-ce pas?

On venait d'atteindre la portion difficile de la confession, celle où il faut dire avec qui on l'a fait. Le professeur avait bien jugé cette femme de caractère, que les décès du curé Leblanc et de Mark Shaink avaient broyée. Délaissée depuis longtemps par

Marcotti, sans enfant et sans ami, elle ne demandait qu'à se décharger d'une croix qu'elle avait si longtemps portée.

— Oui. Un soir, Marcotti est venu ici, quelques mois après les enterrements. Nous avons bu et nous avons fait l'amour toute la nuit. Il est plus jeune que moi. Il me posait des questions et je répondais. L'alcool avait fait disparaître mes inhibitions et mes orgasmes à répétition avaient rendu mon être comme une plaie ouverte, je ne pouvais plus rien retenir. J'ai tout dit, le meurtre, la grossesse.

— Savez-vous ce que Marcotti a fait avec ces renseignements privilégiés?

— Je m'en suis toujours doutée; je ne suis pas stupide à plein temps, professeur. Ce que je peux dire, même si je suis demeurée sa maîtresse durant une bonne période après cette nuit mémorable, c'est que nous n'en avons jamais reparlé. À quelques reprises, Marcotti a voulu m'offrir des cadeaux dont je soupçonnais la provenance, et j'ai toujours refusé.

— Vous regrettez d'avoir parlé à Marcotti?

— Non. Je ne suis pas une sainte femme, professeur. Je me suis abandonnée dans les bras d'un homme un soir alors que j'en manquais désespérément et j'ai partagé avec cet homme, en plus de mon corps, deux secrets qui étaient trop lourds à porter pour moi toute seule. Si Marcotti est une méchante personne qui a utilisé à mauvais escient les renseignements que je lui avais fournis, je ne m'estime pas responsable du degré de probité de tous mes congénères. Dieu a son rôle à jouer, à ce que je sache.

— L'avez-vous dit à d'autres personnes?

— Oui, à une autre et celle-là pose problème. Avant le départ du vicaire Leblanc, je lui avais demandé de m'entendre en confession. Il a accepté et je lui ai confié mes deux secrets. Lorsque j'ai abordé le deuxième, en toute innocence, il s'est mis à pleurer, et la confession s'est terminée ainsi. Monsieur le vicaire sanglotait tellement fort qu'on l'entendait dans toute la sacristie et il ne pouvait plus parler. J'étais là, à genoux, et j'attendais. Soudain, il s'est levé et a quitté le confessionnal sans dire un mot.

— Je crois comprendre que vous vous êtes confessée au vicaire avant votre nuit avec Marcotti?

— Oui.

— Avez-vous raconté à Marcotti la réaction du prêtre quand vous avez abordé la grossesse de Mélanie?

— Oui. Ce soir-là, Marcotti a tout eu.

2

Le notaire Guertin ressemblait à un notaire, ce qui est quand même assez fréquent dans cette profession. Dans une assemblée de cinq cents personnes, il est souvent impossible de distinguer le plombier de l'ingénieur, même le professionnel du journalier, mais le notaire a habituellement tendance à faire notaire. Guertin exagérait plutôt dans l'expression de son état.

Dans la salle d'attente, le professeur avait fixé longuement la photographie du jeune diplômé qui trônait au-dessus de la tête de la jolie secrétaire. En fait, tout semblait avoir le même âge dans ce bureau. La secrétaire devait avoir vingt-cinq ans, les meubles et la photo également. Les cheveux roux bouclés, les joues pleines de rousseur, les yeux noirs et les lèvres peintes au lilas, cette employée constituait certainement l'élément d'actif le plus coloré de l'étude, et Faggione soupçonnait fort le bon notaire de ne pas avoir examiné uniquement le curriculum vitae lors de l'embauche.

— Prendrez-vous un café?

La voix nasillarde, un peu haut perchée, avait

un effet plutôt éteignoir sur l'aspect néon du faciès de la secrétaire.

— Non, merci.

— Tant mieux.

Décidément, mademoiselle représentait à coup sûr un cas de népotisme appliqué.

L'homme, devant le professeur, ressemblait tellement peu à la photo que ce dernier ne put réprimer un coup d'œil à titre de vérification qui ne put échapper au notaire.

— On change. Ça fait déjà vingt-cinq ans... Professeur Faggione, je présume.

Vingt-cinq ans. L'écart entre la photo et le spécimen vivant se rapprochait beaucoup plus du demi-siècle, songeait le professeur, déconcerté, et encore, il estimait son évaluation très respectueuse des normes de charité chrétienne en vigueur à Ham-Nord ou ailleurs. Examinant son hôte le plus discrètement possible, il pensait qu'il n'était pas pressé d'être vieux, et le notaire aurait pu être son fils. Petit, le crâne mal dégarni, le teint couleur de chaux à désinfecter les étables, les dents de la même teinte que sa cravate jaune, le notaire avait définitivement tout du tombeur. Enfin, le choix de la secrétaire s'expliquait.

Le bureau du notaire lui ressemblait. Personne d'autre que lui n'aurait pu harmoniser plus parfaitement cet ensemble qui lui servait de lieu de travail. L'osmose entre les meubles, la décoration et le notaire était parfaite, tellement qu'une fois dans son bureau, si on ne portait pas bien attention, on ne voyait plus le notaire. Pour compléter le tout, après avoir éternué à quelques reprises, le professeur se rendit compte que le concierge devait être en grève depuis au moins six mois, et que l'époussetage n'entrait pas dans la description de tâche de la rousse aux lèvres lilas.

— Est-ce que je peux faire quelque chose pour vous, professeur? Je présume que vous n'êtes pas ici pour un contrat.

Le notaire présumait beaucoup. C'était chez lui une seconde nature. Comme tous ces gens qui manquent de courage pour oser explorer par eux-mêmes le monde qui les entoure, quitte à se faire mal quelquefois, il préférait présumer. Moins exaltant peut-être, mais plus sécurisant, et surtout moins fatigant.

— Non, ce n'est pas pour un contrat, confirma le professeur, encore ahuri de se retrouver dans cette espèce d'aquarium complètement isolé du monde extérieur. Pire, il avait l'impression d'être dans une machine à voyager dans le temps qui aurait manqué d'essence. Ce bureau se situait hors du temps.

— Je m'en doutais, fit le notaire, sa voix et son regard trahissant un vif sentiment d'inquiétude.

— Vous êtes au courant de la mort du curé, naturellement?

— Oui, c'est terrible.

— Je mène une petite enquête dans votre village, depuis quelques jours déjà, avec mon associé.

— Une enquête sur la mort de monsieur le curé?

— Non. Nous enquêtons sur la mort de Mélanie Shaink.

— Mélanie Shaink? Elle est morte depuis plus de vingt ans.

— C'est exact, et c'est ce qui rend notre enquête difficile.

— Vous venez me voir en relation avec la mort de Mélanie Shaink? Je ne comprends pas.

— Notaire, nous posons des questions à tous ceux qui ont connu la jeune fille ou ses proches. Vous étiez le notaire de la famille Shaink à l'époque, c'est pourquoi j'aimerais vous poser quelques questions.

— Allez-y.

— C'est vous qui aviez préparé le testament de Francine Shaink, et, plus tard, celui de Gérard Shaink, son époux?

— Oui, c'est bien moi.

— À votre avis, notaire, est-il possible que quelqu'un puisse avoir eu connaissance du testament de monsieur Shaink avant le décès de ce dernier?

— Est-ce que vous mettriez mon intégrité professionnelle en doute, professeur Faggione?

Le notaire ne simulait pas, l'allusion du professeur l'avait réellement blessé.

— La question n'est pas là, reprit le professeur qui n'avait pas le temps de s'excuser pour le quiproquo et pas plus le goût de câliner le notaire pour lui remonter le moral. Je pensais plus à une indiscrétion involontaire qu'à une faute professionnelle.

— Vous apprendrez, monsieur, que pour moi c'est la même chose.

Grimpé sur ses ergots, le notaire ne faisait pas

beaucoup plus grand debout qu'assis. C'était sans doute ses jambes qui étaient trop courtes.

— Notaire, je ne suis pas venu ici pour vous insulter ni mettre en doute votre honnêteté. Regardons la situation calmement. Supposons qu'aujourd'hui, là, maintenant, je vous dicte mes dernières volontés et vous demande de préparer mon testament, comment les choses vont-elles se passer?

Cette hypothèse, pas du tout agressive, et le ton utilisé par le professeur calmèrent le notaire.

— Eh bien! voici : je vais prendre en notes vos volontés en vous donnant, au besoin, les conseils légaux d'usage. Quand vous allez quitter, je vais dicter un projet que ma secrétaire va dactylographier en y ajoutant les diverses clauses standard que l'on retrouve dans tous les testaments; nous avons un programme pour ça. Ensuite, lorsque j'aurai le projet définitif en mains, je vous ferai revenir et nous le regarderons ensemble, en y apportant certaines corrections, si nécessaire.

— Si je comprends bien, votre secrétaire sera au courant de mon testament?

— Comme n'importe quelle secrétaire dans tous les bureaux de notaires. Cependant, ma secrétaire est liée par mon secret professionnel et chaque notaire prend beaucoup de soin pour le choix de son personnel.

— Oui, j'ai vu. Mais, dites-moi, notaire, quand monsieur Shaink a fait son testament chez vous il y a plus de vingt ans, ce n'était pas cette sémillante jeune fille qui travaillait ici, en tenant pour acquis que vous occupez toujours le même bureau.

— Oui, c'est le même bureau, mais pas la même secrétaire.

— C'est bien ce que je pensais. Pouvez-vous me dire qui était votre secrétaire à l'époque du testament de madame Shaink?

— Non, pas comme ça, à brûle-pourpoint, mais si c'est important, je pourrais vous retrouver son nom assez facilement.

— Je vais vous faire gagner du temps, je vais vous le dire de qui il s'agit.

Le notaire était interdit.

— Je vous montre une lettre, notaire, qui curieusement n'est pas datée, et je vous demande si vous reconnaissez ce document.

Le notaire prit le temps d'examiner le document et admit sans réserve et sans enthousiasme qu'il s'agissait bien d'une lettre émanant de son bureau.

— Le contenu parle par lui-même, mais j'ignore toutefois pourquoi elle n'est pas datée. Sans doute une erreur de ma secrétaire.

— C'est souvent ce qui arrive avec les jeunes et jolies secrétaires. Néamoins, est-ce que ledit document vous aide à vous rappeler le nom de cette secrétaire, notaire Guertin? On retrouve au bas de la lettre les initiales « mp », je suppose que vous l'avez remarqué.

Le notaire feignait de réfléchir ou de défaillir, la différence était difficile à faire. Le professeur estima en toute humanité qu'il n'y avait pas lieu de prolonger la torture.

JACQUES GUERTIN
NOTAIRE

Ham-Nord, ce

Monsieur Gérard Shaink
RÉSIDENCE LE MANOIR
Rang des Chutes
Ham-Nord (Québec)
G0P 1A0

Objet: Votre testament
           N/dossier: 2003

Cher Monsieur,

       Je vous transmets sous pli un projet de testament préparé selon les instructions que vous m'avez transmises lors de notre dernière rencontre.

       Auriez-vous l'obligeance d'y apporter votre attention et de me transmettre vos commentaires à votre plus proche convenance.

       Veuillez agréer, cher M. Shaink, mes salutations distinguées.

MP/jg

Jacques Guertin, notaire

p.j.   (1)

— Le « p » peut être mis pour Pellerin, Picard ou Poirier, cependant les Paquet sont très nombreux à Ham-Nord. À tout hasard, j'ai recherché et trouvé un extrait de naissance de Florence Paquet, dont j'ai apporté une copie avec moi, pour votre information, si nécessaire.

Le notaire accepta le document que lui tendait le professeur, machinalement, et il se contenta d'y jeter un coup d'œil furtif, mais combien triste. Aucun mot ne sortit de sa bouche. Aucune protestation, ni justification. Non plus de questions. Son regard demeurait vague, perdu, et ses épaules déjà voûtées, ployaient encore plus.

— Notaire, votre secrétaire était Marguerite Paquet, maintenant Florence Shaink, n'est-ce pas?

— J'ai connu Florence alors qu'elle était toute jeune. Nous l'appelions alors Marguerite. Elle n'a jamais aimé ce prénom et quand elle est entrée dans la famille Shaink, elle a décidé d'utiliser son deuxième prénom, Florence. Elle trouvait que cela faisait plus aristocratique. Nous en avons discuté ensemble une fois quand elle m'a demandé de cesser de l'appeler Marguerite. Elle était sur le point de se marier. Aujourd'hui, à part quelques vieux dans le village, plus personne ne l'appelle Marguerite.

— Il s'agit même pour vous d'une idylle de jeunesse si l'on en croit la rumeur?

— Il ne faut pas croire tout ce que l'on colporte, professeur, un homme de votre expérience devrait savoir ça.

— À l'époque où vous étiez jeune notaire, et Florence Paquet encore étudiante, je comprends que

CANADA
PROVINCE DE QUÉBEC
DISTRICT DE SAINT-FRANÇOIS

PAROISSE DE SAINTS-ANGES
510, rue Principale, Case Postale, 157
Ham-Nord, (Saint-François), Québec
G0P 1A0

EXTRAIT DU REGISTRE DES
NAISSANCES, BAPTÊMES, MARIAGES, SÉPULTURES

B-176   Pour l'année mil neuf cent cinquante-quatre

PAQUET   Le douze juillet mil neuf cent cinquante-quatre, nous, prêtre
Marie   soussigné, avons baptisé,Marie-Florence-Marguerite, née ce jour, fille
Florence   légitime de Armand Paquet et de Yvonne Lehoullier, de cette paroisse.
Marguerite   Parrain, Louis-Didace Plante, oncle de l'enfant; marraine: Angélina
             Lehoullier, son épouse, lesquels ainsi que le père ont signé avec nous.
             Lecture faite.= = = = = = = = =
             (signé)   Louis Didace Plante
                          Angélina Lehoullier
                          Armand Paquet
                          Joseph Boucher, prêtre

Annotations marginales: Confirmée en la paroisse des Saints-Anges de Ham-Nord
le 13 juin 1963.

        Lequel extrait, nous, prêtre soussigné, déclarons être conforme à l'original
conservé dans les Archives de notre paroisse.

        Donné ce ___dix-septième___ jour de juin
mil neuf cent _____quatre-vingt-quatre_____

                                _____ prêtre
                                     Greffier de l'état civil

                           dépositaire des registres d'état civil et religieux
                           (art. 44 du Code civil - Can. 1813 & 1. 4e du C.I.C.)

        497, rue Principale, C.P. 98, Ham-Nord, Qc G0P 1A0
        Tél.: (819) 344-0442 - Téléc.: (819) 344-4550

vous reteniez les services de cette dernière à l'occasion, quand votre secrétaire régulière était malade ou en vacances?

Le notaire Guertin venait de comprendre et, à moins d'être le prochain candidat à un oscar, il ne pouvait jouer aussi parfaitement la stupeur, voire l'épouvante. Il trouva à peine la force de balbutier, le menton tremblant et l'œil hagard :

— Et vous pensez que Florence m'a trahi, professeur Faggione?

— Je ne pense pas, j'en suis sûr.

— Je n'avais jamais fait le lien, je vous le jure, professeur. Vous avez raison pour l'idylle. Je donnais du travail à Florence, l'été surtout, mais c'était un prétexte pour... enfin, vous comprenez. C'est exceptionnellement qu'elle a rédigé quelques contrats simples et il n'y a guère d'actes moins compliqués qu'un testament. Je lui ai laissé faire celui de monsieur Shaink, je m'en souviens maintenant, mais c'était avant que ce soit sérieux entre elle et Mark, et puis après, j'ai complètement oublié ce détail, j'étais beaucoup plus préoccupé par le fait que Mark Shaink avait eu le meilleur sur moi dans ce duel pour Florence. Mais, professeur, continua le pauvre notaire en reprenant son souffle, quelle est la relation entre mon idylle avec Florence et la mort de la pauvre Mélanie?

— Je ne peux pas vous en dire plus, notaire, et je vous demanderais de traiter notre entretien comme étant placé sous le sceau de la confidence professionnelle. Cette idylle a déjà eu des effets tellement dévastateurs qu'il vaut mieux n'en faire plus jamais mention.

— Quoi? Notre idylle à moi et Florence? Vous vous moquez de moi, professeur!

— Est-ce que j'en ai l'air? Vous aviez invité Florence à travailler dans votre bureau parce qu'elle était jolie et que vous étiez jeune; c'est la nature, personne ne peut vous le reprocher. Durant une de ces visites, parce qu'il y en a eu plus qu'une, elle était très jolie et vous étiez très jeune, Florence Paquet est entrée en contact avec le testament de Gérard Shaink, le plus fortuitement du monde, sans qu'il y ait eu de sa part l'ombre d'une préméditation malveillante, ni, de votre part, une négligence professionnelle. Ce contact fut purement accidentel, mais à partir de ce moment, la vie de Florence a basculé et celle de plusieurs êtres, certains innocents, d'autres moins.

— Vous êtes sûr qu'on parle de la même Florence, professeur?

— Oui, notaire, c'est la même Marguerite, la même Florence.

Le professeur, tout en continuant sa réflexion qui lui donnait un air éthéré, s'était levé et avait fait quelques pas vers la porte sans se soucier de son hôte. Puis, il s'arrêta et fixa le notaire intensément.

— Après tout, peut-être que ce n'est pas la même. Et il quitta sans saluer.

3

Même si l'après-midi n'était guère avancé, le bar de l'Hôtel des Cantons était déjà presque rempli. Le professeur reconnut quelques figures qu'il avait rencontrées lors de son premier séjour, surtout celle de son bon ami Lambert qui trônait au milieu d'un cercle d'admirateurs, dissertant sur les problèmes les plus criants dans le monde, en particulier des mœurs sexuelles de la tarentule en milieu tropical.

Lambert ne lui sembla pas plus surpris de le voir qu'en d'autres circonstances. D'autant que le siège de la surprise chez son ami devait fatalement se retrouver à un endroit assez inondé, et le commutateur, particulièrement imbibé.

— Mon cher professeur, que nous vaut l'honneur? Les amis, mes amis, je vous présente le professeur François, pas François, Francesco Faggione. C'est mon ami, c'est un génie.

Le professeur s'en serait voulu de couper court aux élans de Lambert qui manifestait, malgré les vapeurs, encore un bon jugement. Il s'excusa et donna rendez-vous à son ami à la maison pour le lendemain soir. Lambert acquiesça.

— Professeur, mon enquête marche, ce n'est pas

possible. Je travaille à plein temps sur l'arbre du curé, je suis tout en train de l'éplucher, son arbre gé-né-a-lo-gi-que. Vous allez être surpris de mes trouvailles. Qu'est-ce que vous feriez si je n'étais pas là, je me le demande.

Mais Lambert ne se le demanda pas longtemps. Sa phrase était à peine complétée qu'il avait déjà tourné le dos « aux professeurs » et repris ses libations avec sa cour.

Chapitre 14

L'AFFRONTEMENT

Florence portait une robe noire, longue, qui lui conférait une allure digne et austère. Ses yeux, légèrement enflés, contrefaisaient son visage, sans la rendre méconnaissable. Elle était abattue, mais conservait dans l'adversité un port de tête fier. Dès leur première rencontre, cette femme avait eu un ascendant sur le professeur, fait très rare pour qui que ce soit, rarissime pour une représentante de son sexe. Cet état de fait n'était pas sans aggraver la misogynie déjà aiguë du professeur et le confinait à une défensive qui érodait ses moyens.

Cette situation, également ressentie par Florence, avait chez elle l'effet contraire, la confortait dans ses positions et décuplait ses aptitudes.

Tout compte fait, les deux parties se retrouvaient à peu près à égalité.

— Je ne vous ai pas revue ni reparlé depuis cette terrible nouvelle et je vous offre mes sympathies, madame Shaink. J'aurais aimé pouvoir faire plus.

— Vous n'avez rien à vous reprocher, professeur. Je suis convaincue que vous avez fait tout ce qui était humainement possible dans les circonstances. Je comprends qu'il est difficile de protéger quelqu'un contre lui-même.

— Oui.

— Vous m'aviez annoncé votre visite pour ce matin, je suppose que vous souhaitez que nous réglions nos comptes?

— Effectivement, madame Shaink, c'est exactement ce que je souhaite, vous lisez dans mes pensées.

— Bon, je suis d'accord; avez-vous avec vous le relevé de vos honoraires?

— Non. Quand je parlais de régler nos comptes, madame Shaink, je ne pensais pas à l'argent.

— Ah! et à quoi pensiez-vous donc, professeur?

— Je pensais à vous, madame, au mandat que vous m'aviez confié, à votre rôle dans cette histoire, à la vérité, oui, je pensais surtout à la vérité. Mais peut-être qu'elle ne vous intéresse pas autant que moi, la vérité.

— Et pourquoi la vérité ne m'intéresserait-elle pas, professeur? J'ai retenu vos services spécifiquement aux fins de la connaître, cette vérité. Et pourquoi ce ton agressif?

— Je ne suis pas particulièrement agressif, madame Shaink, c'est ma façon de m'exprimer quand une chose me tient à cœur.

— Tout le monde a la vérité à cœur, professeur, vous n'avez pas le monopole de sa recherche.

— Je sais. Je sais aussi qu'il n'y a qu'une vérité et qu'une chose ne peut pas être presque vraie. Elle est vraie ou elle est fausse. Les demi-vérités sont les conséquences d'une morale lâche et permissive, très à la mode de nos jours.

— Je ne suis partisane d'aucune forme d'absolutisme ou d'intégrisme, professeur. La vérité est un concept moral qui évolue dans le temps et dans l'espace. Si vous prétendez être l'unique détenteur de la vérité, vous faites montre, à mon avis, d'une témérité qui confine à une naïveté surprenante pour une personne de votre âge.

Le professeur, qui avait toujours apprécié les gens à la dialectique serrée, était servi à souhait. L'attitude de son interlocutrice avait sur lui un effet d'annulation irrésistible.

— J'ai enquêté à Ham-Nord au cours des derniers jours et...

— ... et moi je voudrais savoir pourquoi.

— J'ai toujours pensé que les problèmes de votre mari avaient leurs sources à Ham-Nord et qu'il me fallait découvrir ses problèmes passés pour comprendre ses problèmes présents.

— Vous avez enquêté sur la mort de Mélanie, professeur? Était-ce bien utile?

— Essentiel même.

— Moi, je crois que cette enquête a causé directement la mort de deux personnes, le curé Leblanc et mon mari. Vous n'aviez aucune raison de remuer ces souvenirs tragiques. C'était irresponsable de votre part d'agir ainsi, j'espère que vous en êtes conscient.

— Vous êtes injuste, madame, et vous le savez. Qu'une personne étrangère au drame puisse inférer des événements qui se sont déroulés les conclusions que vous en tirez, peut-être, mais certainement pas vous.

— Je sais que ces deux êtres étaient vivants quand vous êtes entré en scène et qu'ils sont morts maintenant. Et vous êtes le seul qui se soit intéressé à Ham-Nord dans cette affaire. Je vous signale, en passant, qu'on parlait au début d'une affaire de fraude impliquant des banquiers allemands résidant en Suisse et travaillant pour une banque du Luxembourg. Partir de là pour se retrouver à Ham-Nord, vous admettrez avec moi qu'il faut le faire.

— Je n'ai causé la mort de personne, madame Shaink. Le curé Leblanc a mis fin à ses jours parce qu'il ne pouvait plus accepter de vivre avec des gestes qu'il avait commis dans le passé et dont le souvenir ne cessait de le hanter.

— C'est quand même curieux que votre enquête sur la mort de Mélanie coïncide justement avec la mort de ce pauvre curé?

— Oui, c'est curieux, mais il y a plus curieux encore.

— Et c'est quoi?

— Votre rôle dans cette histoire.

— Quelle histoire? La fraude de la Banque Mont-Royal?

— Non, la mort de Mélanie.

— Professeur! Je me suis toujours laissé dire qu'on pouvait se fier à la parole d'un mourant parce qu'un homme, aussi mécréant fût-il, ne se risquera pas à mentir avant de faire le grand saut. Or, vous avez lu la lettre que mon mari a remise à maître Wood avant de mourir. Il me semble que ce document dispose de la question.

— Maître Wood vous a lu cette lettre?

— Il m'en a remis une copie.

— Charmante attention de sa part. Madame Shaink, je n'ai pas de théorie sur la faculté de mentir des mourants, je tiens cependant à préciser que, lorsque votre mari a dicté la lettre que maître Wood vous a remise, il n'était pas mourant. Bien plus, son idée, quant à un éventuel suicide, n'était même pas arrêtée.

— Vous remettez en cause les aveux de mon mari qui est décédé, professeur? Je suis estomaquée.

— Vous n'avez pas fini de l'être.

— C'est-à-dire?

— Madame Shaink, je sais que c'est vous qui avez tué Mélanie Shaink. Je sais comment et je sais pourquoi.

Ce fut d'abord un sentiment de surprise incrédule qui envahit Florence. C'était comme si on venait de lui annoncer qu'elle avait tué John Kennedy. Jamais, depuis la mort de Mélanie, depuis plus de vingt ans, quelqu'un n'avait laissé planer un soupçon de participation de sa part à cette tragédie. Aucune accusation formelle, aucune allusion, aucun sous-entendu, même la rumeur locale, pourtant plutôt vindicative à l'égard des Shaink, ne l'avait mise en cause. Elle venait de s'apercevoir, confrontée à cette affirmation, à cette accusation lancée par le professeur, qu'elle avait occulté tout un pan de sa vie à l'époque, sans s'en rendre compte. Absente de Ham-Nord depuis cet été meurtrier et respectant la volonté de son mari à l'effet qu'il ne devait plus jamais y avoir de discussion concernant sa sœur, Florence avait radié Mélanie de sa vie, une Mélanie qui refaisait surface au moment le plus inattendu et de la façon la plus inopinée. Le souffle se régularisa et les joues s'empourprèrent à nouveau. Le professeur, sous le joug de ses héros de romans policiers, ne pouvait qu'aller à la pêche.

— Vous délirez, monsieur. Réalisez-vous seulement ce que vous dites : vous m'accusez d'avoir tué ma belle-sœur alors que mon mari est encore sur les planches et qu'il s'est lui-même accusé de ce crime. Professeur, vous me décevez par l'emploi de vos techniques théâtrales, dépassées et inefficaces.

— J'aurais aimé mieux ne pas avoir à vous fournir des précisions, mais puisque vous insistez pour ressasser ces vieux souvenirs, je m'en voudrais de ne pas vous satisfaire.

« Vous avez tué Mélanie en la privant délibérément de ses médicaments contre l'épilepsie deux jours de suite, alors que l'enfant était sous votre responsabilité. Sans son médicament, l'enfant devenait très sujette à subir des *absences*, surtout lorsque s'ajoutait à la privation de ses cachets le stress causé par l'effort physique. Mélanie est allée au bois faire courir ses chiens, cette journée-là, elle s'est épuisée en marchant dans le ruisseau, et la maladie, avec votre aide, a fait le reste. »

— De plus en plus ridicule. Et pourquoi est-ce que j'aurais commis ce crime absolument gratuit?

— Parce que vous êtes une femme ambitieuse et pragmatique. Vous vouliez sortir de Ham-Nord et vous vouliez un homme riche. Vous saviez que le père de Mark avait déshérité ce dernier au profit de sa sœur. Il fallait donc que Mélanie meure avant son père pour que Mark hérite de la fortune familiale et vous vous en êtes occupée.

— Et comment est-ce que j'aurais su pour le testament de monsieur Shaink?

— Dans ce temps-là, madame Shaink, vous courtisiez deux jeunes hommes. Mark, qui semblait votre premier choix, mais qui étudiait à l'extérieur, et le notaire Guertin, qui remplissait les absences au mieux et même vous faisait travailler un peu à l'occasion. C'est vous qui avez tapé le testament de monsieur Shaink.

— Vous ne serez jamais capable de prouver ce que vous avancez, professeur, il n'y a aucun témoin, c'est dommage pour vous.

— Pour le subterfuge des pilules, la gouvernante a un très bon souvenir des événements et c'est une personne très crédible. Pour le testament, le notaire n'a pas eu d'autres choix que d'avouer.

— Maria ne témoignera jamais contre moi, professeur. C'est grâce à moi si elle est demeurée au Manoir durant toutes ces années, grassement payée en plus. Mark voulait se débarrasser de cette maison qui lui rappelait trop de mauvais souvenirs et je me suis toujours objectée. D'autant plus que, maintenant, je suis légataire universelle et c'est à moi de décider du sort du Manoir qui coûte une fortune à entretenir. Madame Bélair ne témoignera pas contre moi, professeur.

— Le témoignage du notaire suffira.

— Il n'y aura pas de témoignage du notaire. Nous entretenions tous deux une brûlante relation alors même qu'il fréquentait celle qui est son épouse aujourd'hui, et cette relation a continué après son mariage. De plus, je suis la cliente du notaire et je lui ai à quelques reprises prêté de l'argent, ce qui est formellement interdit par son ordre. J'ai son ménage et sa carrière dans ma main, le notaire ne témoignera pas contre moi.

Le professeur, quoique profondément dégoûté par l'absence totale de principes manifestée par sa cliente, ne pouvait s'empêcher d'admirer la terrible efficacité de la dialectique désincarnée de la machiavélique Florence. Depuis un instant, la conversation avait porté sur des êtres chers, handicapés, aimés, disparus, et pourtant le professeur avait la désagréable impression qu'il s'agissait de pions sur un échiquier. Pourtant fervent partisan de la rationalité appliquée, celle de Florence, complètement déshumanisée, le désarçonnait jusqu'à la nausée.

— Madame Shaink, si vous êtes si sûre que je ne puisse faire la preuve de ce que j'avance, vous ne devriez pas avoir d'objection à avouer?

— Avouer? Pourquoi, professeur, voulez-vous que j'avoue une chose dont vous êtes certain. Ne serait-ce pas faire offense à votre intelligence?

À l'évidence, c'était un jeu pour elle. Elle n'avouait pas, mais elle ne niait pas. Les bons joueurs aux échecs ne se rendent jamais à la fin de la partie. Elle se considérait bonne joueuse et elle respectait le professeur. Il n'était pas utile de féliciter l'autre pour sa victoire, les deux joueurs sachant fort bien à quoi s'en tenir.

— Et pour le deuxième meurtre, madame Shaink, contestez-vous encore mes conclusions?

— Professeur, si vous êtes en train de m'accuser d'un deuxième meurtre, moi je pense que vous abusez d'une faible femme.

— Restons sérieux, madame. En effet, je sais que vous avez tué Nil Couture, je sais pourquoi et comment.

— C'est fou ce que vous en savez des choses.

Cette seconde accusation n'avait absolument pas fait perdre contenance à Florence. Au contraire, cela semblait l'avoir ragaillardie.

— Pourquoi, professeur, tenez-vous tant à traiter mon mari comme un menteur? Vous n'avez donc aucun respect des morts. Mark a avoué par écrit le crime de Nil Couture, ça ne vous suffit pas?

— Mark Shaink n'a jamais tué personne de toute sa vie. Je le sais et vous le savez, madame. Le soir de la mort de Couture, il lui a offert des gardes du corps. On n'offre pas des gardes du corps fortement entraînés et armés à quelqu'un qu'on planifie d'aller tuer quelques heures plus tard, ceci n'a aucun sens.

— Oui, mais Couture a refusé les gardes du corps.

— Cela, votre mari ne pouvait le prévoir. C'est vous qui êtes allée reconduire Couture ce soir-là et vous avez utilisé le 4X4 plutôt que votre auto. Plus tard, en fin de journée, Mark a envoyé un courrier à son ami Couture. C'est vous qui avez dit au garde du corps d'utiliser le 4X4. Mark est sorti en soirée pour marcher au parc. Pour se rendre de la maison au parc, il a utilisé le 4X4. À son retour, il était toujours tenaillé par le stress d'une journée angoissante, vous lui avez donc administré un puissant somnifère et il s'est endormi.

« Durant la nuit, vous avez repris le 4X4 et êtes retournée chez Couture. Il y avait alors tellement de traces de 4X4 dans la cour qu'il était devenu impossible de déterminer si le véhicule s'était rendu deux, trois ou quatre fois à cet endroit. Couture vous connaissait, il vous a ouvert et vous l'avez tué. »

— Rien que ça? Comme si j'avais fait ça toute ma vie! Mais expliquez-moi donc un peu plus comment j'ai fait.

— Je pense que votre plan au départ n'était pas précis. Ç'aurait pu être un couteau ou le tisonnier du foyer, le *modus operandi* n'était pas arrêté. Vous avez commencé à parler avec Couture et lui avez fait reproche de ne pas avoir accepté les gardes du corps. Vous lui avez alors dit que vous étiez inquiète pour lui, comme Mark, et qu'il devait se montrer plus raisonnable.

« Et là, coup de chance, Couture a sorti un vieux revolver en affirmant qu'il était équipé pour se défendre. Vous lui avez emprunté l'arme pour l'examiner et vous l'avez tué à bout portant. Le crime était tellement bien fait que tout le monde a conclu à un suicide, sauf l'inspecteur Kinkead qui commençait à soupçonner votre mari.

— Ne m'en parlez pas, de celui-là, s'il est aussi intelligent qu'il le croit, pourquoi ne travaille-t-il pas ailleurs que dans la police? De toute manière, Kinkead se courait après la queue comme un chien fou, il n'aurait jamais rien découvert. Maintenant, professeur, je suppose que vous allez me dire pourquoi j'ai tué Nil Couture, c'est bien le moins.

— Pour la même raison que vous avez tué Mélanie : pour protéger Mark. Couture était le maillon faible dans la chaîne des événements de la fraude et, sans être particulièrement au courant des détails de cette fraude, d'instinct vous saviez que le contrôleur représentait une menace pour Mark et vous l'avez éliminé.

— Malheureusement, mon cher professeur, vous n'avez encore une fois aucune preuve de ce que vous avancez et il y a déjà une personne qui a avoué ce crime à la satisfaction de la police.

— Je ne travaille pas pour la police, madame Shaink. C'est important pour moi de trouver le coupable d'un meurtre, pas nécessairement pour le faire condamner par une cour de justice, si justice il y a.

— Et vous allez encore me demander d'avouer, je suppose, professeur.

— Pourquoi pas?

— Vous êtes impayable. Vous n'avez jamais vu Nil Couture de votre vie, vous ne le connaissez pas, pouvez-vous me dire pourquoi sa mort vous intéresse tant alors que vous ne savez rien de sa vie.

— Je sais que c'était un être humain, cela me suffit amplement.

— Non, vous ne le savez pas. Moi, je pourrais vous parler de Nil Couture jusqu'à demain. C'est Mark qui a fait de lui un homme riche et, s'il avait vécu, il aurait probablement conduit Mark à la prison. Couture était un être vicieux et dégénéré. Les seuls défauts que Mark avait, c'est de lui qu'il les avait hérités. Il avait servi loyalement Mark parce que c'était son intérêt, maintenant que ce ne l'était plus, il l'aurait laissé tomber sans hésiter. Mark ne voulait pas croire cela, mais moi, je savais. Nil Couture, c'était de la vermine et je ne vois pas ce qu'il y a de mal à se débarrasser de la vermine.

Les deux parties firent une pause. Le combat se déroulait sous forme de rondes successives avec des intervalles pour reprendre son souffle. Florence s'imaginait avoir le dessus mais demeurait méfiante. Elle redoutait la roublardise du professeur qui était bien capable de feindre une défaillance pour lancer une contre-attaque mortelle.

— Est-ce qu'il y a autre chose, professeur, un autre meurtre, une hécatombe peut-être, pourquoi pas? Avez-vous oublié le curé Leblanc ou peut-être pensez-vous que je ne suis pas capable de tuer un curé?

Florence pavoisait et le professeur trouvait que ni la situation ni le sujet ne prêtaient à rire. Sans viser à la béatification pour lui-même ni être porté plus que de raison sur les saintes espèces, il n'en était pas moins respectueux du sacré et de la religion comme un bon Italien.

— Je suis bien convaincu que vous pourriez tuer un prêtre, reprit le professeur impatienté, mais vous n'avez pas tué le curé Leblanc.

— C'est toujours ça de gagné, il ne reste donc que la fraude au menu. Comme vous êtes bien parti, je suppose que vous allez me tenir responsable de cela également?

— Pour la fraude, madame Shaink, j'avoue que je suis embêté.

— Ah bon! c'est vous qui avouez, vous avouez votre ignorance, vous, le professeur omniscient?

— Le crime de fraude a été clairement établi par la police spécialisée dans ce genre d'affaires et nous connaissons maintenant tous les tenants et les aboutissants de ce crime, au moins pour la partie qui s'est jouée en sol canadien. Pour moi qui agis en loup solitaire dans toute cette histoire, je me suis effectivement posé des questions sur votre rôle dans cette arnaque, même si cet aspect du dossier n'a pas semblé retenir l'attention de la police.

— Et quelles sont vos conclusions? C'est évidemment moi qui ai orchestré toute cette fraude, cela va sans dire?

— Non. Vous avez jusqu'à maintenant joué un rôle important dans la fraude, mais ce fut un rôle passif, involontaire et dont vous ne vous êtes sans doute jamais rendu compte. Je pense, en fait, qu'on peut dire que vous étiez ignorante de tout le processus, d'une ignorance probablement complaisante, mais tout de même réelle.

« Aujourd'hui, cependant, madame Shaink, nous avons atteint une nouvelle étape dans ce dossier, puisque vous êtes devenue, au fil des circonstances et des morts, la personne à qui le crime risque de profiter. Cette fraude, si bien imaginée et si bien exécutée, n'est en fait pas encore finalisée. Du point de vue de la Banque, le crime est consommé puisque l'argent a disparu. Du point de vue du fraudeur, la fraude sera consommée quand l'argent sera récupéré, procédure qui reste à compléter et qui peut ne jamais être complétée. Une chose est certaine néanmoins, cette fraude ne pourra pas être parachevée sans vous, madame Shaink, qui êtes la légataire universelle de Mark et son unique exécutrice testamentaire. »

— Et qu'est-ce que vous pensez que je vais faire, professeur?

— Je ne sais pas. J'hésite à vous imaginer jouant un rôle actif dans cette fraude. Ce n'est pas votre style, et, surtout, ce n'est pas dans vos cordes. Comprenez-moi bien, madame Shaink, je n'excuse aucun des gestes terribles que vous avez commis et que je réprouve avec la dernière des énergies. Cependant, chaque fois que votre main a frappé, vous étiez guidée par deux puissants éléments motivateurs : une ambition effrénée et l'obligation de protéger Mark.

« Votre ambition devrait maintenant être un peu assouvie. Vous ne vivrez jamais assez longtemps pour dépenser l'argent que vous avez et vous n'avez pas d'héritier direct. Quant à Mark, votre mission est terminée, vous n'avez plus à le protéger. C'est pourquoi je ne pense pas que vous allez vous impliquer activement dans la fraude, pas parce que le péché vous déplaît, mais parce que ça ne représente pas un défi pour vous. »

— Pauvre professeur, vous n'avez aucune difficulté à m'imaginer en meurtrière sanguinaire, mais vous refusez de me voir en fraudeuse, le crime du col blanc, le crime sur mesure pour les femmes. J'avoue que j'ai de la difficulté à vous suivre, professeur. Vous êtes un cas.

— L'important, c'est que moi je n'ai pas de difficulté à vous suivre, c'est vous, ma cliente.

— Vous qui êtes un expert, professeur, et qui êtes si critique à mon égard, pouvez-vous me dire où j'ai commis une erreur ?

— Oui, et c'est une erreur occasionnée par votre orgueil.

— Ne le dites pas, je le sais, c'est quand j'ai retenu vos services.

Chapitre 15

LE SEXE DE JUDAS

Depuis quelques jours, je passais mon temps à lire les journaux et tous les commentaires sur la fraude de la Banque Mont-Royal.

On parlait de la fraude la plus importante au pays, ajoutant qu'elle ne serait sans doute jamais éclaircie étant donné la mort des deux principaux suspects.

Par contre, du côté des homicides, la situation était devenue claire avec le suicide de Mark Shaink et le document qu'il avait adressé à la police.

Toutes les enquêtes étaient maintenant complétées, et pour la première fois de ma vie, je devais me rendre à l'évidence et admettre que le rôle joué par le professeur dans cette histoire n'avait pas été significatif et n'avait contribué en rien à l'avancement d'aucune des enquêtes. C'était un échec total, le premier à son tableau de chasse. Habituellement, après une enquête, nous faisions un *post mortem*, le professeur et moi, pour fêter, discuter, nous rappeler les bons et les mauvais souvenirs d'un dossier. Cette fois encore, le professeur, sans doute pour respecter la tradition, m'avait invité à un *post mortem*. C'était ce soir chez lui. J'envisageais sérieusement de trouver un prétexte pour m'éviter cette corvée, car je considérais ce *post mortem* complètement inutile. Nous n'avions rien trouvé ou découvert par nous-mêmes et nous n'avions empêché la mort de personne. Je me demandais même si nous n'avions pas hâté la mort de certains. Nous n'avions pas été meilleurs que la police et nous n'avions aucun bon moment à nous rappeler, alors pourquoi un *post mortem*? La soirée s'annonçait triste à mourir. Je prévoyais boire un peu plus que d'habitude pour oublier, tout en sachant que demain mon pauvre corps ne serait même plus bon à faire s'exercer une jeune thanatologue.

Par contre, je n'avais jamais refusé une invitation du professeur et je ne me sentais pas le courage de briser la glace. J'essayais de me réconforter en pensant qu'à tout le moins le professeur m'expliquerait ce qui n'avait pas fonctionné, et, dans tous les cas, j'étais bien décidé à lui dire que l'on avait perdu trop de temps à Ham-Nord.

Dominico était en train de s'adonner au rituel de l'hospitalité faggionienne quand le professeur se mit en frais de me résumer sa dernière rencontre avec Florence Shaink. Le terme « résumé », pour le professeur, n'étant pas vide de sens, en quelques mots, j'étais au tapis, le souffle coupé, complètement abruti.

— Florence Shaink! Florence Shaink! Florence Shaink! Je répétais ce nom comme les vieux pick-up faisaient quand notre disque préféré était défraîchi. Si Dominico n'avait pas failli renverser mon verre sur moi alors qu'il exécutait une manœuvre délicate au cours du deuxième service, je serais probablement encore accroché.

— C'est moi qui suis porté sur le bégaiement, mon cher Lambert, vous n'avez pas envie de m'enlever l'exclusivité de l'un des attributs de mon charme personnel, j'espère.

— Non, non. Mais admettez avec moi, professeur, Florence Shaink! La dernière que j'aurais seulement envisagé de soupçonner. Florence Shaink! Et c'est elle en plus qui a choisi d'avoir recours à vos services, il faut tout de même être culottée.

— Ce n'est pas le culot qui manque à cette dame, Lambert, soyez-en certain.

— A-t-elle avoué?

— Elle n'a pas perdu de temps à nier. Rappelez-vous qu'aux échecs, les joueurs de haut niveau ne se rendent jamais à la position de mat. Je n'aime pas beaucoup dire ça d'une femme, Lambert, mais c'est une personne exceptionnelle.

— Avant que l'extase vous fasse renier votre misogynie congénitale, je voudrais vous souligner, professeur, que vous parlez d'une criminelle.

— Vous avez raison, Lambert. Malheureusement, ce n'est pas une partie d'échecs.

— Dire que je ne l'ai même pas soupçonnée.

— Vous n'êtes pas le seul, mon cher Lambert, cessez de vous lancer la pierre; Larose et Kinkead sont confortablement logés à la même enseigne que vous, surtout Kinkead, l'expert des crimes contre la personne.

— Qu'est-ce que vous allez faire avec madame Shaink, professeur?

— Ma cliente? Rien. Je ne vais rien faire.

— Vous voulez dire qu'elle a pratiquement avoué

avoir tué de sang-froid, même de façon préméditée, deux personnes, et que nous allons la laisser s'en tirer, comme les bons complices que nous sommes.

— Ce n'est pas nous qui la laissons s'en tirer, ce sont les autres intervenants aux dossiers. Pour le meurtre de Mélanie Shaink, la gouvernante Maria Bélair a gardé le silence durant plus de vingt ans. Les circonstances du crime reposent sur une méprise sur les contenants de pilules, dans « un décor de problèmes épileptiques vécus au milieu d'un ruisseau sur des roches glissantes », et pour arroser le tout, nous avons au dessert les aveux d'un mourant. Pouvez-vous me dire, mon cher Lambert, quelle est notre marge de manœuvre?

— Hum! évidemment, ce n'est pas tout à fait le flagrant délit, mais pour Couture?

— Florence s'est arrangée pour que le véhicule 4 X 4 utilisé par tout le personnel de sa maison fasse une série d'allers-retours chez Couture durant la journée de sa mort. Il n'y a plus aucune piste identifiable dans cette cour. Il n'y a aucun témoin, l'arme est dans les mains de Couture et porte seulement les empreintes de ce dernier. Les traces de poudres indiquent un coup tiré à bout portant et laissent à penser au suicide, thèse que vient entériner la situation désespérée dans laquelle Couture se trouvait. En fait, tout le monde a cru au suicide, sauf Kinkead, et je suis convaincu que cette proposition aurait prévalu, malgré l'acharnement de ce dernier, n'eussent été les aveux de Mark. Poursuivre la veuve de Shaink? Jamais un procureur n'acceptera seulement d'ouvrir le dossier et avec raison. Il aurait autant de chance d'obtenir une condamnation que vous en avez d'être nommé à la Cour suprême.

— Ce n'est pas beaucoup.

— Comme vous dites, mon cher ami, ce n'est pas beaucoup et cela explique pourquoi les dossiers de Mélanie Shaink et de Nil Couture sont fermés et que nous ne ferons strictement rien pour les ouvrir.

— Ce qui signifie donc que cette enquête a été un véritable fiasco, professeur, et le rôle que nous y avons malheureusement joué ne donnera pas beaucoup de lustre à notre curriculum vitae d'enquêteurs émérites.

— Je suis d'accord que cette enquête ne pourra servir à étoffer notre curriculum vitae, mais je m'inscris en faux quand vous utilisez le mot fiasco pour caractériser l'aventure somme toute intéressante que nous venons de vivre.

— Je n'ai pas voulu vous contrarier, professeur, mais on peut employer le mot désastre si ça vous fait plaisir. Je vous rappelle tout de même que c'est moi l'écrivain. J'avais utilisé « fiasco » parce que ça rime avec « macho », ce que nous sommes. D'ailleurs, si je raconte cette histoire un jour, j'ai déjà trouvé le titre : « Le fiasco des machos ». Ça devrait être un best-seller, l'encre n'aura pas le temps de sécher entre les réimpressions; vous allez devenir plus populaire qu'Hercule Poirot.

— Vous êtes déçu, mon ami, parce que vous avez oublié notre mission. Notre objectif à nous n'est pas de découvrir et d'arrêter des coupables, c'est le travail de gens comme Larose et Kinkead; ils sont compétents et reçoivent un salaire pour leur peine.

« Nous, nous sommes deux avocats à la retraite que le monde du crime passionne. Nos services sont retenus à la pige, quelquefois par la police, quelquefois par un justiciable, mais chaque fois nous recevons le même mandat et c'est d'ailleurs le seul mandat que nous acceptons : découvrir la vérité.

« S'il appert que notre découverte de la vérité permet l'arrestation d'un coupable, tant mieux, mais il peut arriver que nous découvrions la vérité sans que la police puisse en profiter. C'est chaque fois dommage, mais nous n'avons pas à nous culpabiliser devant une telle situation, et, surtout, nous ne devons jamais évaluer la réussite de notre enquête en fonction du nombre d'arrestations pratiquées. Ce n'est pas notre boulot. »

— Vous avez raison, professeur. J'avais oublié notre raison d'être dans une enquête et pourtant ce n'est pas faute de me l'avoir répétée. Mais, dans ce dossier, si je ne m'abuse, non seulement notre action n'a pas conduit à l'arrestation d'un seul coupable, elle ne nous a pas non plus fait avancer sur le chemin de la vérité. Il y a un seul chemin sur lequel on a avancé, c'est celui de Ham-Nord.

— Vous l'avez de travers dans la gorge, celui-là, Lambert.

— Je l'ai de travers et pas rien que dans la gorge.

— Je vais laisser Dominico vous servir un autre verre et je vais vous demander de vous installer confortablement. Pour une fois, je vais tenir compte de vos reproches et ne me contenterai pas de résumer. Je vais vous expliquer que, de notre point de vue, cette enquête est une réussite, parce que nous avons découvert la vérité, en grande partie grâce à vous d'ailleurs.

— Nous avons découvert la vérité grâce à moi? Vous m'en direz tant.

— Un peu de patience, Lambert, nous allons attendre que Dominico nous ait laissés.

Ce dernier ne se le fit pas dire deux fois. En trois enjambées, il était sorti sans se retourner. Je remarquai que mon verre ne contenait pas la dose habituelle, dose thérapeutique que Dominico respectait religieusement d'habitude. Mon verre était plein à ras bord et j'en conclus que le fidèle valet avait déduit de l'entrée en matière du professeur que l'homélie risquait de durer. Il avait donc pris sur lui de doubler la posologie. Étant donné les circonstances, il aurait été mal venu de ma part de me plaindre de cet excès d'hospitalité, ce que je m'abstins de faire sans peine.

Le professeur, qui parle toujours de son fauteuil, fauteuil dont il a d'ailleurs le monopole absolu, s'était levé cette fois et marchait de long en large dans la pièce. Je pressentais que j'allais vivre un grand moment. Je pris une grande gorgée.

— Dans toute affaire, Lambert, avant de courir après le coupable, il faut bien identifier le crime. Dans le cas qui nous occupe, nous avons d'abord parlé de fraude, puis un peu plus tard de meurtres. Analysons le crime de fraude. J'ai longuement lu les notes des interrogatoires du vérificateur et du banquier Samuel Roy, j'ai disséqué les rapports préparés par les consultants retenus par la Banque, j'ai parlé plusieurs fois avec Larose et certains de ses adjoints les plus spécialisés en matière de fraudes économiques et je vous résume, Lambert, leur consensus.

— C'est plus fort que vous, hein! professeur, ça prend un petit résumé.

— Tous sont d'accord pour dire qu'ils ne saisissent pas l'essence de la fraude. K-TRO était une compagnie profitable puisque ses opérations généraient des surplus. Or, ses dirigeants, contrairement au schéma de la fraude traditionnelle, au lieu de faussement améliorer leurs chiffres pour convaincre la Banque de leur prêter, grossissaient artificiellement leurs besoins afin de pouvoir disposer de fonds qui n'étaient pas nécessaires à leurs opérations, fonds qui naturellement ont disparu sans laisser de traces.

« Les experts, surtout après la découverte de la filière suisse, ont rapidement conclu à un délit des administrateurs opérant un détournement de fonds à leurs profits. Ce raisonnement aurait pu à la rigueur tenir la route à compter de l'entrée dans le décor de la Banque Mont-Royal, puisque c'est à la même époque que s'établissent les contacts avec les banquiers suisses.

« Cependant, l'enquête a révélé, surtout celle des consultants, que le *modus operandi* était en place avant même l'arrivée de la Banque Mont-Royal dans le dossier, et alors qu'il n'y avait pas de trace de filière suisse; ce qui n'empêchait pas les fonds de disparaître allègrement.

« Si je viens vous voir, mon cher Lambert, et que je vous demande une forte somme d'argent pour une raison que je ne peux vous dévoiler et que vous ne pouvez pas vous-même identifier, qu'allez-vous en conclure? »

— Que vous êtes victime de chantage?

— Et voilà, Lambert, vous êtes en train de prononcer le premier ce mot dans ce dossier. Il me semble à moi qu'il était évident que Mark Shaink était soumis à un chantage qui l'obligeait à sortir des fonds de sa compagnie qui, à son tour, en avait toujours plus besoin sans être capable de justifier pourquoi. Alors que tout le monde était parti à la chasse aux fraudeurs, le lieutenant Larose en tête, je me suis mis à la recherche d'un maître chanteur.

— D'où les pèlerinages à Ham-Nord?

— Eh oui! Lambert. Lorsque j'ai acquis la certitude que Mark était la victime d'un maître chanteur, je me suis rapidement renseigné sur lui, son milieu social, ses associés, ses relations et je n'ai rien trouvé. D'ailleurs la Banque Mont-Royal venait de lui consentir des prêts importants et on avait scruté à la loupe son dossier; il ne me servait à rien de refaire le travail.

« Donc, Marc Shaink ne semblait donner flanc à aucune tentative de chantage. Il fallait obligatoirement que la réponse se retrouve dans son passé et c'est là que nous avons pris le chemin de Ham-Nord. Ham-Nord me semblait la destination idéale, à la condition de rechercher un maître chanteur et non pas un fraudeur. À ce chapitre, Marcotti était seul dans la course. Restait à découvrir pourquoi il faisait chanter Mark Shaink.

« Ceci, je vous le concède, était un peu plus

compliqué et votre aide m'a été précieuse. D'abord il fallait revenir en arrière, il y a vingt ans, à la mort de la jeune Mélanie Shaink. Subitement, avec cette mort, les destins s'entrechoquèrent, se croisèrent ou se repoussèrent. Mark épousa Florence, abandonna ses études et quitta Ham-Nord à jamais. Le vicaire Leblanc, promis à un brillant avenir dans le clergé, aimé et respecté de tous ses paroissiens, démissionna et demanda un transfert qui brisa sa carrière. Marcotti, vivotant jusque-là au point de quêter l'aide financière et le pistonnage d'une gouvernante, se découvrit une vocation de millionnaire et se déguisa en châtelain avec l'aide du clergé qui lui céda pour une chanson un temple nouvellement désaffecté, avec plus de mille acres en prime.

« Ce rapprochement soudain d'un hérétique déclaré avec un clergé de campagne des plus frileux avait de quoi laisser perplexe. C'est donc de ce côté que j'ai regardé en premier. »

— C'était pour ça l'arbre généalogique du curé Leblanc?

— Oui.

— Je m'excuse, professeur, mon ami Labrecque m'avait trouvé tous les détails que je lui avais demandés, mais j'ai oublié l'enveloppe à Ham-Nord.

— Ne vous en faites pas, Lambert, Labrecque me l'avait remise quand je suis passé le saluer à l'hôtel. Ce fut une sage précaution à ce que je vois.

— Effectivement.

— J'avais acquis la certitude que Marcotti faisait chanter le clergé, et ce, depuis la mort de

Mélanie. Comme j'avais éliminé le vieux curé comme victime possible, il me restait le jeune vicaire Leblanc. Donc, Marcotti devait connaître quelque chose se rapportant à la fois à la mort de Mélanie et au vicaire Leblanc, quelque chose d'assez important pour que l'évêché accepte de se plier à un chantage et couvre son vicaire. Je tiens à préciser tout de suite que j'ai trouvé beaucoup plus tard quel était le terrible secret du vicaire Leblanc, mais, en fouillant son arbre généalogique, j'ai fait une découverte aussi importante que celle de saint Paul sur le chemin de Damas. Je savais que je venais de découvrir le fil d'Ariane qui allait me conduire hors du labyrinthe.

— D'habitude, vous êtes tellement court qu'il faut deviner, professeur, là, vous me faites languir.

— J'arrive, mon cher Lambert, la porte du tunnel va s'ouvrir et vous allez enfin voir la lumière.

— Ce n'est pas trop tôt.

— L'ancêtre du vicaire Albert Leblanc se nommait Achille et sa femme, Eugénie Gauthier. Le couple a eu trois enfants : Rose, Paul et Edmond. Edmond a épousé Alice Tanguay et le couple est demeuré sans progéniture. Paul a marié Jeanne Picard et le couple a eu deux fils : Léo et Albert. Léo a uni sa destinée à Georgette Latulippe et Albert, à l'Église. Rose a convolé avec Paul O'Bready et ils ont eu une fille, Lise, qui s'est à son tour mariée avec John Wood. Le couple a eu un fils, Jonathan.

Arbre généalogique
de la famille Leblanc[1]

		Achille Lablanc Eugénie Gauthier			
Rose Paul O'Bready		Paul Jeanne Picard			Edmond Alice Tanguay
Lise John Wood		Léo Georgette Latulippe		Albert	
Jonathan					

1. *publié avec la permission de la famille*

— Quoi!

Heureusement que mon verre était presque vide, sinon ma stupéfaction se serait doublée de regrets amers.

— Jonathan Wood et Albert Leblanc étaient cousins?

— Petits-cousins. Lise O'Bready, la mère de Jonathan, était la cousine de Léo Leblanc, le père du vicaire.

— Incroyable!

— Et le meilleur est à venir, Lambert. Lorsque le vicaire s'est vu confronter avec le chantage de

Marcotti, il a décidé de faire appel au seul avocat de la famille, son cousin Jonathan. Jonathan a rencontré le vicaire et l'a rassuré : il prenait l'affaire en mains. Wood s'est donc organisé pour croiser Marcotti d'une façon ou d'une autre et, une fois en sa présence, il s'est rendu rapidement compte qu'il avait affaire à une petite crapule sans envergure. Aussi, après lui avoir expliqué que tout démêlé criminel rendait sa position d'immigré précaire, il lui fit confesser ce qu'il savait être susceptible de nuire au vicaire.

« Marcotti, qui avait reniflé l'odeur vénale qu'exhalait Wood, ne se fit pas prier et déballa les deux secrets qu'il avait arrachés à la gouvernante à la force de son sexe par un soir inondé de toutes les sortes de liquides.

« Marcotti avait choisi de frapper sur le petit vicaire parce qu'il pensait que Mark Shaink, c'était trop gros pour lui. Ce n'était pas trop gros pour Johathan Wood. Et là, le pacte se conclut entre les deux âmes damnées : le larbin sans scrupule mais habile exécutant, et l'homme de loi respecté, corrompu jusqu'à la moelle mais organisateur de génie. Mark Shaink n'avait pas l'ombre d'une chance. »

— Et comment savez-vous tous ces détails, professeur?

— Ils s'infèrent des événements que nous connaissons avec certitude et l'enchaînement qui en résulte par la suite vient confirmer mes déductions. Lambert, fiez-vous à moi, c'est comme ça que cela s'est passé.

— Je vous écoute, professeur, et je bois vos paroles.

— Wood a d'abord organisé le chantage auprès de l'évêché en expliquant que l'on se trouvait en face d'un des rares cas où il valait mieux céder : Marcotti était prêt à tout. Le scandale qui risquait de rejaillir sur le clergé advenant un refus serait beaucoup plus dommageable que le fait de satisfaire aux demandes de Marcotti, demandes que maître Wood se faisait fort de négocier et de contenir à l'intérieur de paramètres raisonnables.

« Naturellement, personne ne songea que maître Wood prélevait sa cote sur la part de Marcotti, d'autant moins que l'évêché lui versait des honoraires généreux.

« C'est ainsi que Marcotti acquit l'église des Saints-Martyrs-Canadiens et les quelque mille acres alentour qui lui donnaient un accès au très beau lac Nicolet. La transaction fut préparée par maître Wood lui-même et effectuée pour bonnes et valables considérations, tel qu'il appert à l'acte reçu par le notaire Guertin.

« Une fois cette première étape franchie, Marcotti était en appétit et il avait besoin de revenus substantiels pour transformer son église en château et ses terres en jardins de Versailles. Wood se mit à l'action une fois encore et c'est lui qui eut la pénible tâche d'expliquer à son client – il était l'avocat de K-TRO, l'amitié viendrait plus tard – qu'un homme d'affaires aussi en vue que Mark Shaink se devait de protéger sa femme contre le chantage de Marcotti. De plus, si Marcotti mettait sa menace à exécution, Florence serait l'objet de poursuites criminelles avec toutes les conséquences découlant d'une telle situation, conséquences que même un acquittement ultérieur ne pourrait effacer. Et puis il y aurait eu le doute à perpétuité sur Mark à l'effet que sa femme avait agi pour lui et peut-être à cause de lui. Wood plaida bien. La situation se révélant sans issue, Mark accepta de payer, mais il ne voulait pas que sa femme fût au courant et il ne voulait pas rencontrer ce triste individu qui osait accuser Florence du meurtre le plus infamant. Heureusement, maître Wood se porta volontaire et tous les transferts d'argent aux différents comptes de Marcotti s'effectuèrent via le compte en fidéicommis de maître Wood, et ce, pour toutes les années à venir.

« Encore une fois, toute peine méritant salaire, Wood perçut sur les sommes remises à Marcotti sa cote, et K-TRO augmenta les honoraires versés à son avocat étant donné ses responsabilités accrues et le succès obtenu dans les négociations avec le maître chanteur.

« En chemin, ayant impressionné ses clients par son abnégation et son efficacité, Wood gagna l'amitié de Florence et Mark Shaink. Qui a dit que le crime ne paye pas? »

— Justement, professeur, c'était la question que j'allais vous poser.

— Nous en débattrons plus tard, le meilleur reste à venir.

— Encore?

— Oui. Ce processus fonctionna durant plusieurs années pour le plus grand bénéfice de Wood et Marcotti. Puis intervint au dossier un nouveau joueur, dont maître Wood était également l'avocat, la Banque Mont-Royal. C'est à ce moment que Wood décida de prendre en mains toutes les opérations. Non content d'être le chef d'orchestre, il voulait aussi jouer de tous les instruments. Dans un premier temps, il évinça Marcotti et entra en contact avec des banquiers suisses-allemands spécialistes dans le recyclage de fonds. Puis il annonça à Mark que Marcotti avait augmenté ses tarifs et qu'il fallait profiter de l'opération de refinancement en cours pour s'assurer de disposer des fonds nécessaires, satisfaire les nouvelles exigences de Marcotti et également pour constituer un fonds de réserve en cas de problème. Mark se laissa convaincre, et la Banque Mont-Royal fut mise sérieusement à contribution à son insu.

— Et c'est à partir de ce moment-là que les fonds ont commencé à transiter par le compte en fidéicommis de maître Wood en direction de l'Europe, je suppose.

— Non, Lambert. Les fonds ont toujours voyagé à partir du compte de Wood vers l'Europe. Pendant des années, il s'est contenté de se servir de comptes à numéros dans différentes banques suisses en effectuant régulièrement une prudente rotation. C'est à partir d'un de ses comptes que l'argent était viré dans un compte de Marcotti à la Caisse populaire de Ham-Nord, après déduction naturellement du pourcentage de maître Wood.

— Comment se fait-il que les consultants de la Banque n'aient pas retracé cet argent, professeur?

— Le secret des banques suisses est très difficile à percer, et Wood utilisait tellement de comptes qu'il est parvenu à brouiller les pistes assez bien.

— Et vous, comment avez-vous découvert le système?

— Ce n'est pas moi qui l'ai découvert, mais vous, Lambert.

— Moi?

— Oui. C'est vous qui m'avez fourni une boîte pleine de photocopies de documents que vous avait remise l'assistante du gérant de la Caisse à Ham-Nord. Cependant, vous ne vous êtes jamais donné la peine de les examiner et je me demande encore ce que vous avez bien pu faire à cette dame pour qu'elle se montre aussi collaboratrice.

— Il y a des sacrifices, professeur, qu'une mission impose, et elle détestait souverainement notre ami Marcotti.

— Comme c'est vous également qui m'avez fourni les renseignements qui m'ont permis de reconstituer l'arbre généalogique du curé Leblanc et de faire le lien entre lui et Wood. C'est aussi vous qui avez recueilli les différentes copies des actes de vente entre l'évêché et Marcotti, documents préparés par les bons soins de Wood. Vous avez découvert et rassemblé tous les éléments qui permettaient de comprendre le mécanisme de cette machination infernale, Lambert, et ce, pour une seule et unique raison.

— Parce que je suis allé à Ham-Nord?

— Oui. Et les experts de la Banque et ceux de la police n'ont rien trouvé ni rien compris parce qu'ils ne sont pas allés à Ham-Nord. Rappelez-vous, Lambert, depuis le début, il y avait un postulat qui revenait comme un leitmotiv et qui faisait l'unanimité :

les besoins de liquidité de la compagnie étaient couverts par ses revenus d'opération, et le train de vie de Mark, déjà riche avant de se lancer en affaires, n'expliquait pas l'utilisation de tant de liquidité. Questionné sur le sujet, Mark, sans jamais fournir de précisions vérifiables, tentait de justifier les sorties de fonds anonymes par la nécessité de distribuer des enveloppes pour l'obtention de divers contrats qui permettaient à la compagnie de résister à la compétition féroce.

— Et Marcotti, quand ses allocations à la discrétion cessèrent, il accepta sans rechigner?

— Il réchigna peut-être un peu pour la forme, mais il était déjà riche et l'argent qu'il avait, au fil des ans, placé en Europe lui procurait maintenant des entrées de fonds qui lui permettaient de jouer au châtelain.

— Ce qui fait que son explication quant à ses sources de revenus a fini paradoxalement par refléter la réalité.

— Exactement, Lambert. Maintenant, la version de Marcotti est vraie, il vit sur ses placements européens.

— Professeur, il y a deux choses que je ne comprends pas dans cet écheveau inextricable. La première, pourquoi Shaink fait-il cet aveu si compromettant à son banquier à Venise quand il lui dit que les chiffres fournis lors du processus de refinancement ont été arrangés pour refléter des besoins artificiels?

— Je me suis posé la même question et je ne ˈ ıx certifier détenir la vérité, mais je vous livre ma réflexion : Mark Shaink était un homme honnête. Il a triché une fois dans sa vie et c'était pour sauver sa femme, sur les conseils de son avocat en plus. Lorsque, toujours sous l'instigation de Wood, la ponction faite à l'endroit de la Banque sert à engranger des fonds, Shaink est mal à l'aise et cette situation lui pèse. Tellement, qu'un soir à Venise, il se confie à son banquier qui est aussi son ami. Malheureusement pour Mark, la réaction de Samuel Roy est catastrophique. Si Roy avait réagi correctement suite à cette révélation, il aurait sans doute sauvé la vie de Shaink et sa carrière. En se réfugiant dans le silence, il enclenchait un compte à rebours fatal.

— Le deuxième point qui m'agace est le fait que ce soit Wood lui-même qui a vendu K-TRO à la Banque. Pourquoi faire ça puisque c'était son idée et qu'il en profitait au premier chef?

— Parce que Wood est un personnage démoniaque, Lambert. Il est vrai que Wood profita de la fraude, mais tous les fonds accumulés en Europe et dans d'autres paradis fiscaux, ce sont Mark Shaink qui les contrôlait, lui ou ses héritiers légaux. Wood savait où était le coffre-fort, mais c'est Shaink qui avait la clé. Or Wood, après toutes ces années, ne voulait plus jouer les deuxièmes violons, même si dans l'ombre il était le maître d'œuvre, le chef d'orchestre. Il voulait être le parrain au grand jour, il voulait le fric de Shaink et de sa femme. Donc, il fallait que Shaink soit éliminé et c'est ce processus que Wood a mis en marche quand il a alerté la Banque, à mots couverts. Dans le même mouvement, il se couvrait au cas où quelque chose tournerait mal.

— Professeur, c'est plus tordu que le film le plus tarabiscoté que je n'ai jamais vu. Vous êtes sûr que tout ce que vous me racontez est arrivé?

— Malheureusement.

— C'est à faire dresser les cheveux sur la tête d'un chauve.

— Je ne suis pas le seul à avoir découvert la réalité. L'autre n'a pu résister et a préféré la mort à la vision apocalyptique des événements qui se déroulaient autour de lui.

— Vous parlez du curé Leblanc?

— Oui. Le curé Leblanc a commis une faute dans sa jeunesse pour laquelle il a payé toute sa vie. Mais cette faute, il l'a assumée et a accepté de vivre avec pendant vingt ans. Cependant, ce que le curé n'avait pas réalisé durant toutes ces années, c'est qu'en essayant de sortir du pétrin dans lequel l'avait plongé son erreur, il avait fait appel à Lucifer lui-même. Parce qu'il avait abusé d'une brebis, il avait demandé au loup de venir le chercher dans la bergerie. Quelle a été la dernière personne à qui a parlé le curé avant de commettre son geste?

— Marcotti.

— Marcotti. Et Marcotti ne venait pas lui parler d'une vieille histoire datant de vingt ans, il venait lui parler d'une réalité palpable et payante qu'il fallait à tout prix protéger, il venait lui expliquer comment son cousin avait exploité le secret qu'il lui avait confié en toute confiance il y a vingt ans, alors qu'il était seul dans sa détresse pour affronter son maître chanteur. Marcotti était revenu pour faire chanter le curé, pas à son bénéfice cette fois, mais au profit de son mentor qu'il fallait protéger. Le curé réalisa en un éclair d'effroi qu'il avait permis à Wood de détruire la vie d'innocentes personnes pour lui permettre de retrouver la paix et que cette tragédie se continuait en empirant, ses effets devenant chaque jour de plus en plus dévastateurs. Il avait pu vivre avec le souvenir de Mélanie, il ne pouvait pas vivre avec la présence malfaisante de Wood. Il décida de mettre fin à ses jours cette nuit-là, en nous pointant du doigt la source du mal.

— Si vous parlez de sa lettre, professeur, je ne trouve pas qu'il a pointé très fort.

— Il faut comprendre le curé Leblanc qui n'était rien de moins qu'un saint homme, vous l'aviez d'ailleurs rencontré, et qui ne voulait pas faire plus de mal en parlant qu'en se taisant. L'expérience de Wood lui avait servi de leçon. Donc, il essaya de nous avouer (sans que nous puissions faire le lien entre lui et Marcotti, ce qui nous aurait amenés à comprendre le chantage) la faute qu'il avait commise et le rôle peu reluisant du clergé dans son opération de couverture. C'est alors que lui vint en tête l'image de la quatrième station du chemin de croix qui collait à la personnalité de notre ami Wood comme la pelure d'une pomme.

« Naturellement, au début, nous n'avions pas le bon chemin de croix, donc pas la bonne station. Le curé faisait référence au chemin de croix selon saint Luc où à la quatrième station Judas vend le Christ. Ce que Judas fait alors est l'illustration sublime de la trahison qui s'effectue envers un proche, un ami, une personne qui n'a eu que des bontés pour le traître. Nous pouvons facilement comprendre pourquoi cette image s'est imposée au curé Leblanc quand il a voulu nous prévenir contre Wood, sans écrire son nom, pour ne pas compromettre une Église à laquelle il avait consacré sa vie.

« Wood, en vendant Leblanc à Marcotti, trahissait un ami, un membre de sa famille, quelqu'un qui lui avait demandé son aide en toute confiance. Lorsqu'il vendit Shaink à Marcotti, il trahissait son client et plus tard son ami. Wood était pour le curé Leblanc l'incarnation de Judas et je crois qu'il avait raison. »

— L'image du curé était peut-être claire pour vous, professeur, mais elle ne l'était pas pour moi.

— Quand j'ai compris que le curé faisait référence à Judas, j'ai pensé d'abord à Florence. On pouvait, en considérant ses faits et gestes d'un certain angle, conclure qu'elle avait trahi l'amitié et l'affection de Mélanie, comme celle de son mari. Malheureusement, elle n'avait pas le bon sexe et j'ai continué à chercher jusqu'à temps d'être convaincu que Jonathan Wood était l'homme de la quatrième station.

— Je comprends, professeur, que vous n'avez pas en haute estime monsieur Wood, mais on ne peut quand même pas l'accuser de tous les péchés de la terre. Ce n'est pas lui qui a tué Mark Shaink, vous en conviendrez.

— Non, je n'en conviens pas. C'est Jonathan Wood qui a tué Mark Shaink, et de la manière la plus insidieuse qui soit. Rappelez-vous la lettre de Mark, mon cher Lambert, et dites-moi ce qu'elle évoque pour vous.

— Il s'agit d'une lettre d'aveux que maître Wood a recueillie et qu'il nous a livrée personnellement comme il s'était engagé à le faire. À part d'être l'apogée d'un drame humain digne de Shakespeare, je n'ai rien vu de bien spécial à cette lettre.

— Sauf que c'est Wood qui l'a dictée. Relisez-la attentivement, Lambert, et vous allez y reconnaître une lettre d'avocat, adressée *à qui de droit* en plus. À ce stade-ci, Wood était parvenu à la quintessence de la manipulation d'un être humain par un autre, intelligent de surcroît. Wood avait déjà convaincu Mark de céder au chantage pour protéger sa femme, il allait maintenant le convaincre d'avouer deux meurtres dans le même dessein. Vous faisiez référence à Shakespeare il y a un instant, Lambert. Mark Shaink aimait autant sa Florence que Roméo aimait sa Juliette. C'était son talon d'Achille, et Wood l'avait découvert depuis longtemps, ce qui n'avait sûrement pas dû être difficile pour un être aussi corrompu que lui.

« Shaink savait que sa fraude était découverte. Il ignorait que c'était par la faute même de Wood, mais cela ne changeait en rien sa situation. Son avenir était irrémédiablement brisé et il s'en allait derrière les barreaux pour plusieurs années. Il avait expérimenté les cellules du poste de police à peine quelques jours et il s'était juré de ne jamais y retourner. Sa situation était déjà désespérée.

« Il était convaincu, suite au travail efficacement pernicieux de son avocat, que sa femme avait tué sa sœur. S'il avouait ce crime, il sauvait définitivement Florence et la protégeait contre toute tentative de chantage ultérieure.

« Quant au meurtre de Couture, il savait qu'il était le principal suspect, sinon le seul. Malheureusement, ce n'était pas lui. Si ce n'était pas un suicide, la personne qui avait tué Nil Couture l'avait probablement, sinon certainement, fait pour lui venir en aide. Or, la seule personne encore susceptible de l'aider, c'était sa femme. Il était donc juste de prendre ce deuxième meurtre à son compte.

« Et pendant que Mark Shaink, aux prises avec son désespoir, réfléchissait, Wood lui expliquait que cette lettre n'avait pas d'autre but que celui de mettre à l'abri définitivement Florence. Puis, servi par une dialectique implacable, il expliqua au pauvre Mark que la lettre n'était d'aucune utilité si un événement donné ne se produisait pas. Enfin, même si Mark en était déjà convaincu, il réfléchissait à voix haute devant son client et ami sur la perspective déchirante de vivre les vingt prochaines années en prison. Manœuvré par un expert de la trempe de Wood, Shaink n'avait aucune chance. Il signa le document que l'avocat avait préparé et sa décision était prise avant même de quitter le bureau. Wood l'avait exécuté. »

— Je ne comprends pas pourquoi, professeur, il était tellement nécessaire à Wood que Shaink meure. C'était vrai que Mark s'en allait tout droit en prison; il aurait eu alors le chemin libre pour contrôler ses affaires et même s'approprier sa femme, si on se fie à votre théorie.

— La prison n'était pas suffisante. Wood convoitait Florence, mais pas pour des raisons sentimentales; il est tout sauf un romantique. Tant que Mark était en vie, même en prison, Wood ne pouvait s'approprier le pactole mis à l'abri et géré par Hoffman et Ostermeyer, mais il pouvait le faire par l'entremise de la légataire universelle advenant son décès. En poussant Mark au suicide, il mettait Florence en position de récupérer la fortune si habilement dissimulée et se plaçait en première ligne pour poser sa candidature au poste de gigolo d'occasion.

— Votre plan est bien joli, professeur, mais il me semble qu'il nécessite la collaboration d'une tierce personne que je considère comme très intelligente et très déterminée. Je ne suis pas sûr que Florence va tomber dans les bras de Wood comme un fruit mûr.

— Il y a là une zone grise, autant pour Wood que pour nous. Cependant, en analysant le parcours de ce lascar, je serais surpris qu'il ne parvienne pas à ses fins. L'attaque a déjà commencé d'ailleurs, il lui a montré la lettre de Mark, ce qu'il n'était pas obligé de faire. Tantôt il va lui expliquer subtilement que c'est lui qui a convaincu Mark d'écrire cette lettre et qu'il n'a agi qu'en pensant à elle, en voulant la protéger.

— Vous êtes donc en train de me dire que, selon vous, Jonathan Wood va réussir, qu'il va mener à terme son plan, qu'il va avoir gain de cause sur toute la ligne. Si vous n'appelez pas cela un fiasco, professeur, qu'est-ce que ça vous prend? Je suis d'accord que nous ne sommes pas des officiers de police rémunérés pour arrêter des délinquants, que nous sommes surtout motivés par la recherche de la vérité, mais il me semble que notre quête de la vérité devient un exercice plutôt futile s'il ne sert en rien les fins de la justice.

— *Quid lege sine moribus*? Que vaut la loi, sans les mœurs? Lambert, je comprends votre sentiment de révolte devant le triomphe de la tricherie et de la trahison, mais nous avons tous deux passé l'âge de penser que nous avons le pouvoir de refaire le monde. Parce que le monde, Lambert, c'est le curé Leblanc, mais c'est aussi Jonathan Wood; et nous ne pouvons rien y changer.

— Moi, je ne suis pas prêt à démissionner aussi facilement. Il existe certainement un moyen de coincer ce salaud. Vous me décevez, professeur.

— Vous parlez de ce salaud de Wood, mais qu'est-ce que vous faites de Florence Shaink et de Pierre Marcotti?

— C'est vrai, j'étais en train de les oublier, ceux-là. Qu'est-ce qu'on fait avec eux?

— Rien.

— Pas trop fatigant.

— Dans le cas de Florence, les aveux de Mark court-circuitent toutes possibilités de procédures. Dans le cas de Marcotti, personne n'a jamais porté plainte contre lui pour chantage et personne ne le fera. Mark aurait pu régler ses comptes avec Marcotti dans sa lettre, mais il ne l'a évidemment pas fait sous les conseils de notre bon ami Wood. Florence n'est au courant de rien concernant le chantage, et son intérêt ne serait certainement pas de le faire connaître. Le curé Leblanc est mort et l'évêché n'a pas plus d'intérêt à agir que Florence.

— Et toutes ces sommes faramineuses qui lui

tombaient du ciel comme la manne dans le désert, Marcotti va les expliquer de quelle façon, vous pensez? Professeur, si on lui posait seulement la question?

— Il ne les expliquera pas parce que personne ne va lui poser de questions. Poursuivre Marcotti occasionnerait beaucoup plus de désagréments que d'autres choses, et les poursuites seraient toutes aléatoires, étant donné que ce dernier jouit de la protection d'un ange gardien très puissant.

— Maître Wood?

— Oui.

— Wood un ange? Vous y allez fort, professeur.

— Un ange, tout comme Lucifer. D'ailleurs, le même raisonnement s'applique aussi à Wood : on ne peut pas l'accuser de meurtre ni de fraude. De complicité, sans nul doute, mais comment en faire la preuve? Par Marcotti? Poser la question, c'est y répondre. Le crime le plus flagrant de Wood est une série de manquements à l'éthique professionnelle et ceci ne relève pas du code criminel.

— Eh bien! je viens de faire dans la même journée deux découvertes mémorables : le crime paie et le crime parfait existe.

— Le crime de Wood n'est pas parfait, Lambert, loin de là. Un enchevêtrement complexe de divers éléments agencés d'une certaine façon font que, pour une période donnée, il est à peu près impossible de le coincer. Mais ces éléments ne sont pas inertes, ils sont mobiles et leur agencement variera dans le temps. Il va se produire un jour un événement qui va ouvrir une brèche dans l'armure de

Wood, qui va dérégler le mécanisme sophistiqué de sa machination, et alors, il va tomber de lui-même. La perfection n'est pas de ce monde, Lambert, qu'il s'agisse du crime ou de tout autre discipline. La solution pour venir à bout de Wood, c'est la patience.

— Je pense qu'en faisant preuve de patience dans cette histoire, on donne la chance à Wood d'achever son plan et on devient ni plus ni moins complices de ses crimes.

— Wood est le plus fort, parce qu'il ne respecte rien ni personne. À ce jeu-là, Judas a eu le dessus sur le Christ en personne.

— Oui, mais Judas a rendu l'argent et s'est pendu.

— Ce qui ne risque pas d'arriver avec Wood. Mais ne désespérez pas, Lambert, l'usure du temps va finir par jouer contre lui. Ses forces vont devenir ses faiblesses et son parcours va contribuer à son isolement. De tous les crimes, celui qui laisse la marque la plus indélébile est la trahison, parce que c'est généralement le crime contre l'amitié et la confiance. Wood se retrouvera un jour sans allié, et, à ce moment-là, il commencera à devenir vulnérable.

— Ce ne sera pas demain la veille.

— Ce sera peut-être plus tôt que prévu, Lambert, beaucoup plus tôt.

— Comment pouvez-vous faire preuve d'un tel stoïcisme, professeur, devant l'arrogante impunité de Wood qui s'apprête à récolter les fruits de son inqualifiable perfidie?

— Quelquefois, j'ai l'impression, Lambert, que vous me représentez dans un rôle de justicier à qui la victoire ne peut échapper parce qu'il est du bon bord. C'est un fantasme dont vous allez devoir vous débarrasser, mon cher ami. Les happy end, c'est bon pour le cinéma américain. Dans la vie, il arrive que les méchants triomphent, même lorsqu'ils se frottent à François Faggione avec toutes les qualités dont vous avez l'habitude de généreusement m'affubler.

— Peut-être trop généreusement!

— Nous n'allons pas nous fâcher pour Wood, Lambert, il n'en vaut pas la peine.

— Vous avez raison, professeur.

— Vous êtes déçu, parce que vous refusez de faire confiance au temps. C'est votre impatience qui alimente votre dépit. Vous aimeriez que votre échéancier soit respecté, que Wood soit arrêté à l'heure que vous déciderez. Ne soyez pas inquiet, Lambert, le temps rattrapera notre ami Wood.

— Ah oui?

— Oui, le temps et sa propre turpitude.

Lorsque Dominico revint pour refaire un dernier plein, celui pour la route, je m'entendis prononcer des mots tellement incongrus que j'en restai moi-même surpris :

— Non, merci.

Épilogue

Six mois s'étaient écoulés depuis le mémorable *post mortem* chez le professeur. Malgré ce délai, je n'arrivais pas à chasser de mon esprit l'amertume que m'avait laissée en bouche la douloureuse affaire Shaink.

Je glanais les nouvelles en amateur, cultivant toujours le secret espoir d'apprendre une bonne journée que Wood venait de subir les foudres du destin, d'être frappé par une déconfiture financière ou, plus bêtement, un cancer généralisé. Mais l'homme se révélait être d'une complexion en téflon, rien ne l'atteignait alors qu'autour de lui les autres acteurs du drame passaient à la caisse.

Samuel Roy, l'infortuné banquier, victime d'un sentiment d'amitié irraisonnée et d'une erreur de jugement compréhensible mais inexcusable, écopa le premier. La Banque le limogea et sa femme divorça. Sa carrière était définitivement brisée et sa vie, compromise. Son crime : avoir mal géré une information cruciale fournie par un ami qui ne supportait pas de le trahir. Sammy avait oublié un instant qu'il appartenait à la Banque, corps et âme.

Antoine Savard, le vérificateur, fut radié par son ordre pour une période de deux ans, quoiqu'il fût généralement admis qu'il n'avait pas participé à la fraude. L'Ordre des comptables agréés retint contre lui son manque de sagacité dans le dossier. Pour s'être laissé abuser par des fraudeurs dont tous les intervenants reconnaissaient l'exceptionnelle dextérité, le vérificateur recevait un blâme sévère compromettant sérieusement sa carrière. Pour faire bonne mesure, la Banque l'assigna comme défendeur dans l'action qu'elle intenta contre la firme Price, McMaster, le bureau de Jonathan Wood.

Johathan Wood plaida coupable à la seule accusation de s'être placé en conflit d'intérêts dans différents dossiers et se vit radié du Barreau pour une période de cinq ans. Consécutivement, il démissionna de son bureau pour se consacrer pleinement à ses affaires.

Toutes ces nouvelles ne me réconciliaient guère avec les misères de la condition humaine, encore moins la dernière en titre que je dénichai par hasard dans un carnet mondain d'un quotidien de la métropole : Florence Paquet Shaink épousait monsieur Jonathan Wood.

J'avais délaissé un peu le professeur ces derniers temps, mais ce développement justifiait sans nul doute un rapprochement. À ma grande surprise, je lui apprenais la nouvelle.

Le professeur me regarda longuement, déconcerté, et me gratifia d'un large sourire.

— Lambert, prenez de quoi écrire, j'ai une lettre à vous dicter.

— Comme ça, tout de suite?

— Oui, il n'y a pas de temps à perdre.

Monsieur Jonathan Wood,

J'ai recueilli, au cours des derniers mois, une abondance de preuves quant à votre implication dans le dossier de la fraude à l'encontre de la Banque Mont-Royal et les diverses autres facettes de cette tragédie qu'il ne m'est pas utile de vous énumérer, puisque vous avez été un des acteurs principaux de ce drame.

Je viens d'apprendre vos épousailles avec Florence Shaink. Vos motifs, monsieur Wood, ne m'abusent pas et me donnent tout lieu de craindre pour la sécurité de celle qui fut ma cliente dans cette affaire.

J'ai donc confié à deux personnes différentes une copie intégrale du dossier que je détiens avec instructions précises de prévenir les autorités advenant le décès inopiné et prématuré de votre nouvelle épouse, peu importe les circonstances. À partir de maintenant, monsieur Wood, vous avez tout intérêt à ce que votre femme bien-aimée demeure en bonne santé.

Professeur François Faggione

— Pensez-vous réellement qu'elle puisse être en danger, professeur?

— Cela ne fait pas l'ombre d'un doute dans mon esprit. La nouvelle madame Wood ne le sait pas encore et peut-être ne le saura-t-elle jamais, mais sa décision, un beau jour, d'avoir retenu nos services va probablement lui sauver la vie.

— Enfin, nous aurons finalement servi à quelque chose dans cette interminable saga.

— Et vous qui souhaitiez tous les malheurs du monde à ce pauvre monsieur Wood, je pense que vous pouvez commencer à vous réjouir.

— Ah oui?

— Wood n'a pas la vocation d'un Roméo et n'a pas non plus les épaules pour se colleter avec Florence Shaink. Il a manipulé à sa guise Mark, malgré son intelligence, parce qu'il avait sa femme en otage. Florence n'a pas le même poids à traîner et son caractère est en acier trempé.

— Et vous pensez que Wood, que vous décrivez vous-même comme un génie, n'a pas évalué les risques de l'opération dans laquelle il s'est engagé.

— Sans doute, mais son jugement est forcément faussé par la nécessité. Il veut un coffre-fort dont Florence est la clé, il n'a donc pas le choix de s'associer avec elle, même s'il a correctement apprécié la menace que constitue cette dernière pour lui.

« À mon avis, Wood, dans ses projections, se voyait plutôt dans un rôle de veuf éploré que dans celui d'un chevalier servant. C'était sans compter sur nous, mon cher Lambert. Maintenant, notre nouveau marié va avoir l'occasion de découvrir dans toute sa plénitude le sens d'une union consacrée *pour le meilleur et pour le pire.* »

— Mais le contenu de notre lettre, professeur, est-ce que nous ne pourrions pas le qualifier de chantage?

— Possiblement, et après? Je serais très surpris que monsieur Wood ne s'en formalise.

— Et vous pensez sérieusement que cette seule lettre est suffisante pour dérégler la machine bien huilée de Jonathan Wood?

— C'est le grain de sable dans l'engrenage, Lambert. Wood vient de commencer son chemin de croix, il en est seulement à la première station.

Table des matières

Remerciements

Mes premiers remerciements sont pour mon épouse Suzanne, qui m'a aidé à la recherche, qui m'a inspiré pour certains passages du livre et qui se porte toujours volontaire pour la première lecture critique.

Mon frère Sylvain m'a beaucoup aidé à comprendre et décoder les méandres des fraudes bancaires internationales. Je n'étais peut-être pas un très bon élève, et si j'ai commis certaines hérésies, j'en demeure évidemment le seul responsable.

Je remercie également la population de Ham-Nord qui m'a vu naître et avec qui j'ai partagé les quatre premières années de mon existence. Le souvenir que j'en garde est tellement puissant qu'il a été l'élément moteur de ce livre.

Enfin, ma reconnaissance va à mes deux lectrices bénévoles, Claire Audet et Camille Ringuette, et à ma secrétaire, Nicole Camiré.

DISTRIBUTEURS EXCLUSIFS

Distributeur pour le Canada et les États-Unis
LES MESSAGERIES ADP
MONTRÉAL (Canada)
Téléphone: (514) 523-1182 ou 1 800 361-4806
Télécopieur: (514) 521-4434

Distributeur pour la Suisse
TRANSAT S.A.
GENÈVE
Téléphone: 022/342 77 40
Télécopieur: 022/343 46 46

Distributeur pour la France et autres pays européens
HISTOIRE ET DOCUMENTS
CHENNEVIÈRES-SUR-MARNE (France)
Téléphone : 01 45 76 77 41
Télécopieur : 01 45 93 34 70
histoire.et.document@wanadoo.fr

Dépôts légaux
3ᵉ trimestre 2002
Bibliothèque nationale du Québec
Bibliothèque nationale du Canada

Imprimé au Canada